少年人文美文系列

# 带一本书去远方

## 文化行旅卷

徐鲁 著

中原出版传媒集团
中原传媒股份公司

大象出版社
·郑州·

图书在版编目（CIP）数据

带一本书去远方：文化行旅卷 / 徐鲁著. — 郑州：大象出版社，2024.5
（少年人文美文系列）
ISBN 978-7-5711-1768-9

Ⅰ. ①带… Ⅱ. ①徐… Ⅲ. ①散文集-中国-当代 Ⅳ. ①I267

中国国家版本馆 CIP 数据核字（2023）第 037389 号

少年人文美文系列
## 带一本书去远方　文化行旅卷
DAI YIBEN SHU QU YUANFANG　WENHUA XINGLÜ JUAN

徐　鲁　著

| 出 版 人 | 汪林中 |
|---|---|
| 策划编辑 | 张桂枝　孟建华 |
| 项目统筹 | 司　雯 |
| 责任编辑 | 王　蓓 |
| 责任校对 | 乔　瑞　耿新超 |
| 装帧设计 | 王莉娟 |

| 出版发行 | 大象出版社（郑州市郑东新区祥盛街 27 号　邮政编码 450016） |
|---|---|
| | 发行科　0371-63863551　总编室　0371-65597936 |
| 网　　址 | www.daxiang.cn |
| 印　　刷 | 河南博雅彩印有限公司 |
| 经　　销 | 各地新华书店经销 |
| 开　　本 | 890 mm×1240 mm　1/32 |
| 印　　张 | 10.5 |
| 字　　数 | 175 千字 |
| 版　　次 | 2024 年 5 月第 1 版　2024 年 5 月第 1 次印刷 |
| 定　　价 | 36.00 元 |

若发现印、装质量问题，影响阅读，请与承印厂联系调换。
印厂地址　郑州市金水区杨金产业园马林西路 4 号
邮政编码　450000　　　　　电话　0371-65867366

# 目 录
Contents

001　走遍天下书为侣（代序）
　　　——致少年的你

## 001　花香与书香
003　在"哲学小路"上散步
006　在以色列的小镇上朗诵
012　纽伦堡的野兔
017　普罗旺斯的花草香
021　春天，在阿维尼翁桥上遐想
026　"土地街"的下午
　　　——维也纳，1787年春天纪事
033　阿尔萨斯城堡的华丽转身
036　伊萨河畔的书香

| | |
|---|---|
| 046 | 巴伐利亚森林的启示 |
| 050 | 书的飨宴 |
| 054 | 寻找约瑟夫·雷丁先生 |
| 056 | 科隆城里的小矮人 |
| 061 | 布勒门市的童话铜像 |
| 067 | 北欧童话之旅 |
| 072 | "伸进地层"的图书馆 |
| 079 | 少女安妮的声音 |
| 085 | 鸢尾花和星空 |
| 094 | 面朝大海，春暖花开 |
| 097 | 斯蒂文森的"寻宝地图" |
| 103 | 小熊维尼的"百亩森林" |
| 109 | 公园里的小彼得 |

## 113　意大利的浪漫时光

| | |
|---|---|
| 115 | 雷诺河畔的书香 |
| 118 | 西班牙广场，罗马最酷的地方 |
| 122 | 罗马归去来 |
| 140 | 马可·波罗的故乡 |
| 146 | 小马可和凤尾船（上） |
| 153 | 小马可和凤尾船（下） |
| 159 | 威尼斯，乘着歌声的翅膀 |
| 166 | 诗人的丽岛 |

## 171　从涅瓦河到湄公河

173　金色的皇村

188　外国文学图书馆的一个下午

194　涅瓦河的记忆

198　小而美的不丹

205　恒河畔的晨曦

207　清水寺的风花雪月

209　七千颗宝石的光辉

212　吴哥的黄昏

215　银钵里的鲜花

220　宁静的蓝色

223　时光在这里停住了脚步

## 227　有故事的屋子

229　马丘比丘是你的故乡

236　寻找汤姆叔叔的小屋

241　种一棵树，建一栋房子

248　瓦尔登湖的魅力

256　夏洛的网是怎样织成的

262　纽约的蟋蟀

265　安妮的"绿山墙农舍"

270　太阳石的故乡

| | |
|---|---|
| 273 | **远方的弦歌** |
| 275 | 剑桥的书香 |
| 282 | 牛津漫步 |
| 290 | 诗人但丁的母校 |
| 295 | 博洛尼亚大学城之夜 |
| 301 | 雪山下的大学城 |
| 312 | 哈佛大学在等你 |
| 317 | 早安！美丽的普林斯顿 |

# 走遍天下书为侣（代序）
## ——致少年的你

假如有一天，你将独自一人驾驶一艘小船绕地球旅行，或者你将独自一人前往一座孤岛，并在那里生活一年甚至更久的时间，而你只能（或者说只允许你）选择一样东西带在身边，供自己娱乐，那么，你将选择什么呢？

是一块大蛋糕、一盒扑克牌、一只小松鼠、一幅美丽的画，还是一本书、一个八音盒、一把口琴，抑或是一只装满了纸的画箱？每个人都可以自由地做出自己的选择。然而大多数人表示，更愿意选择带一本书。蛋糕一吃就没了；扑克牌和松鼠不久就会变得乏味；围绕在孤岛四周的海上的景色，胜过你带去的最美丽的画；八音盒和口琴只能唤起你更大的孤独感；画箱里的纸装得再多也会用完……而唯有一本书——一本你所喜爱的书，才仿佛是一位永远亲切而有趣的旅伴。

它将伴随你，给你无穷无尽的想象和欢乐，使你百读不厌、常读常新，不断地感知和发现新的真理；它将帮助你战胜寂寞和孤独，像黑夜里的明灯、星光与小小的萤火虫，为你照亮夜行的小路，指引你、帮助你去认识世上的善恶和美丑。

是的，什么也不能像书那样帮助我们——用生命、用心灵去感知和认识未知的事物。英国女作家尤安·艾肯在1974年为国际儿童图书节所写的献词里讲到，如果有一天，她真的独自漂流在茫茫的大海上，身边只有一本书为伴，那么，"我愿意坐在自己的船里，一遍又一遍地读那本书"。她说："首先我会思考，想想故事里的人为何如此作为。然后我可能会想，作家为什么要写那个故事。以后，我会在脑子里继续想这个故事，回过头来回味我最欣赏的一些片段，并问问自己为什么喜欢它们。我还会再读另一部分，并试图从中找到我以前忽视了的东西。做完这些，我还会把从书中学到的东西列个单子。最后，我会想象那个作者是什么样的，全凭他写书的方式去判断……这真像与另一个人同船而行。"尤安·艾肯相信，在这种情况下，一本书就是一位好朋友，是一处你随时想去就去的熟悉地方。而且从某种意义上说，它是只属于你自己的东西，因为世上没有两个人用同一种方式去读同一本书。

丹麦童话大师安徒生说过："旅行就是生活。"中国古代的先贤们也有一条关于读书与阅世的经验之谈："读万卷书，不如行万里路。"可见，读书与旅行，从来就是密不可分的。

法国诗人瓦雷里也洞察过人类渴望去远方行走的原因之一：每个家庭的每个成员心中，都会隐藏着一种说不出的厌倦感，甚至想逃出去过自己的自由生活。但是每个家庭中同时又拥有某种古老和强大的力量，把全家人聚集在一起用餐，并且完全舒畅地表露出各自的心情。

也许，只有在漫游世界之后，你才能体会到"回家"的幸福。正如人们热衷去追寻旅途的快乐一样，每个人的内心深处也都渴望和需要一个叫作"家"的地方。漫游是一条通往天宇之路，但是，大路的尽头却往往是自己熟悉的故乡炊烟。

有的读者也许熟悉安德鲁·麦卡锡这位20世纪80年代好莱坞当红的电影明星。他曾参演过一部优秀的电影《七个毕业生》，给在那个年代正上小学或中学的一代少年人留下了美好的记忆。麦卡锡后来转行从事电影幕后工作，后来的少年们可能就不太认识他了。

麦卡锡除了是好莱坞的演员兼导演，还有一个特殊的身份：旅行作家。他从少年时代起就酷爱旅行，认为漫游世界、到一切陌生的地方行走，比一直待在同一个地方更为容易。许多人视旅行为奢侈，可是麦卡锡经常用一次次的自助旅行证明了,漫游世界可能比待在家里更省钱,甚至还可以挣钱。他的"秘诀"之一,就是尽量"不走空路"。例如,当他遇到《国家地理》杂志的一位编辑时,便想方设法让对方答应雇用自己,他有办法让对方相信:不论是去过还是没去过的地方,只要他愿意,都可以挖掘到最煽情和最感人的故事。所以,多年来,麦卡锡居无定所,一直"走在路上"。

　　一个人在漫长和未知的旅途中,自然会遇到和经历各种各样意外的故事。今晚会在哪里入眠?常常根本无法预想。麦卡锡曾说:"我常常未经计划就会前往一个地方,不知道要在哪里住宿,也不认识任何人。我每次都想要看看自己如何继续,我是否能照顾自己。结果往往发现,自己能够克服任何困难和恐惧。而回家之后,就能够更轻松、更乐观地去面对未知的事情。虽然演艺工作让我看起来像是一个自信的人,但是旅行更能帮助我找到自己,并且将人生的信念注入虚有其表的身躯中。每次旅行归来,我都觉得自己又成长了许多。"

　　有一次,麦卡锡在亚马孙河域漂流时,遇见了一个患重病的小女孩。他说服同船的乘客救助了这个无助的小女孩。就在这次有点儿"汤姆·索亚"式的历险故事中,他那颗一向习惯于独自漂泊和游荡的心,突然产生了一丝想落锚登岸的渴望。接下来,在前往中美洲的旅途中,他又看到了许多像他一样,从繁华的大都会纽约漫游到那里的人。他们让他更为迫切地去思忖"离群索居"或"安居乐业"的可能性。

麦卡锡甚至也想到了小说家毛姆笔下的《月亮与六便士》中的画家:有一些人,他们在出生的地方好像是过客,孩提时代就非常熟悉的小巷,同伙伴们游戏其中的人烟稠密的街衢,对他们来说都不过是旅途中的一个驿站。这些人在亲友中始终落落寡合,在他们唯一熟稔的环境里也总是喜欢只身独处。也许,正是对本土的这种陌生感才迫使他们远游异乡,去寻找一处可以永久定居的寓所。说不定在他们内心深处,仍然隐伏着世世代代祖先的习性和癖好,使这些漫游者再回到祖先在远古就已离开的乡土。有时候,一个人偶然到了一个地方,会神秘地感到这正是自己的栖身之所,是他一直在寻找的家园。只有在这里,他们才终于安静下来……

接下来的一个事实是:这个有点儿像培尔·金特一样年轻的漫游者麦卡锡,仿佛已经历尽沧桑,最终在异域的旅店里慢慢体悟到:回到自己出发的地方,安静下来,从此过上居有定所的日子,或许并没有他一直所想象的那么可怕,说不定也会十分美好。

没有行旅,就没有归来;没有远方的漫游,就没有回家的感觉。麦卡锡用自己多年的行走和感悟完成了一本旅行之书——《为了回家，所以旅行》，这是一个曾经试图逃避现实、脱离周围熟悉的环境，甚至释放自己对家庭和现实的说不出厌倦感的旅人，献给这个世界的最真诚的反省和心灵告白之书。

"没有任何大船，能像书本一样，载着我们远航；没有任何骏马，能像一页奔腾的诗行，把我们带向远方。"美国女诗人艾米莉·狄金森写的这几行诗句，很多少年朋友耳熟能详。是的，一本书，可以超越最久远的时间和最辽阔的空间，让我们在任何时候和任何地方，都能够反复看到最古老的过去和最遥远的未来。书，也默默地引导和帮助我们每一个人不断成长：从无知的小孩长成有美好的情感、有丰富的想象力、有智慧、有思想、有创造力的人。

走遍天下书为侣。有书相伴，任它怎样漫长和遥远的旅程，你都不会孤独和寂寞。

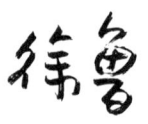

# 花香与书香

在「哲学小路」上散步
在以色列的小镇上朗诵
纽伦堡的野兔
普罗旺斯的花草香
春天,在阿维尼翁桥上遐想
「土地街」的下午
——维也纳,1787年春天纪事
阿尔萨斯城堡的华丽转身
伊萨河畔的书香
巴伐利亚森林的启示
书的飨宴
寻找约瑟夫·雷丁先生
科隆城里的小矮人

布勒门市的童话铜像
北欧童话之旅
「伸进地层」的图书馆
少女安妮的声音
鸢尾花和星空
面朝大海,春暖花开
斯蒂文森的「寻宝地图」
小熊维尼的「百亩森林」
公园里的小彼得

## 在"哲学小路"上散步

※

"一切哲学的沉思就是诗意,一切的诗意都来自哲学的沉思。"

雷纳·科特先生是德国的著名科普作家。他为青少年读者们创作并出版了数十本科普读物,其中很多本已在中国翻译出版。科特也多次应邀来到中国,在国内多所中小学校为孩子们做过科普讲座。为了能和中国的青少年们有更多直接的交流,他请了一位中国台湾的留学生做家庭老师,开始学习汉语。

雷纳·科特住在德国最美丽的城市海德堡。在那里,他依靠自己每年的版税,慢慢地建起了小小的个人科学实验室和小植物园。他说,这样做是为了日后能更好地从事科普写作。他对自己所从事工作的热爱与投入以及他的敬业精神,深深地感动着我。

科特先生是我的挚友。每次跟他见面时,他都会向我讲述自己的城市海德堡,希望我去那里观光游览,也希望我到他家里去做客。他知道我特别喜欢诗人歌德的作品,所以就几次跟我讲到,以后到了海德堡,一定要去那条著名的"哲学小路"(也称"哲人小径")上散散步,因为诗人歌德也在那里散过步。

　　初秋时节,我终于来到了美丽的海德堡。虽然银杏树和枫树的叶子还没有完全变黄或变红,但是,在爽朗透彻的秋日的阳光里,深绿色、浅绿色、橄榄色、淡黄色和琥珀色的树林和树木,已经把这座城市点缀得色彩缤纷、层次分明,置身其中,就像走进了一幅幅美丽的风景画。

　　我当然不会错过到那条著名的"哲学小路"上散步的机缘。所谓"哲学小路",是位于清清的内卡河北岸的一个山腰上,一段通往古堡山的幽静的小山路。但这条蜿蜒的小山路却被誉为"欧洲最美的散步场所"。

　　遥想当年,文学大师歌德,哲学大师黑格尔、谢林、海德格尔,存在主义哲学的奠基人雅斯贝尔斯,德国现代哲学的领军人物之一伽达默尔,还有大音乐家舒曼……都曾经在这条小路漫步过、沉思过,也许还一边散步一边构想着自己的作品。

　　当然,那些生性多疑、喜欢思辨的哲学家,也一定在这里一边徜徉一边争论过某些深奥的命题,甚至讨论过人类的命运与出路……

　　据说,浪漫的诗人歌德,还在这条小路上与他心仪的女友约会过呢!那么,从他的爱情诗歌里,细心的读者一定也可以找到这条小路的踪迹。

蜿蜒的小路两旁，长满了茂盛的大树和许多郁郁葱葱的小灌木。仔细辨认，你会发现，小路两旁的树木品种繁多，有核桃树、樱桃树，还有椴树、朴树和栗树。小路四周空气清新、湿润，斑斑点点的阳光从树枝间漏下来，让每一位散步的人仿佛徜徉在美丽、柔和的光影里。不时地可以听到一两声小鸟的清脆歌唱，使这段小路显得更加幽静和安闲。

走到"哲学小路"边的一个小花园里，你会看到一个向上平伸着的手掌模型。那是一只"哲学之手"，因为手掌心里写着这样一行德文："今天哲学了吗？"

要像哲学家一样去思考，这正是所有海德堡人——不，是所有德国人日常生活中必不可少的元素之一。诗人荷尔德林认为人类应该"诗意地栖居在这片大地上"，而海德格尔却强调说："一切哲学的沉思就是诗意，一切的诗意都来自哲学的沉思。"

漫步在幽静的"哲学小路"上，看着小路两边旺盛、茂密的树林，我还想到，这里虽然没有一株相同的树木，也没有一片相同的绿叶，但每一株树木都有自己独立的风姿，都有自己生命的短长，哪怕是一棵最小的树木——就像曾经从这条小路上走过的许许多多无名的思想者。不，即使是一棵枯死的树木，也是美丽的大自然的一分子，也是物质循环的一部分，也会成为新生的绿色植物所需要的养料。难道不是吗？

## 在以色列的小镇上朗诵

※

世界应该像它应有的那样美好,和平、温暖和富足。

    2010年春光明媚的四月天里,我作为中国作家代表团成员之一,应邀前往以色列,参加第十一届"尼桑国际诗歌节"。

    "尼桑国际诗歌节"是一个闻名世界的诗歌节,也是在阿拉伯语和希伯来语地区负有盛名的文化活动。这个诗歌节对促进不同种族的和平发展与文化交流,起到了不可估量的作用。参加这届诗歌节的诗人,来自中国、俄罗斯、法国、波兰、罗马尼亚、日本、以色列和中东等二十多个国家和地区。

    令我难忘和自豪的是,在一个被美丽晚霞笼罩着的大礼堂里,我朗诵了一首献给上海世博会的诗——《蓝色星球之歌》。我当然是用美丽的汉语朗诵的。朗诵会上,所有的诗人都用自己的母语朗诵自己的诗歌,这些诗歌同时也被翻译成了阿拉伯语、希伯来语和英语。

    我的这首诗歌有点儿长,原本是应约为上海《少年文艺》"百

位作家写世博"活动而创作的。其中有这样一些片段:

黏土的房子,
曾经是我们所有人的家。
陶罐里的泉水,
灌溉过门前的尤加利树。
美丽的大熊星座和小熊星座,
是照耀过我们的灿烂的华灯。
我们用智慧的手指,
触摸过一颗颗金色的种子。
在清澈的山涧和森林边,
我们采集过,
最甘美的生命的雨露。

雨水丰沛的大地,
是母亲的胸怀。
四季呼啸的风声,
是一代代孩子的摇篮曲。
我们在长尾雉啼叫的黎明中醒来。
我们去阳光照耀的大地上播种农作物。

我们在沙沙的玉米林里午睡。
我们去开满牛蒡花的小河边放牧。
暮色降临了,
我们回家。
宝石般的晚星,
带回了所有的羊群。
再小的小羊也记得妈妈的气息,
听得见妈妈唤归的声音,
记得回家的每一条小路。

啊,多少万年过去了,
地球在飞转……
星团茫茫,银河荡荡,
飘过了我们午夜的窗户。
谁在按着宇宙的脉息?
谁曾听见过星球的絮语?
一道道光流里有亿万个太阳,
亿万个太阳在照耀着
我们这颗蓝色的星球,
比绿色更绿,

比蓝色更蓝。

像妈妈脸上的

一滴透明的眼泪,

像睡莲叶片上的

一颗发亮的水珠。

……

诗人北岛曾调侃说,国际诗歌节上的朗诵几乎就是一种"集体猜谜"活动,听众鼓掌,即表示他们全部猜中;而在"电闪雷鸣"的音乐间隙,诗人们轮流蹿上台去念诗,如"炮火中的蚊子"……

这个"蹿"字是十分形象的,我这次算是亲眼看到和领教过了。一个个说着各自的母语的诗人,确实是兴致勃勃地在"蹿"上"蹿"下的。时任中国青海省副省长的彝族诗人吉狄马加先生,兴致勃勃地"蹿"了两次。我也是这样兴致勃勃地"蹿"上去的。

快轮到我上台的时候,我看到,坐在台上的主持人——以色列海法大学的诗歌教授纳义姆先生,一个劲儿地朝我"做鬼脸",意思是说:兄弟,准备好了吗?下一个轮到你"蹿"了。

事先,我请懂阿拉伯语的朋友给我翻译了两句话,一句是:这是我献给上海世博会的一束玫瑰,也是对在座的各位诗人朋友发出的诗的邀请;另一句是:上海世博会就像海法市举世闻名的"空中花园"一样漂亮。我把这两句话的阿拉伯语发音用汉字做了发音标注,作为我正式朗诵的"开场白"。事实上,可能是出于礼貌,也可能是谜语被"全部猜中",我听到了来自台下的鼓掌声。

不久前,我收到一位来自海法大学的女诗人(她可能是纳义姆教授的一名学生)的邮件,说这首诗的阿拉伯文是她翻译的,她想把这首诗发表在她们编辑的一个诗歌刊物上,让我"授权"。我向她表示了我的感谢和荣幸。但她同时发给我的一些她用阿拉伯语写的诗歌,我却没有能力为她翻译成汉语。而我想表达的一切,都在我的诗歌之中了:

世界应该是美好的,
应该像它应有的那样美好,
和平、温暖和富足。
这是我们最后的家园。
这是我们最后的星宿。
这是我们最后的森林和城市。
这是我们最后的江河与湖泊。
这是我们最后的

美丽的地平线和海岸线。
这是茫茫太空中
我们最后的一座小木屋。

## 纽伦堡的野兔

※

人们说,丢勒是把自己的一颗感恩的心,融化在了深情的画面里。

在杜鹃花和野樱花盛开的春天里,我从美丽的意大利小城博洛尼亚,去往德国巴伐利亚乡间游览。

我看到,公路两边的田野里,葡萄园的矮木架上,粗大的葡萄藤蔓已经吐出白绒绒的叶片,一片片麦田已经返青。如果留心观察,不时地可以看到,青青的麦田里有许多野兔在互相追逐、撒欢儿。即使麦田附近正有农人在耙地或整理葡萄架,这些野兔看上去也丝毫不会害怕,依然玩得十分放松和惬意。实际上,没有任何一个人会去打扰这些自由自在的野兔,更不会去伤害它们。

这使我想到,生活在这里的野兔们,是多么幸福和安全啊!而生活在这里的人们,尤其是孩子们,也是多么幸福啊!因为在他们的童年和他们的身边,有这么多可爱的野兔相伴。它们不是奔跑在童话故事里,也不是追逐在图画书上,而是就生活在孩子们的身边和眼皮底下。

在德国美丽的小城纽伦堡,我把我所看到的田野上的景象,说给几位德国的作家朋友听,他们说,这有什么稀奇啊?野兔本来就是孩子们的朋友。他们还告诉我:如果你坐在德国公园的长条椅上晒太阳,还会有许多松鼠在你脚下窜来窜去,它们同样一点儿也不会惧怕和担心人们会伤害它们。

也许是因为我对野兔那么好奇和喜欢,当我离开纽伦堡的时候,在一家出版社工作的恩雅女士,送给了我一个包装漂亮、体积硕大的礼物。我打开一看,竟然是一只金色的野兔玩具,另有一本印刷精美的大开本画册。

"哇,这是丢勒的野兔!"

我一眼就认出,这只长耳朵大野兔的造型,出自画家丢勒的传世名作《野兔》。那本画册,不用说,就是丢勒的画集。

"没错,正是丢勒的野兔,纽伦堡的丢勒!"

恩雅很高兴我喜欢这个野兔礼物,她翻开画册,很快找到了那幅有名的《野兔》指给我看。"没有一个纽伦堡人,不喜欢丢勒和他的野兔,相信你也会喜欢的。"她说,"丢勒是纽伦堡最杰出的儿子!"

接着,恩雅给我讲述了许多画家丢勒的小故事。

阿尔布雷特·丢勒是生活在 15 到 16 世纪的画家。关于他的故事，我曾写过一篇《祈求的手》，已经编进了我的散文集《美的创造者》（艺术故事卷）里。其中最让我感动的，就是他和自己的哥哥艾伯特的那个"约定"。

丢勒小时候，家里有18个孩子。他的父亲是一个辛苦的金银打造匠人，为了糊口，每天都要在作坊里劳作十几个小时，有时也出去给邻居们打打零工。

丢勒从小就想当一名艺术家。有意思的是，他的哥哥艾伯特也怀着同样的梦想。不过兄弟俩都很明白，家里根本出不起学费，也不可能把他们中的任何一个送到纽伦堡正规的艺术学院里去学习。

于是，兄弟俩私下就用掷硬币的方式达成了一个"协议"：谁输了，谁就要到附近的矿区去做四年矿工，用他的收入供给赢了的兄弟去学习四年绘画；学习绘画的兄弟，将来要用自己的收入，支持做矿工的兄弟再去上学。如果自己的画卖不出去，那就得去矿区做工挣钱，来兑现自己的"诺言"。

显然，这是一个"残酷"的选择方式。兄弟俩郑重地掷出了硬币后，丢勒赢了。他离开了小村子，去了纽伦堡学习绘画。他的哥哥艾伯特就去了矿区挣钱，供弟弟在城里念书。

在学校里，丢勒异常刻苦用功。临近毕业时，他的绘画作品已经颇受欢迎，也有人乐意购买收藏，虽然画的价格还不如他期待的那么高。

毕业后,丢勒回到了家乡。一家人聚餐时,丢勒端起酒杯,起身向哥哥艾伯特敬酒,真诚地说道:"现在,艾伯特,该你去纽伦堡实现自己的梦想了,而我,应该全力支持你了。"

这时候,全家人都把期盼的目光转向了艾伯特。

可是,艾伯特却连连摇头,呜咽着说:"不,好兄弟,我不准备去纽伦堡了,对我来说,学习绘画,是一个永远无法实现的梦想了!"

"不,哥哥,我们不是有过约定的吗?你应该去!"

"不,兄弟,已经太迟了!你看……"艾伯特伸出一双粗大的手,让丢勒看了看,说,"四年的矿工生活,几乎毁了我的双手……你看,每根指骨都至少遭受过一次骨折!我已经无法握住画笔在羊皮纸和画布上画线条了。我要辜负你的好意了……已经太迟了……"

这时,丢勒看见,哥哥的眸子里滚落出大颗大颗的泪珠。

多年以后,丢勒饱蘸着自己对哥哥艾伯特感恩的深情,仔细地画下了哥哥的那双历尽磨难、几乎已经变形的双手。

从这幅画上我们看到,那双指骨有点儿变形的手,细长的手指合在一起,正在用力地伸向天空,仿佛想要去拥抱曾经有过的美好的梦想。人们说,丢勒是把自己的一颗感恩的心,融化在了深情的画面里。

这幅画完成时,只是被简单地命名为《手》。而当它出现在画展上时,每个观众都被它深深地感动了。观众们为这幅杰出的作品重新命名:《祈求的手》。

《野兔》和《祈求的手》,是丢勒最有名的两幅作品,也是纽伦堡人永远引以为豪的宝贵的文化遗产。

# 普罗旺斯的花草香

※

浪漫的少男少女们，有谁不喜欢薰衣草呢？

一说到普罗旺斯，许多人立刻就会想到浓浓的薰衣草的气息，想到那些像华美的紫色地毯一样，铺展得一望无际的薰衣草花田。浪漫的少男少女们，有谁不喜欢薰衣草呢？这些年来，不断地看到这样一些消息：某某电影明星主演的某某青春片剧组，专门去普罗旺斯山区，拍摄了许多以薰衣草花田为背景的镜头；某某歌星的最新MV，是在普罗旺斯的薰衣草花田里拍摄的……的确，在普罗旺斯的风景明信片里，一望无际的薰衣草花田永远是画面中的主角。紫色的薰衣草花海，就是普罗旺斯无言的"形象代言者"。

在来到普罗旺斯之前，我对这里的全部了解，都是通过阅读英国作家彼得·梅尔写的那 系列关于普罗旺斯的散文和游记获得的。他的《普罗旺斯·山居岁月》，还有小说《恋恋酒乡》等，把法国南部乡村的花田、石屋、暖阳、美食、水果、葡萄酒以及一年四季的田园风味的生活，都写得淋漓尽致。他清新的文字里，散发着浓浓的熏衣草香，还有各种各样的叫不出名字的花草气息。

因此我觉得，到普罗旺斯旅行的游客，最好带上几本彼得·梅尔的书，作为旅途上的伴侣，没准还能起到"自助游指南"的作用。我就是带着他的《普罗旺斯·山居岁月》的中译本，在阳春四月来到普罗旺斯的。

美中不足的是，我来的季节并不是普罗旺斯最好的观赏花草的时节，薰衣草花这时候还没有开放。普罗旺斯最美、最绚丽的时节，是在夏天，七八月之间。因为薰衣草开花的时间取决于它所在的海拔高度：海拔越低，开得就越早。内行和狂热的薰衣草迷们，一般会在七月初，由吕贝隆山脚出发，一路走来，到八月中旬抵达瓦伦索高原。这样，他们沿途都可以尽情地欣赏到普罗旺斯最美丽、最壮观的薰衣草花海。

但是，即使是在早春时节，无论是坐在艾克斯的那条建于1649年的古老的米拉波大道上一边喝咖啡，一边享受着午后温暖的阳光，还是漫步在普罗旺斯乡间洁净又安静的田野小路上，我都能感觉到一种无处不在的薰衣草花的气息。

对了，大画家保罗·塞尚就是艾克斯人，米拉波大道上矗立着他的塑像。当你坐下来喝咖啡的时候，没准儿他也正在欣赏着你呢!

收获后的薰衣草花,浓重的紫色会渐渐变淡,但花草的芬芳依然浓郁不散。这里的人们喜欢扎起一小束薰衣草,挂在衣橱里,或放在书房里、汽车上,这样,衣服、枕巾、被单、围巾……都会留下一些淡淡的薰衣草气息。这样的气息足以唤起人们对夏日的田野、新鲜的紫色薰衣草的最美的想象和回忆。

彼得·梅尔在他的书中也这样写道:"即使是在雪花飞舞的冬天,如果捧一大把晒干的薰衣草扔进熊熊的壁炉,你也会将寒冬抛在脑后。"热爱生活的普罗旺斯人,不仅会找到许多方法,让薰衣草的迷人神韵从一年的夏末延续到来年的夏初,还在考斯特拉市创建了一座专门的薰衣草博物馆。至于各地的化草画展和薰衣草鲜花节,更是这里的家常便饭。

如果有很多慕名而来的外国游客像我一样要么来早了,要么来晚了,没有赶上薰衣草花盛开的夏日胜景,也没有关系。只要你来到了普罗旺斯,那么,你就可以从大大小小的各种款式和包装的干草花袋里,从一款款的香水、精油、香皂、乳霜和沐浴液里,甚至从每一条乡间小路上,从每一座乡村小木屋和石屋里,从一家家有着白色百叶窗的漂亮的阳台上,从一个个精致的花店里,从城市的每一条人街的空气中,从大街上走过的人们的衣服和围巾上……闻到和感觉到那清新、悠远的芬芳气息。

当然，如果你是一个美食家或"甜品达人"，那么，千万不要错过品尝薰衣草口味的奶油冰淇淋的机会。也许，当你正在尽情地品尝着别有风味的薰衣草口味的冰淇淋的时候，英俊帅气的服务生还会热情地告诉你：普罗旺斯的薰衣草花蜜，也是世界最好、最独特的蜂蜜呢。

# 春天,在阿维尼翁桥上遐想

※

世界上自从有了人类,也就有了人类用双脚踏出的阡陌与大道……

前往普罗旺斯和艾克斯旅行的人,一般都不会错过到那座古老的断桥——阿维尼翁桥上走一走的机会。这是一座古老的石桥,有如一位历尽沧桑的老人,见证着罗讷河上的风雨变幻。

当地有个传说:很久很久以前,有一个年轻的牧羊人,名叫贝内泽。他本来住在美丽的阿尔代什河畔,有一天,仿佛是得到了命运之神的指引,他只身来到阿维尼翁城下,看着缓缓流淌的、宽阔的罗讷河,顿生了一个美好的梦想:想在这里建一座横跨罗讷河的大桥。

可是,这个牧羊人当时身无分文。于是他来到阿维尼翁的主教大人面前,表白了自己想修建一座大桥的愿望。不幸的是,大主教既不肯给他一分钱的资助,也不愿施舍他半点儿仁慈,相反,主教觉得这个穷小子的脑子简直有什么毛病。于是,主教把这个小牧羊人带到了法官面前。

公正的法官在听了小牧羊人的陈述后，给出了一个奇怪的仲裁方法：他命人搬来一块沉重无比的巨石，并告诉小牧羊人，只要他能够搬起石头走上几步，就证明他确实有实力来建造一座大桥。

小牧羊人决心试一试。结果，他不仅轻松地搬起了巨石，而且把巨石扛到了罗讷河边，扔进了河水里。就这样，巨石落下去的地方，也就成了后来建桥的地点。有了这番奇迹，大主教不仅为小牧羊人提供了建桥的资助，还授予了他"圣徒"的名号。

这座古老的石桥从1177年开始修建，一直到1185年才竣工，历时八年。当时，它是罗讷河从里昂进入地中海入海口的河段上唯一的一座大桥。

时光一直在流逝，就像罗讷河水天天都在缓缓流淌。古老的大桥石基，也日日在接受着涓涓流水的洗涤。一个又一个漫长的世纪过去了，到了17世纪中期，一场从上游来的特大洪水，冲垮了这座年久失修的大桥。

可是，一直在过着平静、安闲的田园诗般的生活的阿维尼翁人，到哪里去寻求一笔巨大的重建大桥的费用呢？无奈，他们只好顺其自然，任由断桥自生自灭。此后，又有多少个春秋的脚步，从这座古老的断桥上迈过去，桥拱一个接一个地被流水冲走。到了今天，原本九个桥拱，只剩下了四个。

2011年早春时节，我来到法国东南部的普罗旺斯。一个阳光明媚的上午，我和朋友一起漫步在这座古老的断桥上。

在法国，人人都熟悉一首古老的歌谣——《在阿维尼翁桥上》，其中妇孺皆知的句子是："在阿维尼翁桥上，我们歌舞翩翩，我们歌舞翩翩……"

漫步在并不太宽的桥面上，我看到，有许多快乐的少男少女——看他们的装束，应该是出来游玩的中学生——正在手拉手围成一圈，一边合唱着那首歌谣，一边翩翩起舞。他们身临其境，在用自己的"行为艺术"重现这首歌谣所礼赞的景象。这也许是熟悉这首歌谣的游客来到阿维尼翁桥上后，都会情不自禁地要参与一次的"歌舞表演"。

"天地者，万物之逆旅；光阴者，百代之过客。"漫步在这座闻名遐迩的古老的断桥上，我虽然没有去演绎一番"在阿维尼翁桥上，我们歌舞翩翩"的诗意，却也不由得有了一些思古幽情。我的心中生出了沧海横流、江河滔滔的感慨。

在20世纪40年代，诗人艾青曾经这样吟唱："当土地与土地被水分割了的时候，当道路与道路被水截断了的时候，智慧的人类伫立在水边，于是产生了桥。"也许可以这么说：世界上自从有了人类，也就有了人类用双脚踏出的阡陌与大道；

世界上自从有了江河，也就有了人类用双手架起的跨水行空的桥梁。

大地无疆，江河不废万古流。而那些永远无言的桥梁，即使被时光的流水冲断了、磨蚀了，它们也仍然忠实地、顽强地立在滔滔流水中，见证着人世间的春秋交替和天地之间的斗转星移。所以，诗人说，苦于跋涉的人类，应该从心底感谢那些桥梁！因为，"桥是土地与土地的连系；桥是河流与道路的爱情；桥是船只与车辆点头致敬的驿站；桥是乘船者与步行者挥手告别的地方"（艾青《桥》）。

# "土地街"的下午
## ——维也纳，1787年春天纪事

"我觉得，这是我在为自己写《安魂曲》啊！"

维也纳，像一架坏了的钢琴，
一半的键盘发不出声音；
维也纳，像一盘深红的樱桃，
但有半盘是已经腐烂了的。
…………
天在下着雨，
街上是灰白的水光，
维也纳，坐在古旧的圈椅里，
两眼呆钝地凝视着窗户，
一秒钟，一秒钟地
在捱（挨）受着阴冷的时间……
（节选自艾青《维也纳》）

这是诗人艾青所看到的 20 世纪中期的奥地利首府维也纳。

然而，在 17 世纪，维也纳是一座极其华丽、高雅和繁华的城市。那里是欧洲赫赫有名的哈布斯堡王朝的王宫所在地，是全欧洲所有热爱音乐的人们都非常向往的"音乐之都"，在当时被称为"欧洲的中心"。那里不仅有闻名全世界的、金碧辉煌的圣斯蒂芬大教堂，有美丽的蓝色多瑙河，有豪华的皇家宫殿"美泉宫"，有带着巨大的穹隆圆顶的帝国大厦，更重要的是，当时欧洲最有名的音乐家，如被誉为"交响乐之父"的海顿、被称为"音乐神童"的莫扎特等，也都住在维也纳。

那时候，维也纳的市中心和一些豪华街区里都建有华丽的歌剧院、音乐厅和舞厅，整座城市的最大特征就是所有的市民——无论是富人、中产阶级，还是生活在贫民区里的穷人，都热爱音乐、表演和娱乐。市民们最喜欢做的事，就是聚集在公园、广场或者街角，观看各类艺术表演，如音乐演奏、杂技表演、会变戏法的流浪艺人和木偶艺人的表演。人们说，维也纳人心中的"神明"不是别的，就是音乐和快乐。

当少年贝多芬在他的故乡波恩崭露头角之后，他那位具有远见卓识的老师克里斯汀·奈弗，萌生了一个新的想法。奈弗给当时德国的一个音乐杂志写了一封信，其中说道："贝多芬……是一个前程远大的天才男孩。他的钢琴弹得特别纯熟、有力，他能很熟练地一边看乐谱一边弹奏，读谱能力极强。"奈弗还向杂志社建议:"这个年轻的天才应该得到资助,以便他能够出去游历。如果能持之以恒地像目前这样发展下去,他一定会成为第二个莫扎特。"克里斯汀·奈弗的想法是:波恩的音乐生活虽然还算丰富多彩,但是终究比不上维也纳这样的大城市,而年轻的贝多芬现在已经到了需要开阔眼界,需要在大城市里——尤其是像维也纳这样的"音乐之都"里熏陶和浸润一番的时候了。

奈弗坚信,只要到了维也纳这样的音乐圣地,经过一番几乎无处不在的纯音乐气氛的熏染,这个天才的波恩少年,将来在音乐上是完全可以和"音乐神童"莫扎特相媲美的。而且,奈弗在心里正暗暗怀着一个希望:希望少年贝多芬到了维也纳就去投奔到莫扎特门下,争取成为莫扎特的弟子。

于是,1787年4月,17岁的贝多芬,独自来到了维也纳。这是他第一次独自出远门。维也纳是那么大,而他是那么小!站在那个具有典型的意大利风格的、空旷的马克尔广场上,贝多芬突然有了一点儿茫然不知所措的感觉。

他看到,维也纳市中心的那些显著的位置都被豪华的街区占据着。不用说,在这里居住着的,都是这座城市里最有钱的家族。紧挨着帝国大厦的那座华丽的城市剧院,大概也并非一般的穷人可以进出的吧。那么,在那些偏僻和破旧的街道上,在那些狭窄和潮湿的贫民区的旧房子里，也会有音乐吗？伟大的音乐的光芒，会照耀到那些地方，会照耀到那些穷苦人的心上吗？

这个来自波恩的少年，独自在维也纳陌生的大街上徜徉了很久。他仰望着圣斯蒂芬大教堂那高耸入云的哥特式尖顶，觉得那挺直的、闪光的塔尖仿佛与蓝天融为一体，它所闪耀出的正是天上的太阳的慈辉。从教堂里传出的整齐的合唱声，飘荡在广场上空。万道阳光，正乘着歌声的翅膀洒向四面八方……他突然感到一阵激动。一些若有若无的旋律，仿佛正在这个少年的心中盘旋、回荡。

事实上，这时候的莫扎特，离他生命最后的日子，只剩下不多的几年时间了。在少年贝多芬第一次见到这位维也纳的音乐大师之后，仅仅过了四年，莫扎特就告别了这个世界。

莫扎特，1756年1月27日诞生在奥地利美丽的山区小城、阿尔卑斯雪山脚下的萨尔茨堡的一个音乐世家。他的父亲是一位很有地位的宫廷作曲家和宫廷乐队指挥。莫扎特出生的那栋四层高的杏黄色的小楼，位于盖特瑞德加斯街上。他是萨尔茨堡的光荣和骄傲，也是奥地利和整个欧洲的荣耀。

莫扎特从幼年时代起，就被人赞誉为"音乐神童"。他4岁开始学钢琴，5岁就能够作曲，6岁就跟着父亲来到维也纳，举办了自己的音乐演奏会。10来岁时，整个欧洲都知道了他的名字，知道他写过好几部交响乐、协奏曲、奏鸣曲，还有一部歌剧、一支弥撒曲……到了20来岁的时候，作为钢琴家和作曲家的莫扎特，已经游历了整个欧洲，他伟大的名声也响遍了欧洲大地的每一个地方。

1781年，莫扎特离开了故乡萨尔茨堡，定居在维也纳。他独自居住在维也纳的一条名叫"土地街"的僻静的街道上，一边创作歌剧、交响乐和奏鸣曲等，一边给一些慕名前来求教的学生们教授音乐课。

少年贝多芬正是在这时候前来拜访莫扎特的。他是1787年4月7日到的维也纳，第二天就来到"土地街"莫扎特的寓所。之后他在维也纳又停留了大约两周的时间。后来的史书和传记，虽然对少年贝多芬的这次旅行的踪迹记载得不多，但有一个传说，一直在音乐史上和许多贝多芬的传记里流传着。人们大都相信这是真的。

那天，莫扎特正在寓所里和几位当地的音乐家谈论作曲，贝多芬非常谦恭和有礼貌地敲开了门，并自我介绍说："我叫路德维希·凡·贝多芬，来自波恩，特意前来拜见大师，请您多多赐教！"

莫扎特见过了很多像贝多芬这样前来求教的少年，在他看来，无论是在维也纳还是在别的地方，能够弹奏一两首华美乐曲的少年并不少见，所以他并没有表现出多少特别的热情。他让这个少年坐到钢琴前，弹一两首曲子给他听听。贝多芬欣然弹奏了一两首难度还算比较大的曲子。可是，莫扎特听完后，脸上毫无表情，几乎没有什么反应。

"那么，我是否可以请求您，给我一个什么主题，让我再为您弹奏一曲呢？"贝多芬是想让莫扎特听听自己即兴演奏的乐曲。因为他觉得，即兴演奏更能表达出自己对音乐的热爱与理解，同时也能显示出他对音乐的掌握和驾驭能力。莫扎特点点头，给了贝多芬一个表现的主题。

果然，贝多芬发挥得很好，奇妙的乐思和旋律就像微风吹动着波浪，从琴键上徐徐地流淌出来。渐渐地，莫扎特的表情有点儿异样了——准确地说，他是有点儿惊讶了。他被眼前的这个少年所表现出来的准确、从容和博大、开阔的气势感染了。

年轻的贝多芬似乎还沉浸在弹奏的乐曲余音之中，仍然一动不动地坐在钢琴前。而这时，莫扎特却从自己的房间里走出来，极力克制着自己的激动之情，然后对坐在客厅里的几位音乐家说道："请你们注意这个少年吧，有一天他会让全世界对他刮目相看。"

这是一个美好的下午。莫扎特寓所外面的一棵樱桃树上，小小的花朵正在开放。午后的蜜蜂也在那里嗡嗡地、自由地歌唱着，仿佛在说：啊，春天来了，春天来了……

在这一次拜访之后，贝多芬也许又去过莫扎特那里几次，而且，他甚至可能还跟着莫扎特学习了一段时间。莫扎特也热情地向维也纳的一些音乐家介绍了这个波恩少年。本来，幸运的星光已经照耀在少年贝多芬的身上了，如果贝多芬继续留在维也纳，那么，他的老师奈弗所设想的，让贝多芬在维也纳拜莫扎特为师的愿望，就可以顺理成章地实现了。

然而，这时候，一个不幸的消息传来：贝多芬的妈妈正处在病危之中。一向对妈妈极其敬爱和孝顺的贝多芬得到消息后心急如焚，匆匆地离开了维也纳，向着亲爱的妈妈身边奔去。

也就在贝多芬离开维也纳后不久，1787年5月28日，莫扎特的父亲与世长辞了。这对莫扎特来说，也是一件极其伤心的事情。三年后，莫扎特自己也进入了生命中最后的日子。他在最后的日子里完成的一首乐曲，名为《安魂曲》。

在创作这首曲子的时候，莫扎特的病情正在恶化，精神常常因为极度衰弱而处在恍惚和幻觉之中。他写完曲子的最后一个音符后，含着泪水对妻子说："我觉得，这是我在为自己写《安魂曲》啊！"

1791年12月5日凌晨，这位年仅35岁的天才音乐家，终因积劳成疾、心力交瘁，最后一次合上了双眼。他去世的时候，维也纳的天空纷纷扬扬地飘起了雪花，就像一只只前来为他送别的白色蝴蝶。

第二年，当贝多芬再一次来到维也纳"土地街"的时候，他看见的那栋小楼房外，樱桃树还在，可是，里面已经没有莫扎特了。

# 阿尔萨斯城堡的华丽转身

阿尔萨斯城堡的沧桑史,是一部欧洲历史教科书的缩写。

从法国作家都德著名的短篇小说《最后一课》中,我们感受到普法战争给那个名叫小弗朗士的阿尔萨斯小学生,给所有的阿尔萨斯人带来的心灵创伤和失去祖国的痛苦。

今天,当我走进古老的阿尔萨斯城堡,无论从它陡峭的地势、厚重的城墙、坚固的炮台、古旧的钟楼,还是从它沉重的木门、肃穆的回廊、漆黑的壁炉、迷宫般的楼梯……依然还能感受到它曾经经历的沧桑和恩怨。

今天,硝烟散尽,古堡成了旅游的胜地。古朴优雅的阿尔萨斯也在与时间和欲望的比赛中赢得了胜利。它安恬的秩序和礼让的风尚,再加上四周花园一样的全部田野,就是它的华丽转身。

阿尔萨斯位于法国东北部,是法国本土上面积最小的一个行政区域,仿佛一条狭长的、闪亮的缎带,铺展在青翠的弗杰山脉和葱郁的比安森林边缘,而且在东边隔着一条莱茵河,与德国朝夕相望。古老而森严的阿尔萨斯古堡,建造在上书院东北侧,远远看去,就像欧洲童话里那些古老的城堡一样,闪烁着迷人的梦幻色彩。

没有任何建筑能像这样的城堡,代表着欧洲中世纪的风貌,铭刻着那些腥风血雨的战乱岁月的痕迹。据说,这座古堡的布局取自阿尔萨斯早期的小镇原型,曾经作为中世纪欧洲著名建筑之一,见证了骑士时代的尊严、光荣与繁华。

设想一下,假如没有战争和掠夺,那么这座漂亮的城堡就不仅仅是尊严、繁华和权力的象征,自然也会有王子、骑士和公主的童话故事在这里上演。可是,从她诞生那天起,从中世纪直到19世纪这漫长的岁月里,阿尔萨斯的上空一直弥漫着战争的硝烟。毁坏,重建;再毁坏,再重建……城堡几次易主:从最早的罗马帝国,到路易十四统治的法国;从普法战争中被德国占领,到二战时希特勒绕道比利时,避开马其诺防线,迫使法国投降,被德国人再次占领……直到二战胜利后,阿尔萨斯才重回法国……

阿尔萨斯城堡的沧桑史,几乎就是一部欧洲战争史的缩影,也是一部欧洲历史教科书的缩写。

# 伊萨河畔的书香

*

"什么也不能像书那样点燃探索的明灯……"

　　清澈的伊萨河，绕过慕尼黑郊外的绿色山谷，潺潺流向远方，汇入了蓝色的多瑙河。坐落在伊萨河畔的布鲁顿古堡，小巧精致，有着安静的院门，白色的外墙，红色的屋顶上高耸着哥特式的塔尖，看上去就像一座小小的童话城堡。城堡外面清浅的护城河上，散落着几座干净的木质小桥。跨过小桥，可以走到附近的田野上和池塘边，池塘里总是栖息着一些白色的天鹅和灰色的雁鹅……

　　可不要小看这座小小的古堡呢！它可是经过了联合国认可的，属于联合国教科文组织的一个著名的文化项目，官方的名称为"国际青少年图书馆"。它是目前世界上唯一一座专门收藏和陈列各国和各种文字的童书图书馆，也是一座集图书借阅、儿童文化研究、各国和各地区儿童文学作家访问和交流于一体的专业文化机构。

创办这座图书馆的人，是德国的一位犹太女性——叶拉·莱普曼夫人，她被人们称为布鲁顿古堡的"女王"。不仅在慕尼黑，在德国，即使在联合国，在全世界范围内，她的名字也是令人肃然起敬的。

事情要从这里说起。很久以前，有个名叫克罗蒂娅的小姑娘，曾经这样幻想过：有一棵美丽的大树，浓荫郁郁，而很多的书，就像红色的樱桃、金黄色的橘子和褐色的栗子一样，长在茂密的树枝上。它们有大有小，有粗糙的，有光滑的，只要一伸手就可以摘下来。尤其是那些漂亮的图画书，总是长在那些最矮的树枝上，这样，小孩子们一伸手就够得着……

五十多年前（1967年），叶拉·莱普曼夫人正是从自己的孙女小克罗蒂娅美好的想象中得到了启发，倡议并创办了每年一度的国际儿童图书节。图书节的美好愿望是：让全世界喜欢书籍的孩子都有条件去阅读一本好看的书；并且要让孩子们——无论是出生在贫穷家庭的孩子，还是生活在中产阶级家庭和富裕阶层的孩子——都这样相信：世界上真有这么一棵长满书的参天大树，在大树的绿荫下，所有的孩子，无论是蓝眼睛、黑眼睛，也无论是黄皮肤、白皮肤还是黑皮肤，都能够相聚在一起……

叶拉·莱普曼夫人的倡议首先得到了全世界儿童文学作家

和插图画家的一致响应。第一届国际儿童图书节便在1967年4月2日举办了。4月2日这天正是童话家安徒生的诞辰。从此以后，每年这个时节，在温暖的四月天里，国际青少年读物联盟（IBBY）都要邀请各国轮流主持这个美好的节日。主持节日的国家会选出一位本国的优秀儿童文学作家，为全世界的孩子们写出一篇关于读书的献词；还要选出一位同样优秀的儿童文学插画家，为全世界的孩子们绘制一幅特制的招贴画，以此来唤起人们对儿童和童年阅读的关注、重视与热爱。叶拉·莱普曼夫人在第一届图书节上发表的献词《长满书的大树》中，这样描绘了自己崇高、美丽和伟大的梦想：要让这个世界真的出现那么一棵长满书的参天大树，在这棵大树之下，所有为儿童写书、画画、编书的人，都团结在一起，让书里的文字像阳光一样洒满世界，照耀每一个孩子幸福、快乐地成长；让全世界的每一个孩子都拥有自己喜欢的书，都能分享阅读和求知的幸福与欢愉……

2012年秋天，我来到了慕尼黑布鲁顿古堡，走进了叶拉·莱普曼夫人创办的这座像美丽的童话城堡一样的儿童图书馆。我在这里翻阅着各种琳琅满目的、各种文字版本的童书，也在院子里的老苹果树下散步、休息。有时也走到院子外面，跨过小木桥，来到清清的池塘边，用午餐时特意省下的面包去喂池塘里的灰雁鹅和白天鹅……

图书馆的院子里，长满了低矮的老苹果树。每棵苹果树上都结满了红的、绿的苹果。有的苹果成熟了，落在了树下的绿草地上，许多白头翁和椋鸟会飞来啄食熟透的苹果……

我像小鸟一样，一边吃着从草地上捡起的干净的苹果，一边想着：叶拉·莱普曼夫人当年的那个美好而崇高的愿望，不正是我们这些为儿童写作和工作的人，直到今天还在为之努力、渴望实现的一个梦想吗？让每个孩子都有书读，这是一个多么善良和美好的愿望啊！我们做到了吗？

在国际儿童图书馆做义工的琳达小姐，是来自塞尔维亚的一位儿童文学作家，她一边在这里做研究，一边暂时充当图书管理员，还要给一些国家和地区的捐赠者和咨询者回复信件。在老苹果树下散步的时候，我向她请教了一些问题。交谈起来才知道，原来，她和我的一位塞尔维亚朋友——童话诗人奥·米卡·杰克斯也十分熟悉。我告诉她，我正在试着把米卡的一些儿童诗翻译成中文。琳达笑着说，那米卡可要好好地干一杯了。正是从琳达口中，我知道了叶拉·莱普曼夫人更多的故事。

二战期间，作为犹太人的叶拉，幸运地逃离了德国，在瑞士暂住了下来。但是她在内心里，总是对曾经是犹太人的噩梦的故乡德国割舍不下。她在自己的回忆里援引过海涅的话："每当我在深夜里想起德国，我就会焦灼难眠、热泪盈眶……"这是一位真正的爱国者。战后,叶拉以盟国占领军文化官员的身份,重新返回自己的祖国。她开始在德国的废墟上四处呼吁和奔走。

但是她当时的特殊身份,却给她的工作带来了不少障碍,一些德国同胞甚至怀疑她的动机,并且以是否应该虑及德国的"文化安全"问题来审视她的倡议和愿望。然而,正如伟大的奥地利诗人里尔克的诗中所预言的:"凭着温柔的姿态,你可以把握世界,而依靠别的,肯定不能。"叶拉在误解和困境之中并没有气馁,也没有放弃自己的美好梦想。她呼吁说,德国的孩子,和全世界的孩子一样纯洁,他们是无辜的,不应该继续生活在战争的阴影之中,何况,他们也是疯狂的战争和恶魔般的梦魇的受害者。如果没有人来帮助他们去拥抱健康、阳光和文学,他们就会背负着沉重的枷锁走上歧途。她敞开自己宽容和温暖的女性和母性之心,渐渐融化了一些同胞的敌意的坚冰。

叶拉最早发出的一个具体的倡导就是:在慕尼黑组织一次国际儿童书展,展出她从世界各国募集到的4000册童书,以此来吸引德国的孩子和他们的父母,重新建立起读书和生活的信心与幸福感,重新找回阅读、思考和想象力……她的倡导,赢得了人们的响应和赞美。许多年轻的父母,像被拉出了黑暗的地窖的葡萄藤一样,对生活的信念瞬间复苏。他们怎么也没有想到，一本本来自不同国家和地区的小小童书，竟然拥有那么大的魔力，一夜间就可以改变许多德国的孩子和父母的精神状态。

叶拉并不满足于自己努力获得的最初成果。她锲而不舍地继续奔走和游说，相继得到了洛克菲勒财团和美国总统夫人等不同阶层和名人的支持。经过数年的奔走，终于让一棵"长满书的大树"——一座汇集了数万册来自全世界各种文字和版本的童书的图书馆，矗立在了慕尼黑郊外的那座童话般的古堡里。而这座古堡，同样来自一次伟大的捐赠。在图书馆落成仪式上，叶拉动情地说道："只有世界上的每一个孩子都学会了相互理解，我们才敢寄希望于拥有一个和平完整的世界……"

叶拉·莱普曼夫人美丽而善良的梦想，终于落地成真了。她以这座小小的图书馆为工作平台，又倡导和创办了前面说到的国际青少年读物联盟，创办了每两年颁发一次的全世界儿童文学最高奖——安徒生奖（也被称为"小诺贝尔奖"），以及联盟会刊《书鸟》杂志。琳达告诉我，如今，这座青少年图书馆得到了联合国教科文组织的认可、支持和表彰，全世界各国包括中国的儿童出版社，每年都会向这里捐赠一些最新的童书。目前，图书馆藏有近百万册、130多种文字的童书和儿童文学刊物。图书馆每年还会在全世界范围内邀请几位儿童文学作家或研究者来此访问和研究。每年想来这里工作，甚至做义工的大学毕业生很多，琳达的工作内容之一就是给这些毕业生回信。图书馆要求，凡来此工作的馆员，每人至少要会使用两三种语言，并获得过图书馆学的学位，而且至少对自己母语国的儿童文学有一些研究成果……琳达说，这座小小的城堡，还有一个更响亮的名称——"小联合国"。

从1967年4月2日举办第一届国际儿童图书节迄今，这个美丽的节日已经举办了五十多届。中国于2006年在澳门特别行政区举办了国际青少年读物联盟第三十届世界大会。我个人觉得非常荣幸的是，编辑出版了自1967年以来，历届国际儿童图书节上作家们的献词、安徒生奖得主精彩的获奖演说词和彩色招贴画的汇编，名为《长满书的大树：安徒生文学奖获得者与儿童的对话》[①]。这是国际青少年读物联盟认可的唯一的中文版。

《长满书的大树》的译者黑马（毕冰宾）先生，是第一位进入IBBY和走进布鲁顿古堡的翻译家。长期以来，他成为国际青少年图书馆与中国产生直接联系的唯一"使者"。这本书，为帮助我们了解IBBY的工作和意义，打开了一扇美丽的窗户。

这是一些"'老天鹅'的话"[②]，是世界各国儿童文学大师们所描绘的神奇、美丽和丰富的"书的世界"的景象，所讲述的一个个昨天的故事和明天的秘密。这是一只只"永恒的黑划子"③和"想象的漂流瓶"④。"什么也不能像书那样点燃探索的明灯,帮助我们用心灵去认识那些未知的事物。"瑞典童话作家阿·林格伦在献词中说道。而希腊女诗人雷娜·卡萨奥斯告诉孩子们,每一本书,就像"黑暗中的萤火虫",它们闪烁着,就像一些永恒的价值在闪光:爱、善、自由、美、温柔、正义,它们给生活以深刻的内涵,给我们匆匆而过的人生以丰富的意义。小小的萤火虫,"正以它们微弱的金色光点为武器,驱散随时要围困世界的黑暗"。

儿童文学作家们并不回避,也并不一味地用美好的想象力去掩盖和粉饰这个世界上正在发生的灾难与残酷的事件。当装甲车和坦克冰冷的履带碾过那些美丽的花园和学校,孩子们的笔盒、书包和童年的梦都被埋进了废墟里,就像瓦砾下那些痛苦的、流泪的小草;当橄榄树刚刚从冬天里苏醒,白色的叶蕾就被大火烧焦;当襁褓中的婴儿在甜美的睡梦中被爆炸声惊醒,蔚蓝的天空被铁丝网分割,再也看不见一只小鸟……这时候,我们也听到了那些愤怒的和充满良知与道义的声音。1996年,安徒生奖得主、以色列作家尤里·奥列呼吁,儿童文学作家要帮助和拯救那些"如履薄冰的孩子",因为大屠杀曾经是他们童年的一部分。1997年献词的作者、斯洛文尼亚作家鲍里斯·诺瓦克则直言,孩子们不仅仅生活在光明里,同时也生存在阴影里。

因此，他希望，"作为一个不能再真实的警告，希望成年人不要把他们的童年变成地狱。让我们都尽自己的一份力，让孩子们免受苦难"。也因此，1984年安徒生文学奖得主、奥地利作家克里斯蒂娜·诺斯特林格谈到她为儿童们写作时的一个精神支柱（她把它说成是写书的"办法"）就是："既然他们（孩子们）生长的环境不鼓励他们建立自己的乌托邦，那我们就挽起他们的手，向他们展示这个世界可以变得如何美好、快乐、正义和人道。这样可以使孩子们向往一个更美好的世界。这种向往会使他们思考应该摆脱什么、创造什么以实现他们的向往。"

埃尔汗姆·扎巴克赫特和哈拉赫·扎巴克赫特，是一对来自伊朗的小姐妹。她们家并不那么富裕，可是她们都很喜欢读书。她们的爸爸妈妈也尽量省吃俭用，给小姐妹俩买回她们最想读的儿童书。1976年，国际儿童图书节组委会邀请这对小姐妹，为这届图书节写了一篇献词，献给全世界爱读书的小朋友们。

献词里说："我们能在书的神奇世界里旅行，同大树和清泉说话，真开心啊！我们还可以到巨人和魔术师的房子里去，看看谁是好人，谁是坏人。在书的世界里，我们可以跟全世界的人交朋友，和书中的主人公一起走遍全世界，与全世界的小朋友一起玩耍。读书时，我们就走进了一个神奇的世界，和小仙女们一起旅行。我们坐在小仙女美丽的翅膀上，把我们的愿望告诉她们，想要什么，她们就会给我们什么。"小姐妹俩还向我们讲述了她们阅读第一本书时的美好记忆：那是五年前，爸爸妈妈给她们买回了一本美丽的书，书名叫《神奇的小金鱼》。书里面的图画真是太美了，一下子就吸引了她们。第二年，小姐妹俩开始上学了，会认字了，她们又开始一遍遍地读那本书上的故事。她们都被故事里的小金鱼给迷住了！

"打那以后，我们就用心记住了这个故事，每天晚上，我们都会对这条小金鱼说说我们的愿望。不过，我们要的东西从来不太多……

"直到现在，我们晚上躺在床上时，还会想着这本书，想象着自己就是书里那个幸福的渔夫。我们把自己的愿望说给小金鱼听，早晨起床后，我们就尽自己的全力，让愿望变成真的。"

看，一本你喜爱的书，就像是一位永远难忘的好朋友，就像是一个你随时乐意去就可以去的熟地方。而且，一本你喜欢的书，也是真正属于你自己的东西。因为，书中会有你的欢乐、你的忧愁、你的梦想、你的期待与渴望，书中也会有属于你的"神奇的小金鱼"。

儿童文学作家们的心都是相通的，他们互相之间并不太受地域、民族和文化背景的限制，越是优秀的作家越是如此。因为，他们的写作面向的对象是一致的，那就是整个人类——无论是玩耍中的儿童,还是坐在壁炉前取暖的老人。

**注释**:①《长满书的大树:安徒生文学奖获得者与儿童的对话》,(德)莱普曼等著,黑马译,湖北少年儿童出版社2005年9月第1版。

②③④均选自注释①书中的文章名。

## 巴伐利亚森林的启示

———— * ————

没有一棵相同的树,也没有一片相同的绿叶。

  凡是到过德国巴伐利亚乡村的人,都会有一个深刻的印象:这里的森林植被保护得真好。不仅有绵延无边的大森林,而且那些美丽的小树林和灌木林也随处可见。尤其是到了深秋时节,也正是一年一度的法兰克福国际书展举办的季节,这里的树林更是各显风姿,在爽朗透彻的秋日的阳光里,深绿色、浅绿色、橄榄色、金黄色、深红色和琥珀色的树林和树木……色彩缤纷,层次分明,看上去就像一幅幅美丽的风景画。

  我曾经问过德国出版界的一位朋友:德国的森林为什么会如此多,又如此漂亮?他给我解释说:因为这里的森林大多是阔叶混交林,橡树、榉树、枫树、朴树、椴树、松树、榆树、栗树、白蜡、白桦、银杏、野樱……都有各自的生长空间,也有各自不同的吐绿、转黄、落叶和返青的时节,都在自然和健康地生长。

  由此我也想到在法兰克福书展上获得的一些感受。算来我已是第四次参加法兰克福书展了。在书展开幕之前，我们一行二十多位从事少儿出版的同行，先后访问和考察了艾思出版社（Ars Edition）、多林金德斯利出版社（Dorling Kindersley）等多家专业少儿出版社，拜访了全世界著名的慕尼黑国际青少年图书馆、德国阅读促进基金会、德国少儿出版社联合会，以及拥有230多年音乐出版历史，出版过贝多芬、莫扎特、瓦格纳、施特劳斯、斯特拉文斯基等音乐大师的不朽作品的欧洲最老牌的音乐出版社——朔特音乐出版社和一些知名的连锁书店。

在与大诗人歌德故居相毗邻的、书香馥郁的德国书商协会会议室里，我们还与德国少儿出版社联合会副主席、德国玉婷歌尔出版集团对外合作总监讨论了电子时代有关少儿图书推广营销的新手段等话题。在慕尼黑，我们还和德国的两家小出版社的独立出版人讨论了全球化背景下的选题策划与版权贸易和个性化出版等话题。

给我感受最强烈的是，德国的编辑出版家们，十分注重出版的差异化与个性化。他们一般都会努力坚守各自选定的出书方向和出版领域，绝不会人云亦云、一窝蜂似的跟风出版。根据畅销书排行榜单去策划和确定图书选题，在他们看来是可笑和可悲的，那只会给出版业带来灾难，给读者制造不幸。他们也并不一味去追求"大"与"全"，相反，他们更在意"Small

Is Beautiful"（小的才是美好的）。他们中的许多出版家对有如洪水猛兽一般涌来的电子读物也不以为意，仍保持着自己的淡定与安静。

我在书展上也看见过不少图书品种并不多，甚至只有一个人在忙活着的小出版社的展台。但他们的展台依然门庭若市，前来洽谈版权的人络绎不绝。图书的差异化和个性化，使这些出版社有着别的出版社无法取代和遮蔽的价值与光芒。不像有些少儿出版社，大同小异、千人一面、选题雷同，互相跟风和拷贝，毫无个性化可言，只要有哪种畅销图书出现，几十家出版社就跟风而上。

莫瑞兹出版社社长马库斯·韦伯，是一位非常专业的出版人，之前我在法兰克福就听过他的一次讲座。那时他的出版社全部人员就只有他一个人，另外聘请了一位年轻人做助手。这次书展，他说，出版社仍然只有他和助手两个人。但是他拿出来的"莫瑞兹年度图书目录"却也琳琅满目，相当于许多中型少儿出版社的规模。更重要的是，短短的两三年里，他的许多书都向世界各国卖出了版权。例如，他亲手策划的一本有趣的提问式童书《问我吧！》（*Frag mich！*），版权就卖到了美国、加拿大、韩国、澳洲和阿拉伯地区，中文版也在洽谈之中。我注意到，他的书目的图画书部分，还有中国旅法画家陈江红的好几本图画书。

  我问他，有没有想过把自己的出版社再扩大一点规模？包括人员方面。他说：为什么要扩大？有人问：看到畅销书排行榜上的那些书目，您有什么感想？他说：让那些大的出版社去做好了，我做他们不愿意做和不能做的书。他的独立性和自信心，令我肃然起敬。

  美丽、茂盛的德国森林，不也是这样的吗？没有一棵相同的树，也没有一片相同的绿叶。但每一棵树都有自己生命的年轮和风姿，即使是一棵最小的树。不，即使是枯死的树木，也是属于森林的产物，是物质循环的一部分，也会成为新生的小树林所需要的养料。所有这一切，构成了一个健康和健全的森林生态环境。

# 书的飨宴

*

法兰克福书展往往是世界图书流行趋势的"风向标"。

德国法兰克福书展,是一年一度的全球最大的图书盛会。法兰克福从14世纪就开始拥有图书市集,至今已有600多年的历史。这个城市也因此被称为"世界出版业的麦加"。每年的书展都会专门设立主宾国,主宾国会邀请本国的一些知名作家和学者前往书展现场与读者见面,或召开各种发布会和发表演讲。

记得2007年我去参加书展时,当年所选择的主宾国不是某一个具体的国家,而是西班牙东北部的一个自治的大区——加泰罗尼亚区,以及这个区域所代表的一种"加泰罗尼亚文化"。组织参展方还有规定:只有用加泰罗尼亚语写作的作家才有资格参展。

针对这项规定,一些国际知名的作家提出了抗议。例如,小说《风之影》(已在中国翻译出版)的作者西班牙作家卡洛斯·鲁依斯·萨丰并不买账，他认为，文学就应该是文学，不应该有那么多附加的东西做条件，因此他拒绝了参展。还有另外几位著名作家如爱德华多·门多萨、哈维尔·塞卡斯（他们的作品都已有中文版本）等，都拒绝了法兰克福书展的邀请。那一年10月12日，74岁的以色列历史小说家索尔·弗里德兰德（写过表现纳粹德国迫害犹太人的长篇历史小说），在书展上领取了本年度的"德国书业和平奖"。我有幸与这位作家在书展上留下了一张合影。

现在的书展仍然是欧美大书商们的狂欢节，虽然近些年来欧美图书出版市场也有点儿疲软，甚至停滞不前。我注意到《欧洲经济导报》转发的德通社的一则消息：德通社特别提醒急于寻找商机、出售版权的西方出版商，目前最好做的生意对象是中国和巴西，因为这两个新兴的经济大国的出版市场，机会最多，尤其对于教材和文学读物的需求量正在不断增长。德通社甚至还预测出了，中国目前潜在的图书购买者的具体数量为4亿多！不知道这是怎么预测和统计出来的。

在荷兰的一个展台上，与绘本大师汉斯·比尔有过很多文字合作的一位童书作家（可惜我没有记住他的名字），穿着小棕熊的外套，为读者朗诵了汉斯·比尔的绘本新作《小猴子嘟嘟历险记》。我拍下了他在现场朗诵时的一些照片。

法兰克福书展往往是世界图书流行趋势的"风向标"。本次书展上的关键词有两个：教育与学习、出版的数字化进程。如何让图书出版与未来的教育紧密相连，如何从教育上寻求图书的市场增长可能，这是目前德国和欧洲出版商所津津乐道的话题。书展上还举办了主题为"学习的社会"的国家教育论坛，专门讨论早期儿童教育和终身学习问题。

数字出版，电子书（E-book），"听书"，使图书市场迅速向互联网转移。在线阅读，也是书展上的一个热门话题。书展上到处都能听到"听书之年"的说法。德国书业协会负责人安妮雅博士在回答《环球日报》记者的提问时透露，德国一年的时间就出版了 2000 种新的"听书"。可见，传统意义上的"读书"方式，正在以越来越快的速度被颠覆。

我们都注意到了，在欧洲，"听书"的景象随处可见。无论是咖啡馆、加油站、超市，还是我们去参观过的各类博物馆、美术馆等，都安装有十分便利的听书装置。

绘本仍然是目前欧洲童书市场的一种占主流地位的图书形式。各大童书出版公司的绘本出版数量，是中国儿童读物难以望其项背的。国外出版商对绘本的开发，早已是立体化、数字化和引入多种时尚元素的复合开发。如一本绘本，可以有传统意义上的纸质图画书、布书、洗澡书、玩具书、玩偶、织毛工艺、拼图粘贴剪纸游戏、带 CD 的听书等多种形式同时存在。

这次法兰克福书展之后，我们沿途经过了巴黎、布鲁塞尔、阿姆斯特丹、科隆等城市，大家也饶有兴趣地领略了秋日里的欧陆风情，感受到了馥郁芬芳的欧洲文化气息。

# 寻找约瑟夫·雷丁先生

---- * ----

中国有句古语叫作"仁者寿",意思是仁慈、善良的人才能够长寿。

亲爱的约瑟夫·雷丁先生:

您好!

通过我国著名诗人、翻译家绿原先生的美妙译笔,我们愉快地走进了您所创造的童话和诗歌的王国,感受到了您那充满智慧、善良和广阔的心灵世界,也领略了您的卓越的文学才华。

您是享誉世界的儿童文学大师,您的儿童诗集《日安课本》中文译本能在中国出版,我们感到十分荣幸和愉快。

我是尊著《日安课本》中文译本的出版人。据绿原先生讲,由于时间和空间的阻隔,他和您已经失去联系二十多年了。我们最近意外地获知,您和您的家人生活在一座美丽、安静的小岛上。因此,我们特委托胡小姐——她目前是贵国一所大学的留学生——前往寻访和拜见您,向您致送《日安课本》中文译本,并表达我们对您的敬意和感谢。

中国有句古语叫作"仁者寿",意思是仁慈、善良的人才能够长寿。您正是这样一位仁慈、善良并充满智慧的老人。您的作品不仅充溢着浓郁的德国文化气息和德国民族精神,而且也洋溢着儿童般的单纯、天真和情趣。全世界各国、各民族不同肤色、不同文化背景下成长的孩子都喜欢您的作品,便是最好的证明。

我们衷心祝愿您身体健康,祝愿您和您的家人幸福快乐。如果您的健康允许您来中国观光、访问,或者您有兴趣来中国的中部城市武汉市做客,那更是我们十分乐意和希望的。同时,我们也非常希望您有更多的儿童文学作品在中国翻译出版。

专此布达。谨祝您和您的家人健康愉快!

徐 鲁

2013 年秋日

# 科隆城里的小矮人

※

然而，越是失去的，越是美好的。

一说到科隆，人们立刻就会想到那座古老而高大的大教堂——科隆大教堂。法国建筑师凯尔哈里特在1248年受邀设计和建造这座大教堂，直到1880年才最后建成。

走进这古老、肃穆的大教堂，感受着它所经历的历史沧桑，欣赏着它宏伟的建筑艺术：它幽深的、漆黑的楼梯，古老的烛台，拉丁文的羊皮书卷，黑洞洞的壁炉，高高的刻花玻璃窗户，高入云天的尖顶，古旧的钟楼……使人不能不想到数百年来发生在它身上的许多奇迹。而这一切似乎都在证明：这里，只有这里，才是古老的精灵们生活和出没的地方。

说起来也算有趣，在去科隆之前，我只是通过一本名为《科隆城里的小矮人》的图画书来认识科隆大教堂的。

我们都知道，在神奇的童话世界里，生活着许多诸如小精灵、小仙女、小矮人，还有巨人、巫婆、魔法师、幽灵、吸血鬼……

这些独特的个体和群体。

《科隆城里的小矮人》这本图画书讲述的是生活在古老的科隆城里的一群小矮人的故事。小矮人们团结、互助、勤快、友善，总是以悄悄地帮助他人而获得快乐和幸福。

他们不是那种住在家中的地板下，喜欢收集人类掉落在地上的东西的地板小人儿；也不是住在花蕊或卷心菜里面，长着透明的翅膀，靠吮吸花粉和露珠为生的花仙子；当然也不是那种生活在茂密的竹林里，住在空空的竹节里面，能够在月光下吹出悦耳的笛声的小精灵。不，他们是一群披着红色斗篷、专门在夜晚出来活动的小矮人。

让我们设想一下吧，在很久很久以前，科隆城里的日子非常舒适，也非常悠闲。无论是谁，只要你想偷一点儿懒，哪怕你是坐在椅子上，或者是躺在地面上，随时随地都可以闭上双眼，快活得像个神仙。

这是因为每当夜晚降临的时候，就会有一群勤快的小矮人悄悄地聚集起来，头上点着小小的、橘黄色的灯盏。

他们又是跳跃又是奔跑，专门帮助人们干活儿，而且什么活儿都会干——帮助清洁工人清扫街道呀，帮助家庭主妇擦拭玻璃窗户呀，帮助木匠师傅用一块块木头建造小木屋呀，帮助面包师傅烤制面包呀，帮助肉铺师傅灌制香肠呀，帮助酿酒师傅酿造葡萄酒呀，甚至帮助裁缝师傅赶制市长急需的礼服呀……

总之，当那些懒惰的人还在呼呼大睡、沉浸在香甜的梦境里的时候，小矮人们一天的工作都已全部完成。

每天早晨，等到科隆城里的人们醒来的时候，他们会惊奇地发现，许多白天想做而没有做或者是还没有做完的事情，总是有人在晚上趁着他们睡觉的时候帮助他们做完了！而且做得那么好，那么干净利落。

可是，有一天，那个裁缝的妻子发觉事情有点儿蹊跷，她在猜疑中想出了一个主意：把圆圆的豌豆撒在地上，然后就一心等待着看一场好戏。

果然，毫无防备之心的小矮人们，被一粒粒豌豆滑倒在地上，房子里不断地发出一阵阵声响，小矮人们头一次变得那么惊慌。等裁缝的妻子闻声跑来，在微弱的灯光的照耀下，所有的小矮人逃呀躲呀，顿时都失去了踪影，只剩下一片茫茫夜色……

从此以后，科隆城里的人们，再也不能像以前那样清闲，所有的事情，他们都必须自己动手来做了。也就是说，小矮人们给科隆城里的人们带来的，总是一次次无私的帮助与奉献，总是一串串意想不到的惊喜和快乐。而科隆城里的人们，却因为猜疑和不信任，而最终失去了这些无私的、可爱的朋友。

失去了小矮人的日子里，科隆城里的人们虽然还在继续生活着、工作着，但是，每个人都会觉得，生活里不再有那么多的期待和幸福，也失去了曾经有过的惬意与惊喜。

　　于是，人们都在感叹：从前的那些日子，多么让人留恋！过去的美好时光，还有科隆城里的那些小矮人，多么让人怀念！

　　这是一个给人带来惊喜和愉快的童话故事，也是一本十分轻松好玩的精致的图画书。看那些穿着红斗篷、头顶着小油灯的小矮人们，样子是那么憨厚，那么友善，他们干起活儿来的时候，又是那么投入，那么专心，无论是男孩子、女孩子，也无论是老爷爷、老奶奶，一个个都在专心的劳作中享受着奉献的幸福与快乐。似乎谁也不知道，他们白天都居住在科隆城里的什么地方……

　　请想象一下吧，也许，他们都躲藏在古老而高大的科隆大教堂的尖顶上和钟楼里吧？

　　实际上也真是这样。如果我们仔细观察，从这本图画书的封面和封底上就可以看到，那些可爱的小矮人，似乎正是在星月下的科隆大教堂四周进进出出的呢。

　　这本图画书的故事讲述，也带着与《布勒门市的音乐家》类似的诙谐的叙事谣曲的风味。这种风味，我们从德国的民间叙事歌谣里，从格林童话里，从大诗人歌德、席勒、海涅、尼采的叙事诗歌里，也都曾经领略到。

透过这本故事轻松、快乐与好玩的图画书，我们除了能看到小矮人们那种团结互助、相互信任、相互友爱所带来的智慧与力量，或许还能发现，故事后面还藏着一个古老的寓言——

小矮人们，也许代表着走过我们生命的一些不同寻常的人。我们意外相逢，立即就很喜欢他们。但无奈，他们总有离我们而去的一天，去到另一个地方，去到另一个世界……

不是吗？难道你从没失去过什么吗？

然而，越是失去的，越是美好的。过去岁月里的美好回忆，乃至日后的美好片段，人与人的相逢，一些亲切和隐秘的期待与惊喜……其实都是能够经受和战胜那漫长生活道路中的许多波折而留存下来的。任何外在的力量，最终都不能把它们阻隔和分离。

那么，请告诉我，科隆城里那些披着红斗篷的小矮人，你们去了哪里？我们在哪里失去了你们？

# 布勒门市的童话铜像

*

人类只有团结一致、相亲相爱、互相信任，才能获得最后的胜利。

布勒门原本是德国北部的一个海边小镇，位于威悉河入海口，现在已经是一座有名的海港城市了。外地游客来到这座城市，几乎都愿意去看看市政厅一旁的那座奇特而有趣的动物铜像：一头老驴子、一条老狗、一只老猫和一只大公鸡，自下而上依次叠立在一起，在黑暗中看去，就像一头超级大怪兽。

熟悉德国民间文化的游客当然明白，这座奇怪的铜像源自格林兄弟著名的童话《布勒门镇的音乐家》。

这个童话讲的是：一头被主人遗弃的老驴子，在离家出走的路途上，先遇到了一条因为老得不能打猎了、主人想打死它的老狗，接着又遇到了一只老得再也抓不到老鼠、只愿意坐到火炉后面打呼噜的老猫，还遇到了一只因为害怕被主人杀了煨汤待客而大声叫喊的公鸡。这四个命运遭遇颇为相似，因此也就同病相怜、一起离乡避难的动物，决定凭着自己的本领，组成一支乐队，到布勒门去演奏，开始它们的新生活。

可是，因为去布勒门的路比较远，一个白天也不能赶到，它们只好中途找了一个临时住所过夜。不料，它们在半夜里遇到了一伙穷凶极恶的强盗。情急之中，不会半点儿武功的四个落难者想出了一个绝妙的主意：驴子把前脚放到窗台上，老狗跳到驴子背上，老猫爬到狗身上，最后公鸡又飞到老猫身上，它们叠立在一起，然后突然开始一起奏出可怕的"音乐"。

在月黑风高的夜晚，它们看上去就像一头超级大怪兽。强盗们从来也没有见过这样的阵势，还以为遇见了什么妖怪，吓得落荒而逃。当地的村民们早就被这伙强盗害苦了，现在知道这四个想去布勒门的"音乐家"住在这里，并为他们赶跑了强盗，便留它们长期住了下来，从此全村人过上了快快乐乐的日子。

显然，在这个故事里，四个动物"音乐家"当时并没有到达布勒门市。但是，后来布勒门市民根据这个童话，热情地为它们塑造了一座铜像，矗立在自己的城市，成为永久的纪念。

这个童话在格林兄弟所有的童话里，是最富于传奇色彩和幽默趣味的，或者说，是最好玩的一个。四个在生活中遭受到了极不公正的待遇、已经流离失所的动物，却能够惺惺相惜，在绝望中重新建立起对生活的信心和勇气，重新找到面对未来的希望和力量，并且团结一致、齐心协力，共同打败敌手、战胜困境，找到自己的快乐和幸福。

　　这个故事所隐含的道理，无论对生活在哪个时代、哪个国家和民族的小读者，无疑都有着积极和有益的启示意义。而且更值得我们欣赏的是，格林兄弟把这样一个主题、这样一个故事，讲述得如此生动有趣、滑稽好玩，无论是成年人还是小孩子听来，都会忍不住发出开心的笑声。难怪有不少专家称赞说，这个童话是世界经典童话宝库里罕见的精品和珍宝。

　　不列颠版《儿童百科全书》把格林兄弟称为"采集故事的兄弟俩"。发生在这兄弟两人身上的故事也十分感人。哥哥叫雅格·格林，弟弟叫威廉·格林，他们是一对亲密无间的好兄弟，从小就互敬互爱、相濡以沫。在他们还很小的时候，一个就曾经对另一个说："我们永远不分开。"另一个回答说："只有死才能把我们分开，——不，连死亡也不能把我们分开！"

　　长大后，他们都成了最善良和高尚的人。他们热爱书，热爱花草，热爱人类，尤其热爱小孩子们。当然，他们也非常热爱自己的祖国，热爱祖国古老的文化，热爱真理和自由。兄弟俩曾经以学者的身份居住在汉诺威王国。有一天，那里的一个坏国王听说他们兄弟俩以及其他五位学者爱真理、爱自由、爱祖国胜过了一切，便非常生气，因为他的王国是通过战争从德国分离出来的，所以他最不愿意听到德国统一之类的言论，更不喜欢希望德国统一的人。这个坏国王，注定是自由和真理的敌人。他依仗自己的权势，让手下的人把格林兄弟和另外五位学者驱逐出境了。因为他们当时都住在哥廷根城里，所以全德国的人都把他们称为"哥廷根七君子"。

"哥廷根七君子"虽然被坏国王免去了教授的职务，但全德国的人仍然非常尊敬和爱戴他们。凡是热爱自由和真理的正直的人，都是值得人们爱戴的。在格林兄弟被坏国王驱逐出境的那天，有一个小孩子正好跟着自己的祖母站在道路旁。小孩子看到了那个情景，心里想，他们究竟犯了什么罪呢，要被人赶出城去？小孩有点儿害怕，便紧紧靠着祖母。祖母说："不要怕，孩子，他们都是好人！去和他们握握手吧！"她的意思是说，他们虽然遭受了不公正的迫害，但都是人民的朋友，人们应该和他们握手致敬。这个孩子把老祖母的话牢牢地记在了心里，并且懂得了世界上还存在着这么多的不公平。

长期以来，在德国，很多民间童话故事都没有被印刷成书，只是流传在人们口头上，由一代代年老的人讲给一代代年幼的人听。没有人知道这些故事是从哪儿和什么年代开始传下来的。格林兄弟所担心的是，有些美丽的故事可能会因为年代久远而失传，那样就太可惜了！所以他们下决心要把这些故事都收集起来，让它们变成文字。他们用了大半生时间，搜集了两百多个民间童话故事，又对其中一些内容相同或相似的故事进行了比较、修改和整合，使每个故事都达到通俗、流畅、和谐和完整。然后他们把这些故事编成了一部厚厚的书，书名就叫《格林童话》。

《格林童话》早已成为全世界孩子都喜欢的故事书了。尤其在格林兄弟的祖国德国，没有谁不知道《格林童话》。这些故事里最著名的有《白雪公主》《灰姑娘》《小红帽》《大拇指》《狼和七只小羊》以及《布勒门镇的音乐家》等等。这些童话已经成为人类想象世界里最美丽、最珍贵的组成部分。或许，许多孩子并不知道，当格林兄弟在全国各地搜集这些故事的时候，那里还没有铁路，没有汽车，更没有飞机、电灯和无线电，甚至连报纸也还没有呢！那时城市很少，而且也很小，绝大多数的人生活在乡村。他们的生活用品也没有地方买，差不多都要自己做，包括做衣服用的布也得自己织。而且，每座村庄的四周都是大森林，林子又大又深，布满了荆棘和灌木——就像小红帽住的村子的周围一样。因为人烟稀少，几乎没有现成的路可供行走，外来人往往一走进森林就迷了路，再也走不出来了，最后只能饿死或被野兽咬死。可以想象，格林兄弟为了搜集这些故事，吃了多少苦头，付出了多大的代价。

正因为当时人们的生存环境是这样艰难和可怕，所以《格林童话》里就常常出现一些具有改变这些恶劣环境的神力的巨人、魔剑、神灯以及种种魔法。总之,他们的目的是希望所有勤劳、善良、弱小、正直的人和动物,都能拥有一种力量来帮助他们战胜凶恶、残暴、丑陋和愚昧,然后过上幸福和快乐的日子。当然,我们现在阅读《格林童话》时更应该明白,人类只有团结一致、相亲相爱、互相信任,才能不靠任何魔法而依靠自己的智慧和力量,去战胜一切邪恶,获得最后的胜利。

# 北欧童话之旅

※

"星星的眼睛究竟哪里去了？谁也不知道。"

世界童话大师安徒生说过："旅行就是生活。"那么，现在我们就一起去往他的祖国丹麦旅行，由此开启我们的银色北欧童话之旅。

早晨九点一刻，坐上从德国汉堡开往丹麦的火车，下午三点一刻，就到达了丹麦首都哥本哈根。有意思的是，从汉堡到哥本哈根，火车必须渡过茫茫的大海。

你也许无法想象，火车是怎样渡海的吧？其实很简单，到了海边，整个火车就像一个大邮包一样，开进了一艘大型邮轮的底层。火车停稳当后，旅客就可以走出车厢，站到邮轮的阔大的甲板上，欣赏湛蓝的海天融为一色，看那成群的海鸥追随在船尾翔舞、欢唱。

美丽的哥本哈根是安徒生小时候就梦想过的城市。众所周知，他原本是出生在欧登塞的一个贫穷的鞋匠家庭里的苦孩子，

14岁时就怀着当歌剧演员或芭蕾舞演员的美好愿望，离开家乡来到了哥本哈根。但哥本哈根没有给他成为艺术家的机会，相反却给了这个身材瘦长得像一株棕榈树一样的梦想家不少嘲笑和奚落。

安徒生后来曾回忆说，在哥本哈根，"我身上一切美好的东西，仿佛总在遭受着践踏"，他觉得自己就像一只"随时可能被溺死的小狗"，人人都可以向他抛掷果皮和石块，但他没有气馁和屈服。"就像一个山民，在坚硬的花岗石上开凿石阶一样，我缓慢而又艰难地，在文学中为自己争得一席地位。"

他不断地到欧洲各地漫游，德国、法国、意大利、瑞士等国家的许多城市，都曾留下过他的足迹。1835年，当他正好30岁的时候，他做出了一个伟大的抉择。他给一个朋友写信说："我现在要开始为孩子们写童话了。我要争取未来的一代！这才是我不朽的工作呢！"

也就在这一年，他的第一本童话故事集《讲给孩子们听的故事》问世了。这本最初仅有61页，包括《打火匣》《小克劳斯和大克劳斯》《豌豆上的公主》和《小意达的花》四个美丽童话的小书，从此决定了安徒生后半生的道路和命运。

当他决定开始为小孩子写童话的时候，也许并没有想到，一百年后，他会成为丹麦、北欧乃至整个世界文学史上的一个奇迹：他从一个穷鞋匠的儿子，成为全人类所拥戴的童话大师，甚至连欧洲许多国家的国王，也以能够亲手握一握这个伟大的童话作家的手为莫大的荣幸；他使用一个小语种（丹麦语）写作，却成为全世界家喻户晓的文学家；他用童话的方式为小孩子们讲故事，却使一代代成年人也愿意倾听……他的一生，正如他自传的名字，是一部"生命的童话"。而这部"童话"所讲述的，是一只丑小鸭怎样变成白天鹅的故事。

正是因为有了安徒生，今天的丹麦，甚至被人称为"天鹅的窠"。无论在哥本哈根还是在欧登塞，处处可以看到安徒生和他的童话的踪迹。

越过浅浅的海峡，我们第二站到达芬兰。因为芬兰有《冬天的童话》和《吹魔笛的孩子》的作者——童话作家托佩柳斯，还有《魔法帽》（或译为《精灵帽》）的作者——童话作家维特·扬森。

位于丹麦以北的芬兰，就像丹麦一样，也是一片有"精灵"出没的童话世界。这里有托佩柳斯创造的"星星的眼睛"：圣诞节的夜晚，一个年轻的妈妈乘坐着驯鹿拉的雪橇去旅行，不幸的是，中途她遭遇了狼群。为了躲避狼群的袭击，妈妈把自己的婴儿遗失在了雪地上。这个小小的女婴静静地躺在雪地上，纯净的小眼睛里发出星星般的光辉，因此被称为"星星的眼睛"。

童话作家写道："星星的眼睛究竟哪里去了？谁也不知道。不过我知道，她现在一定仍旧是个小女孩，因为她刚刚消失没多久呢！"

拥有美丽大眼睛的好孩子们，或者就是你，或者就是你身边的同伴，也许你们当中的哪一位正是那消失不见的"星星的眼睛"呢！

第三站我们去瑞典。瑞典与丹麦只有一水之隔，两国之间的松德海峡最窄处只有20公里。这是著名化学家诺贝尔的故乡，也是举世闻名的各项诺贝尔奖颁奖的地方。这里还是《偷山羊的老妖怪》的作者安娜·瓦伦贝格的家乡。

现在的瑞典，还有两个重要的儿童文学奖，一个是用"尼尔斯"这个名字命名的，另一个是用《长袜子皮皮》的作者阿斯特丽德·林格伦的名字命名的。瑞典也是著名童话《尼尔斯骑鹅旅行记》《长袜子皮皮》的诞生之地。

塞尔玛·拉格洛夫是瑞典最伟大的女作家之一，1909年以长篇童话《尼尔斯骑鹅旅行记》获得了诺贝尔文学奖。在瑞典，"长袜子皮皮"和尼尔斯一样，也是一个老幼皆知的童话人物。创造了"长袜子皮皮"这个形象的人，是北欧"童话祖母"阿斯特丽德·林格伦。林格伦一生为孩子们创作了上百种儿童读物，其中有80多种是童话、小说和故事。除了《长袜子皮皮》，还有《淘气包埃米尔》《小飞人三部曲》等等。

　　最后一站我们来到挪威。神奇的挪威大森林里，生活着成千上万只善歌的小鸟，有云雀、知更鸟、绣眼鸟、啄木鸟……鸟儿们的欢叫声，应和着牧童们的叶笛声与大森林深处传来的阵阵涛声，组成了一支优美的交响乐。不过，请不要忘记，这里也是《国王的兔子》《爱挑剔的丈夫》的作者阿斯彪昂生的故乡。

　　北欧是一块写满了童话的版图。只要你踏上了银色的北欧大地，你就踏上了美丽的童话旅程。你可以从伟大的安徒生开始，也可以从智慧的拉格洛夫和林格伦开始。不过，请你记住托佩柳斯的话：所有的孩子都会长大，只是，当你长大后，一定要记得，并且常常怀念起孩提时代那明亮的"星星的眼睛"。只有用一双美丽的眼睛去看世界，你才能发现这个世界的美丽。

## "伸进地层"的图书馆

※

所谓"边缘"与"中心",有时候需要重新定义……

"取道斯德哥尔摩"是诗人、老朋友王家新为瑞典诗人、2011年诺贝尔文学奖得主托马斯·特朗斯特罗姆的诗集所写跋文的标题。金秋时节的一个下午,我也"取道斯德哥尔摩",来到瑞典皇家图书馆访问。

建于17世纪的瑞典皇家图书馆,是世界著名图书馆之一,也是斯德哥尔摩这座城市和每一个瑞典人引以为豪的一座"文明之塔"。

这座图书馆真够古老的,它最早的收藏是16世纪瓦萨王室国王的私人藏书,早在1568年,图书馆就有了自己的第一部馆藏目录。1648年,一部在13世纪初由本笃会修道院修士手抄的、被后世称为《魔鬼圣经》(即未经审定的拉丁文手抄本)的"驴皮卷",被布拉格的征服者带回了瑞典,从此成为该馆的"镇馆之宝"。这部古老的手抄本重约75公斤,使用了160张驴皮制成。

  此外，还有来自冰岛的古老手稿，来自中世纪欧洲大陆的珍贵手稿，以及瑞典17至18世纪的珍贵手稿，等等，都是该馆的"特藏"。该馆每年都会出版一部收藏目录，同时也负责全国图书馆机构的规划、发展以及全瑞典图书馆的联合目录的编目工作。

  全世界的图书馆的楼层，几乎都是向上升高的，但瑞典皇家图书馆的楼层，却是向地下延伸的。瑞典皇家图书馆罕有的建筑特点是：它的地下书库竟然有四层楼房的深度，每一层的面积方圆七八十公里，地面则被一座美丽的、绿树参天的大花园覆盖。矗立在地面上的建筑部分，只像是露出在海面上的巨大的冰山一角而已。

  这座拥有了三百多年历史的图书馆，担负着以下的功能，同时也显示着自己无与伦比的藏书特色：一是负责收集、描述、保存和提供在瑞典本土出版的所有图书和纸质资料；二是收藏包括古老的收音机等介质在内的所有音像制品和音像资料；三是收藏国外出版的所有与瑞典有关的图书或者是瑞典人撰写的图书的不同文字译本，以及具有永恒价值的人文科学方面的外文图书和资料；四是收藏其他类，包括古旧善本书，时效性强的小册子、印刷品、手稿、地图、图片、广告、海报、新闻报纸等。在这一门类里，这座图书馆给我的一个印象，可以说是无所不收、无所不藏，凡是与文字、图像有关的资料，皆不放过。

负责这座图书馆馆藏史和查询功能讲解的阿伦先生，是一位在该馆工作了大半生的老员工，他自豪地告诉我们说：你们来到这座图书馆，就像进入了一架穿越时间和空间的穿梭机，一会儿将进入深深的地底，一会儿又会升到阳光明媚的地面；一会儿将穿越到16世纪、17世纪，一会儿又会返回当代的新媒体时代。他是一位智慧、风趣的老馆员，他说，图书馆的功能不仅仅是"收藏"，它本身就是一个"鲜活的生命"。这座图书馆，既是瑞典的一面镜子，也是全人类的镜子，在这面镜子面前，每个人也能够知道"我是谁""我要往哪里去"，而不仅仅是知道"我从哪里来"。

看得出，阿伦先生对自己的工作十分热爱和投入，而且说起馆里的藏品和图书馆的历史时，真是如数家珍、滔滔不绝。他骄傲地说，瑞典虽然只是一个"小国家"，国土面积在全世界的排名仅为五十多位，但是瑞典向全世界推介本国文化的综合能力排名，却在全世界第10位。因此他特别强调说，处于"边缘"位置的，也有可能成为"道路指引者"。瑞典虽小，但是全世界都看得见！所谓"边缘"与"中心"，有时候需要重新定义，被认为是"边缘"的，也可以成为"中心"，今天处在所谓"中心"的，明天也可能退居"边缘"。

他给我们一一展示着那些珍贵的馆藏品，同时也介绍说：在瑞典皇家图书馆里，我们不仅可以看到17世纪的古老典籍，看到许多羊皮卷、牛皮卷的手抄本，看到伟大的历史和传统，也同样可以看到人类最现代的科技，看到人类数码技术的全部变迁轨迹。

果然，他引领着我们进入了一个数字阅读空间。这里有最先进的数字转换技术和数字阅读设备，读者在这里可以体验到最好的数码阅读方式。在这里，最古老的报纸和画报也被转换成了数码图像。

阿伦先生的讲解富有激情，而且文采飞扬，像一位诗人。他幽默、机智、风趣的语言，给我们一行留下了深刻的印象。湖北省图书馆的汤旭岩馆长也是一位诗人，他深受感染，当即表示说，回国后也要尽快培养出自己的具有鲜明风格和专业水准的馆史与馆藏讲解员。

无论是瑞典皇家图书馆，还是此前我曾访问过的俄罗斯国家图书馆、俄罗斯外国文学图书馆，它们都有一个共同的建筑配套内容，引起了我们特别的注意和留恋，那就是，这些图书馆的主体建筑周边和庭院里，都矗立着许多思想家、历史学家、文学家、科学家、政治家、宗教领袖等名人的塑像，有的是世界知名的思想巨人、文学大师、科学巨擘，有的则是本国的历史文化名人。

令我感到美中不足的是，在这些世界名人塑像中，难觅中国历史文化名人的踪影。因此，临别的时候，我们一行向对方提出建议，并将在回国后推动此举：在该馆庭院里的世界名人塑像中，至少增设一两位中国古代文化思想的先贤。

还有一个令人惋惜的事实是，瑞典皇家图书馆虽然拥有巨大的藏书量，但是有关中文的典籍，却仅有四百多种。由此可见，我们的对外文化推介事业，要走的路还十分漫长。

瑞典的汉学界，一直是全世界汉学界的重镇。瑞典也拥有几代著名的汉学家，如高本汉、马悦然等。瑞典东亚图书馆也是北欧最大的汉学图书馆，其汉学藏书享誉欧洲。尤其是珍贵的《文渊阁四库全书》《古今图书集成》等，也是该馆骄人的藏品。在瑞典皇家图书馆访问期间，有一位中文名叫"阎幽馨"（Joakim Enwall)的汉学家，被瑞典汉学界视为继马悦然之后，颇具权威和实力的汉学家之一。他是乌普萨拉大学的语言学和文献学系中国语言文化教授，也是乌大的中国研究中心主任、北欧中华研究会主席。阎幽馨博士于1996年至1999年期间曾经在瑞典驻华大使馆任文化参赞，负责组织中瑞文化交流。他早年还追随汉学家、诺贝尔文学奖评委之一的马悦然教授，关注中国以及东亚国家文化，致力于中国苗族语言研究，并以此获得博士学位。目前，他还在斯德哥尔摩大学东方语言学院任研究员。

在瑞典的访问行程虽然十分短暂，但是留给我的印象是深刻的。在拜访瑞典国家文化委员会的时候，接待我们的一位女士介绍说，文化委员会的主要任务：一是执行和落实由政府议会决定的国家文化政策，包括分配政府每年拨付的国家文化基金，用于文学、艺术、音乐、艺术期刊、公共图书馆、美术馆、博物馆和各种专题展览的资助与支持；二是通过评估在文化领域的国家支出，向政府提供制定文化政策、决策所需要的基本数据；三是向政府和相关机构提供文化和与文化政策相关的咨询与情报。

让我难忘的一个细节是，文化委员会对来自两个方面的申请会特别予以"优先考虑"：一是关于儿童与青少年文学和文化权利的项目；二是关于国家各个地区整体文化发展，尤其是有利于这个岛国的边缘和落后地区的文化平衡发展权利的项目。文化委员会会努力把国家津贴用于维护和发展全国文化政策的实施上，用于促进全国各个地区文化均衡发展，促进文化多样性、有效性、全覆盖传播，以及惠及每个公民。我想，所有这些，也都是他们的文化自信心和文化自豪感特别强烈的原因之一吧。

瑞典的初秋时节是爽朗美丽的,可惜的是我们来去匆匆。美国诗人罗伯特·勃莱曾说,特朗斯特罗姆的诗像一个火车站,从非常遥远的地方驶来的火车都在同一个火车站稍作停留,一列火车的底盘上可能沾着俄罗斯的雪,另一列火车的车厢顶上可能落着一层鲁尔的煤烟。我们的行程似乎也是这样。旅人们在寻找自己心驰神往的地方,但总是需要驶过漫长的路程才能抵达。

## 少女安妮的声音

*

"鼓起勇气吧,我会成功的,因为我已经决定写作!"

美丽的荷兰不仅有巨大的风车、漂亮的木鞋、绿色的芦苇丛、美丽的海边牧场和成群的花斑奶牛,还有苦命的画家凡·高和同样苦命的伦勃朗。而少女安妮·弗兰克,更是一个许多人都熟悉和敬仰的、代表着勇敢坚强和热爱生命的女孩。我曾经两次去荷兰,一次是为了到凡·高纪念馆去看凡·高的绘画原作,另一次是为了去瞻仰安妮·弗兰克的故居,向那位勇敢和早逝的少女顶礼。

"安妮之家",又称安妮·弗兰克博物馆。这幢房屋在阿姆斯特丹市的大运河边上,由前部和后部组成。房子最初建于1739年,后部的避难处,即安妮日记里写到的密室,是战后重建的。1960年,这幢房子被辟为安妮·弗兰克博物馆,每年都会有近百万世界各地的游客来此瞻仰。人们都是怀着对这位勇敢的少女的悼念和敬仰之情,想来此看看安妮在日记里描写的那个真实的密室。所以，今天的安妮故居的布置，大致保持了书中描写的原样。

进入光线不太明亮的房子，可见书架后面有道暗门，顺着暗门可以爬上狭窄的楼梯，走进一个狭小的房间。窗户上按照安妮的描写，贴满了厚纸，那是当时用来消除外人对暗室的怀疑的。走进这个小房间，一种与世隔绝的压抑感和紧张感揪着每一位游客的心。众所周知，德国盖世太保占领荷兰时期，安妮一家就在这间阁楼上的密室里，度过了一段可怕的隐匿生活。如今，人们在这间密室之上，建成了一个国际青少年中心，供世界各国的青少年前来瞻仰和缅怀。此外，荷兰首都阿姆斯特丹的一所学校被命名为"安妮学校"，作为对这位勇毅和无畏的少女的纪念。

安妮当年在密室里写作用的那个有着红格子封面的日记本，还有少许日常用品，也陈列在故居顶楼的一个大玻璃柜里。人们说，这本没有任何豪言壮语的英雄故事，将比任何一个时代所发出的声音更为响亮！

我们可以想见，当时安妮和她的家人住在这里，足不出户，提心吊胆，每一次走动都必须蹑手蹑脚，而且终日见不到一丝阳光，这对每一个人的心理忍耐力和精神承受力无疑都是最严酷的考验。

一面墙壁上，还展示了安妮日记中的一个片段："……我希望我死后，仍能继续活着。"这是13岁的安妮对生命、对明天的渴望，还有她对自己所热爱的写作的信念。仅仅这一行文字，就会立刻把人们的思绪拉到那个人类历史上最黑暗和最残酷的时代。

安妮在1943年6月11日的日记里，写过这样的文字："米普步履艰辛，看上去就像担着重负的驴子。她几乎每天都会想方设法弄到一点新鲜的蔬菜，用大口袋包裹好，放在自行车后面载来。同样是她，每个礼拜六都会从图书馆借来五本书送给我们。因为有了对书的期盼，人家总是盼望着礼拜六快快到来，就像小孩子盼望节日的礼物一样。"

日记里的米普，名叫米普·吉斯。从1933年起，她在安妮的父亲奥托·弗兰克的公司里担任秘书。德国法西斯占领荷兰后，她断然拒绝为纳粹组织效力。正是她，和另外几位同事一起，在1942年至1944年间，帮助正直的弗兰克全家一共8人，在一座楼上的密室里，度过了长达25个月与世隔绝的避难生活。

而这两年多时间，也正是安妮从13岁到15岁的年龄，是她作为一个女孩子的身心变化时期。在那门窗紧闭、足不出室、时时有被搜捕的危险的日子里，安妮这个勇敢的女孩，以顽强的意志，像见不到阳光的岩石缝里的小草一样，顽强地生长着。

1942 年 6 月 12 日是安妮的生日，这一天她收到了一份生日礼物：一本有着红色格子封面的日记本。她便开始在这个本子上写日记。她把自己每天的日记，当成了在密室里互相交谈的一位贴心的朋友。她在日记里记下了自己所度过的每一天的过程，特别写下了那些特殊和艰难的挣扎。在震得楼房也颤抖的炮火中，她始终在憧憬着美好的未来，充满了对生活的信心。她真挚希望自己在战争结束后，能成为一名作家或新闻记者……

　　为了使自己的日记更像一本书，安妮还为这本日记本画上了封面，并标明了页码和目录。

　　在那几乎不能动弹的密室里，他们一家在白天必须静悄悄地不弄出一点儿声响，只在晚上，楼房里没有人的时候，才能轻轻走动一下。安妮在这样的环境里，坚毅地写道："我才 14 岁，经验很少，还不能写出有哲理性的作品。但是，不，我必须写下去。鼓起勇气吧，我会成功的，因为我已经决定写作！"

　　她的日记从 1942 年 6 月写到了 1944 年 8 月。然而，灾难还是降临了。德国盖世太保根据奸细告密，突然袭击了密室，安妮一家被抓进了集中营。她的日记，也被当成了无用的废纸抛在了地上。不过，就在安妮一家被捕仅仅几个小时后，米普·吉斯女士冒着生命危险悄悄潜回密室，从乱纸堆里找到了安妮的日记本，收藏了起来。

1945年1月至3月间,安妮的妈妈和姐姐在集中营先后去世。在地狱般的集中营里,小小的安妮常常独自站在门口,望着集中营里的一条小路。那儿有一群赤身裸体的吉卜赛少女,被赶往火葬场。安妮看见她们走过,难受极了。她的身体也变得十分瘦弱,一双眼睛总是望着铁丝网外面的蓝色天空。

不久,年仅15岁的安妮也病逝了。在她去世约半年后,第二次世界大战结束了。

战后,米普·吉斯女士把安妮的日记本交给了安妮的父亲——一家人中唯一幸免于难的奥托·弗兰克先生。为了纪念死去的亲人,奥托·弗兰克把女儿的日记抄录下来,给朋友们传看。1947年,在一位教授的帮助下,他把安妮的日记以《密室》为书名,公开出版了。

如今,安妮的日记已经被译成了50多种文字在许多国家出版。有两位戏剧家还根据安妮的日记改编了一个剧本,每次上演,都感动着千千万万的观众。当演出达到高潮和结局时——德国鬼子狂敲密室的门声响起时,剧场中发出一阵压抑的啜泣声。大幕落下了好几分钟,观众仍然寂静无声,没有鼓掌……

安妮在日记里写道:"我要活下去,就是死了也要活下去!"她热爱生命,对未来总是充满信念的精神,赢得了全世界读者的怀念与敬仰。

当年冒着生命危险抢救出安妮日记手稿的米普·吉斯女士，也赢得了全世界的尊重，荷兰、德国、以色列等国家先后给予这位同样勇敢和正直的女士由衷的褒奖。

2010年1月11日，米普·吉斯女士，这位多次在安妮日记里出现过，曾经给安妮送去书籍、光明、希望和力量的人，也是曾经帮助安妮一家避难的最后一位在世者，在荷兰仙逝了。米普·吉斯1909年出生于奥地利的维也纳，算来享年正好100岁。

1958年，德国作家欧恩斯特·斯纳倍尔放下自己手中的创作计划，含着极大的悲痛先后采访了包括米普·吉斯在内的40多位当事者，写出了一本安妮·弗兰克的传记故事。其中写道："她的声音保存下来了！几百万人的声音都被压制下去了，而这个低低的声音，只不过是一个小孩子的悄悄话……它比杀人者的号叫更持久，比时代的一切声音更响亮。"

安妮是一个永存人间的、坚毅无畏的少女的形象。而为人类保存下了安妮日记手稿的米普·吉斯，也将永远被世人铭记。

# 鸢尾花和星空

※

"我要画的是人性！人性！是人性！……"

    阿姆斯特丹的凡·高美术馆，每天都在接待着来自世界各地的川流不息的参观者。凡·高短暂的一生里创作了大量作品，这个美术馆用了 30 多年的时间，收购了 200 多幅油画、500 多张素描和一些书信手迹。同时还有不少与凡·高同时代的画家如高更等的作品，也常年陈列在这里。

    人们来到这里，都像在完成一次虔诚的艺术朝拜。美术馆为每一位游客提供了可以聆听包括汉语在内的讲解的耳机。无声的人流在一幅幅杰作前缓缓地、有序地移动着，仿佛正在聆听着画家痛苦的心跳。

    2007 年秋天，在凡·高美术馆的二楼和三楼，面对凡·高的一幅幅原作，我的心一次次被强烈地震撼着。我感到，这里的每一幅画，都是这位天才的、苦命的画家的痛苦与激情的结晶，即使是一幅简单的单色素描。

我一次次聆听着耳机里对一些作品的创作背景和画面含义的解释。对每幅画的欣赏与诞生过程的描述都很专业，文字里饱含激情。尤其是凡·高自己写下的创作手记，文采飞扬，给了我极其深刻的印象，使我感到，没有谁的文字能比凡·高自己的文字更准确、更细腻和更深刻地去解释他的色彩与心灵。

1853年3月30日，凡·高出生于荷兰南部布拉邦特省的一座小市镇上的一个牧师家庭。因为家境贫困，凡·高在16岁时曾到海牙的古比尔美术商店当小职员。他在那里工作了6年后，因为老板嫌他神经过敏而遭辞退。

1876年春天，凡·高到了伦敦，在贫民区的一所小学校里教法语。后来，他又接到一位卫理公会的教士的邀请，到怀特柴泊贫民区里做慈善工作。在这里，他目睹了查尔斯·狄更斯描绘过的贫民们的悲惨生活。有许多次，他曾独自穿过伦敦东区，来到西区。

西区被称为富人们的天堂和"仙境"。凡·高站在一座名叫盖茨的小山上，望着一边富丽堂皇的高楼大厦，也望着另一边低矮破旧的贫民窟，心里第一次萌生了想用画笔来描绘这个不平等的世界的冲动。

然而他又想像自己的父亲一样，去做一个行善的牧师。于是他进入了布鲁塞尔神学院。1878年夏，他被派往比利时南方的一个矿区传教。可是,因为他对穷人的毫无原则的同情,与教会的一些规定产生了矛盾,最终惹怒了教会,第二年就被解除了教职。

1880年,27岁的凡·高在经商和传教均遭碰壁之后,在弟弟提奥的帮助下,正式开始把绘画当作自己的职业。他的弟弟是一个颇为内行的美术经纪人和画商。他们之间动人的手足之情,是使凡·高在苦难的生命历程中唯一感到了温暖的源泉。从这一年起,他到一些博物馆临摹伦勃朗、米勒等画家的画作,同时学习荷兰的风俗画。亲爱的弟弟在经济上给予了他力所能及的接济。

可是,为了多省下一点钱来购买绘画用的材料,凡·高不得不常常只吃一点面包或几个栗子充饥。有一段日子,他也曾去往海牙,投奔自己的一个堂兄毛威,跟着他学画。但毛威要他不断地去画石膏像,采取的是一套纯古典和呆板的教授方法。这使凡·高无法接受。终于有一天,他忍无可忍,将石膏像摔碎后拂袖而去。事后他给弟弟提奥写信说:"我要画的是人性!人性!是人性!……"

1885年,凡·高在经历了一番爱情的波折后,进入了他渴望已久的安特卫普美术学院。可是,不久他又感到了失望。学院派的清规戒律和暮气沉沉的一套,也是他所不能接受的。有一次画维纳斯像时,他竟恶作剧地给这位美神画上了一双荷兰农场主妇般的肥腿。教授气恼地夺去了他的画笔。凡·高却用狂吼表达了自己的抗议,他说:"你是否知道,女性应该是什么样子?一个女人必须有大腿、臀部和骨盆,才能生育孩子!"当然,最终,凡·高被赶出了美术学院的大门。

1886年,不幸患上了伤寒病的凡·高,决定去巴黎寻求弟弟的保护和支持。在巴黎,他结识了许多印象派画家。与高更的相识和惺惺相惜,是他艺术生涯中的一个转折点。他从高更那里学到了毕沙罗的技法,吸收了印象派明亮的色彩和对自然光的表现方式,一扫自己荷兰时期那种阴暗的色调。他也十分欣赏德拉克洛瓦的浪漫主义和日本的浮世绘风格,浮世绘鲜明的色彩、简洁而富有表现力的线条,都唤起了凡·高的共鸣与热情。

在巴黎,他博采众家之长,逐渐形成了属于自己的鲜明的艺术风格。但巴黎是喧嚣的。凡·高像高更一样,无法长久地忍受巴黎贵族沙龙的脂粉气息和学院派的繁文缛节。

1888年2月,在提奥的帮助下,凡·高来到阳光灿烂、色彩艳丽的南方城市阿尔。阿尔的炽热的太阳神,给这个崇尚自然的画家带来了无休无止的创作灵感。他几乎进入了一种疯狂的创作状态。有艺术史家做过统计,凡·高在阿尔生活的一年多内,大约画了200幅油画、100多幅素描和水彩画,还写了200多封谈论艺术与生活的书信。他最有名的一些作品,如《向日葵》《渔船》《田野风光》等,都是在这个时期完成的。

凡·高在书信里兴致勃勃地告诉弟弟提奥:"当我画太阳时,我想让人们感觉到,它是在以一种惊人的速度旋转着,正发出威力巨大的光的热浪;当我画一块麦田时,我希望人们能感觉到麦粒内部的原子正朝着它们最后的成熟和绽开而努力;当我画一棵苹果树时,我希望人们能感觉到苹果里面的果汁正把苹果皮撑开,果核中的种子正在为结出自己的果实而努力。"

在阿尔,有无数个夏日的夜晚,凡·高曾一再追问自己:"我什么时候才能画那幅盘踞心头已久的星空呢?"

那时,当许多人都沉睡的时候,孤独的画家,却在烟雾缭绕之中,挨受着他的又一个未眠之夜。在夜色里,他支起那紧绷的画布,有如绷紧了自己的神经。深邃的画布就是他即将驰骋的不羁的天空。创造的激情在周身燃烧,灵感在眼前飞舞。他全部的灵肉都在颤抖!在一瞬间,仿佛电光石火一般,他透过那密集的天上的花朵看到了一种人类思想的生机与跃动。他感觉到了一种来自无限宇宙间的大意境与大自由的况味。

心灵的舞蹈开始了,不羁的天空就是他旋转的舞台。看吧,这个伟大而和谐的组合体。这些狂飙般的矛盾与冲突。碰撞与交融。燃烧与冷却。聚变与裂变。光明与阴影。透彻与混沌。新生与死亡。瞬间与永恒。升腾与坠落……一切都在这个茫茫无涯的大空间里交织着，进行着……哦，天空的宝石与花朵。夜的眼。时间的黑纱也蒙不住的灿烂的诗篇啊！

在阿尔，凡·高的绘画艺术趋于巅峰，臻于成熟。但同时，因为过度的工作量和生活上的极度困窘，他的身体也遭受了极大的损耗。他患有精神病并时常复发，一旦发作，就会处于无法控制的癫狂状态。有一次，他在醉酒之后，竟然在别人的唆使下，用一把锐利的剃刀割下了自己的一只耳朵……

凡·高一生留下来的1700多幅作品中，共有40余幅自画像。其中最为人知的那幅《耳朵上扎绑带叼烟斗的自画像》，就是他这次割掉耳朵后养伤时画下的。

这幅自画像中的凡·高，目光显得平静而凝重，他正注视着远方，似乎在思索着什么，又像是正有所期待。他脸上并无痛苦的表情，一圈圈烟雾正从烟斗中袅袅升腾开来，使人感到画面上有着一种暴风雨过后的安宁与平静。

凡·高还喜欢用红色铺展大地，用柠檬黄涂出天空作为背景。在凡·高看来，红与黄的原色所产生的强烈效果，会给所有苦难和贫困的人带来希望和幸运，当然也会给自己以慰藉和温暖。

到了1889年5月，因为精神病的折磨，凡·高不得不住进著名的圣雷米精神病院。不久,他的弟弟提奥又把他转到奥维尔一座较好的疗养院,希望他安心养病。但凡·高请求弟弟留下他心爱的颜料和画板。弟弟答应了他的要求。在疗养院的日子里,只要身体允许,他就在疗养院附近的田野和小径旁画画。谁能想到,这个天才而苦命的画家,在他生命最后的一年零两个月之中,竟然画出了150多幅油画和数百幅素描。

此时他的画风突变。他整日里为骄阳之下的金黄色麦田着迷,仿佛又回到了身在阿尔的艳阳下的状态。有时他会激动地对着麦田看守人高声喊叫:"金黄色!金黄色!多么美的金黄色啊!"

凡·高在生命最后的时期,明明知道自己的忧郁与精神病已经相当严重,但他仍然没有放弃对生命、艺术和大自然的思考与热望。他对自己的追求有着十分清醒的认识。"我不觉得我们正在走向死亡。虽然我们确实感觉到我们是少数,为了成为艺术家链环中的一环,我们正在付出艰苦的代价。我们享受不到健康、青春、自由,我们就像驾辕的马拖着一车人去享受春天。"他这样写道。

遗憾的是,他的精神也越来越紧张、越来越癫狂,时常无端地产生种种幻觉。他意识到自己已经彻底疯了。这一天,在正午寂静的田野上,面对着灿烂的阳光,他用一把手枪朝着自己胃部开了一枪，随后便平静地收拾起画板和颜料，走回住处。

他苦熬了两天，痛楚难忍。但他未曾叫喊一声。临终之前，他不断地吸着烟斗，和自己最亲爱的弟弟提奥谈论着艺术。

"痛苦便是人生。"这是他留给世人的最后的遗言。在他的心脏停止跳动的前一刻，他的嘴里还叼着燃烧的烟斗。

这一天是1890年6月29日。他的遗体被安葬在奥维尔。他生前的挚友和医生加歇，在他的墓前种满了他所喜欢的向日葵。

凡·高的生命虽然结束了，但是他的艺术灵魂将在人间永恒地飞翔。在世界艺术史上，没有任何一位画家能像凡·高一样，赢得后人如此的崇敬与热爱。

写到这里，忽然想起一件"逸闻"，说起来也许让人难以置信，仿佛是凡·高伟大的灵魂的一次闪现。

美国一位天文学家唐纳德·奥尔森的一项研究成果，竟然破译了绘画史上的一宗"迷案"。事情是这样的：为了获取第一手资料，奥尔森和他的同事们深入到凡·高创作那幅神秘的《新月》的地点——法国南部圣雷米疗养院附近的农庄，做了长时间的实地观察。他们从凡·高写给弟弟提奥的书信里做出判断，《新月》的创作时间应该是在1889年的夏天。画中的谷子是金黄色的，显然已经成熟，他们将时间锁定为7月的收获季节。

然后，奥尔森一行人几乎走遍了圣雷米附近的乡间，终于坐实了凡·高支起画板的准确地点，并且从这个视角豁然看到了凡·高画面上所描绘的景象：相互交会的两条山脊，山梁上的小房子，断墙，以及一丛丛的麦秸草垛。奥尔森根据画中的背景物——山崖与月亮的距离，以及月亮的形状，并借助最先进的天文研究软件，终于解开了凡·高留下的谜题，断定《新月》所"记录"的是1889年7月13日21时08分时的月空景象。

　　使人更觉奇异的是，在离凡·高创作这幅作品的114年之后，正值画家诞生150周年纪念期间，即2003年7月13日，画中的景象再度在天空出现。

## 面朝大海,春暖花开

———— ✳ ————

他是罗马历史上唯一一位自愿放弃帝位和权力的皇帝。

 

 

历史学界曾经排列过一个"影响人类历史的 100 位帝王"名单,名列第 62 位的,是罗马皇帝戴克里先。

戴克里先在位时期,欧洲大陆上的争霸战火方兴未艾,罗马帝国内部的权力争斗也从未停息。曾经雄心勃勃,想干一番大事业的戴克里先,人到中年之时,就已经被内外纷扰的国事折腾得身心俱损,内心萌生了强烈的归隐之意。套用诗人海子的话就是:

从明天起,做一个幸福的人
喂马,劈柴,周游世界
从明天起,关心粮食和蔬菜
我有一所房子,面朝大海,春暖花开
……

戴克里先的故乡萨洛那，是濒临亚得里亚海的一座古老的小城，这里林木繁茂，阳光明媚，有着漂亮的海湾和海岸线。远处的山丘上，散布着一些星星般的小村落，村落之间是一片片金色的树林和绿色的葡萄园。戴克里先身在皇宫却心不在焉。他患上了忧郁的"怀乡病"。

　　果然，到了公元305年，60岁的戴克里先在经过了长期的病困和对帝国未来的深重的忧虑之后，毅然做出了退隐的决定。退隐后，他回到故乡的土地上，在亚得里亚海附近建筑了一座华丽的夏宫，真正过上了喂马、劈柴、开荒、种菜，"面朝大海，春暖花开"的生活。据说，曾有一些大臣要求他重返帝位，却被他断然拒绝，并回复说：如果阁下看到我亲手栽种的新鲜的卷心菜，就不会再对我提出这种要求了。

　　位于萨洛纳近郊的这座辉煌的夏宫，是一座典型的东罗马式的、带有开阔平台的宫殿。整个建筑呈长方形，占地3万平方米，宫墙有20米高、两米多宽，看上去既有一般夏宫的豪华舒适，又有着城堡的坚实和牢固。宫殿顶层有一个长长的拱形走廊，朝着大海散布着16个瞭望塔。这些瞭望塔既可以瞭望远处的风景，也可以作为风云不测时的观察点。宫殿东西南北各有一条宽阔的通道辐射出去，通道尽头分别为"银之门""铁之门""铜之门"和"金之门"四个宫门。因此，有人称这座建筑是"皇宫与堡垒的混合体"。

公元313年，戴克里先在自己的这座宫殿里与世长辞，终年68岁。他是罗马历史上唯一一位自愿放弃帝位和权力的皇帝。

正是因为有了这座古老的宫殿，才有了今天的克罗地亚共和国历史名城和疗养、游览胜地斯普利特市。斯普利特市的城市建筑，就是以戴克里先的这座夏宫为中心，逐渐扩散和发展起来的。

1979年，戴克里先宫被联合国教科文组织列为"世界历史文化遗产"。今天，凡是来到戴克里先宫观光的游客，都不会错过一道风景：到宫殿地下的艺术长廊里盘桓一番。这处地下长廊，原是宫殿初建时留下的一个巨大的储酒窖。不过，戴克里先皇帝精心储备的数量惊人的橡木酒桶早已不见，如今，这里作为一个宽敞的现代艺术画廊，向全世界的游客开放。

大酒窖的建筑格局气势不凡，虽然今天看来，那些华丽的色彩和装饰已经布满沧桑，令人联想到那个曾经不可一世的罗马帝国的衰亡和远去，但是这座地下大酒窖，以及酒窖上面的富丽堂皇的大殿、廊柱、花园和宫门，仍然在见证和诉说着它曾经的奢华和辉煌。

# 斯蒂文森的"寻宝地图"

*

世界上最宝贵的其实并非金银财宝,而是人性中的仁爱和正义。

1881年秋天,英国作家、诗人斯蒂文森全家住在苏格兰的一个小岛上。他常常和儿子洛伊德一起在岛上写生。有一天,他们坐在窗前用水彩笔画了一张小岛的地图。画着,画着,斯蒂文森的心中便浮现出了一个围绕着这个小岛的故事。

一年后,他在瑞士阿尔卑斯山区的旅游胜地写出了这个故事。这便是至今已经成为大家公认的探险小说类经典之作的《金银岛》(又译《宝岛》)。

斯蒂文森后来回忆道:"当我望着金银岛地图时,书中未来人物的面孔一一浮现在我的脑海里,他们在这几平方英寸的平面图上为探宝而厮杀搏斗、来回奔走。我记得我做的第二件事便是铺开一张白纸,在上面写出本书的各个章目。"

虽然斯蒂文森在回忆这本小说的创作过程时还说过"这是一个给男孩子们读的故事,因此不需要十分讲究心理描写或特别优美的文体",但是,这部小说张弛有度的情节、清新凝练的语言、性格鲜明的人物对话……都赢得了后来一代代读者的称赞。

这部小说对后世的影响非常大,曾被好莱坞数次改编拍成电影,深受观众喜爱。如果说中国的孩子是看着《西游记》长大的,那么,美国的孩子就是看着《金银岛》长大的。《金银岛》被誉为有史以来最好看的"海盗小说"。

故事的主人公吉姆是一个只有10岁的小男孩。吉姆的父母在黑山海湾旁经营着一家名为"本鲍上将"的旅馆。有一天,旅馆来了一位脸上带着刀疤,身材高大结实,非常引人注目的客人,原来他就是海盗比尔船长。

吉姆非常喜欢听比尔船长讲故事,那些听起来非常恐怖的经历,每次都让吉姆又爱又怕,也给小男孩所在的宁静的小镇增添了不少新鲜刺激的话题。

不久,海盗比尔因为饮酒过量,再加上受到惊吓,死在了旅馆。吉姆在他的遗物中无意间发现一份文件。他把文件交给了镇上的利弗希医生。原来,这里面还有一张藏宝图,是一位海盗头子遗留下的。

于是,吉姆和小镇上一群大人前往金银岛寻宝的故事开始了。

不料，他们雇用的那些水手，大部分都是心怀不轨的海盗们乔装成的。其中还包括阴险狡猾的独脚水手西尔弗。海盗们假装跟着吉姆和利弗希医生一起去金银岛寻宝，实际上准备瞅准时机，一举哗变，独占岛上的财宝。在航海过程中，他们遭遇了千辛万苦和千奇百怪的恐怖事情，包括足以让人丧命的疟疾病乱和海盗们群体叛乱等。

那么，在茫茫大海上的惊涛骇浪之中，吉姆他们最后有没有找到传闻中那座遍地黄金的金银岛呢？他们又是否能平安地带着宝物归来呢？那个独脚水手西尔弗在紧要关头会使出怎样的阴谋诡计呢？

惊心动魄、高潮迭起的故事情节，在紧张刺激的寻宝过程中层层推进。当他们的船只到达金银岛后，果然发生了海盗们的哗变。经过残酷的厮杀和生死较量，吉姆和小镇上的人们终于击败了海盗，并且意外地得到了居住在这个岛屿上的一个流放者的帮助，把宝藏搬运上了帆船，满载而归，胜利返航……

有的评论家说：这部小说的故事的突出特征就是情节变化万千，好像大海上的波涛，连绵起伏，一浪高过一浪，紧紧扣着读者的心弦。

同时，这部小说也不仅仅靠紧张的故事情节来吸引读者。更为重要的是，透过好看的故事情节，作家表达了一个深刻的主题。小说的名字是"金银岛",或称为"宝岛",作家用这个寻宝的故事告诉了读者:世界上最宝贵的其实并非金银财宝,而是人性中的仁爱和正义。

我们看到,在与那群海盗的殊死搏斗和较量中,小男孩吉姆对人友好,善恶分明,小小年纪就充满了是非感和正义感。在寻宝和夺宝的过程中,他的机智、勇毅和担当的勇气,不断地被唤醒和提升。最终,善良和正义取得了胜利,邪恶和贪婪遭到了失败。而作为吉姆的对立面的"大反派人物"独脚水手西尔弗,虽然也是个有计谋、有胆量、敢于行动的人,但是他心怀贪欲,图谋不轨,走的是一条邪恶和不义之路,所以只能以失败告终,被善良和正直的人们唾弃。

《金银岛》的作者斯蒂文森,1850年出生在苏格兰爱丁堡的一个祖传三代都很有威望的灯塔建造者之家。不幸的是,斯蒂文森从小体弱多病,哮喘、发烧、咳嗽……他的童年时代,几乎大半时光都是在病床上度过的。他曾在写给朋友的书信里说:"童年时,有三件事对我有着极大的影响,一是我病中的苦痛,二是在外祖父科林顿宅区中的休养康复,三是晚上上床后我大脑中许多不同寻常的活动。"正是因为有这样一个不幸的童年,斯蒂文森也获得了比一般孩子更多的呵护和疼爱。他的父亲给他制作了许多小玩具。他的善良和慈爱的保姆也无微不至地呵护和照料着他，给他讲过许多苏格兰美丽和神奇的历史传说和鬼怪故事……因此，斯蒂文森童年的头脑里，积累下了许多浪漫和冒险的故事。他的童年时代一直就在这些充满玄思和幻异色彩的冒险故事里遨游。他的想象力比别的孩子更加活跃，也更加奇特。这一点，《金银岛》就是一个很好的例证。

斯蒂文森长大后，原准备继承父亲的工作去当一名工程师，但因为健康问题，改读了法律。而他真正的兴趣是在文学上。他先是发表了游记散文集《骑驴旅行记》等以旅行为题材的作品，1879年远赴美国居住，1880年重返苏格兰，次年写出了《金银岛》。小说一发表，立刻被誉为"儿童冒险故事的最佳作品"，斯蒂文森一举成名。后来，因为健康原因，他和家人迁居到了太平洋的萨摩亚岛，直至1894年突然病逝。他一生创作的文学作品种类丰富，儿童诗歌、游记散文、冒险小说、幻想小说，都为人所称道。他最著名的小说除了《金银岛》，还有《诱拐》《化身博士》《黑箭》和《新天方夜谭》等。

在完成了《金银岛》之后，他又乘兴创作了另一部在英国文学史上独一无二的作品——儿童诗集《一个孩子的诗园》。在这本诗集里，他运用短小和诙谐的苏格兰童谣的形式，写出了自己童年时代留在脑海里的一些奇特的记忆和感觉。诗中的那个小主人公，其实也就是斯蒂文森本人。他总是那么孤独和寂寞，因为他每天都被疾病困在床上。他独自在想象中游戏玩耍，在白昼的光亮和夜晚的灯影里幻想着，甚至从壁炉的火光中，从被子的皱褶里，从天花板的寂静里……看到了一些奇特而有趣的幻象，听到了一些"鬼怪的呼吸"。

《一个孩子的诗园》被誉为"一个幻想家的诗园"。这本优美和有趣的儿童诗集自 1885 年问世以来，不仅在英国家喻户晓，而且不久就成了全世界各国的孩子和大人都非常喜欢的一本小书。它伴着一代代孩子长大，也唤起了一代代成年人对于小时候的留恋和记忆。《不列颠百科全书》甚至称这本儿童诗集在世界文学宝库中是"无与伦比的"。

1894 年，一个黄昏，斯蒂文森正坐在家里的阳台上眺望大海，一阵海风吹来，他感到头脑里一阵剧烈的疼痛。等到他的妻子听到呼叫赶到他身边时，他已抱着头摔倒在地了。他的脑血管崩裂，再也没有苏醒过来。这一年他才 44 岁。人们把他安葬在面朝大海的山顶上，以便他那从小就喜欢憧憬和幻想的灵魂，好乘着海风去更远的岛屿和更远的地方旅行。

## 小熊维尼的"百亩森林"

※

孩子们还能从游戏中懂得一个道理:"好"和"坏"都是可以改变的……

小熊维尼是世界童话舞台上的大明星。没有谁不喜欢这个憨态可掬,对一切事物都充满好奇心,对身边所有伙伴都愿意送去自己的爱心的小熊形象。

英国儿童文学作家、诗人、经典童话故事《小熊维尼》的作者A.A.米尔恩(1882—1956),似乎对小熊的形象情有独钟。除了小熊维尼的系列童话故事,他在许多儿童诗里也刻画了一些令人难忘的小熊形象。如那首有名的童话诗《好小熊和坏小熊》,是一篇带有很强的游戏意味的作品,全诗写得浅显易懂,诗句念起来有点儿像绕口令,充满童趣。通过轻松好玩的诗句念诵,孩子们会认识到什么叫作好的习惯,什么叫作坏的习惯。再进一步,孩子们还能从游戏中懂得一个道理:"好"和"坏"都是可以改变的,"好小熊"如果不能坚持下去,也会变成"坏小熊","坏小熊"如果能改掉自己不好的习惯,也会变成"好

小熊"。诗中写道:

森林里有两只小小熊,
一只小熊好,一只小熊坏。
好小熊学他的二乘一,
坏小熊把他的纽扣全解开。

热天他们住在树洞里,
一只小熊好,一只小熊坏。
好小熊学他的二乘二,
坏小熊的短裤撕掉一大块。

冷天他们住在洞穴里,
他们做什么,全听大熊来安排。
好小熊学他的二乘三,
坏小熊他手帕从来都不带。
……

这首童话诗最后的括号里,有一个出人意料的有趣的结尾,显示了作者米尔恩的幽默与机智,也很符合小孩子的阅读心理:

这其中也许有寓意，不过有人说没有，

我想是有，只是我也说不明白。

如果这两只小熊，一只变坏，另一只变好，

那也就跟我们一样，会变好，会变坏。

因为克里斯托弗·罗宾一直学到了二乘十，

可我把钢笔放到哪里去了，

怎么想也想不起来。

（因此这首诗我只能用铅笔写。）

诗中的"克里斯托弗·罗宾"，就是米尔恩的独生儿子。他的童话和诗歌大都是为亲爱的小罗宾写的。

1921年，米尔恩的妻子从伦敦一家儿童玩具店铺里买回一只绒毛小熊，作为送给他们的儿子小罗宾的一岁生日礼物。米尔恩为这只绒毛小熊取名为"Edward Bear"，后来又改名为"Winnie the Pooh"（中文译名：维尼·阿噗）。米尔恩原作中的"Winnie"来自伦敦动物园中的一只小黑熊，"Pooh"来自小罗宾最喜爱的一只天鹅。

小熊维尼的故事如今已经家喻户晓，维尼和他的小伙伴伊忧、袋鼠妈妈、小豆、猫头鹰、小猪和跳跳虎等，也是孩子们耳熟能详的童话角色。小熊维尼的故事十分单纯和好玩。生活在百亩森林里的维尼，像所有的小熊一样，最喜欢吃蜂蜜。为了寻找蜂蜜，他会想方设法钻进蜂窝里。维尼最好的伙伴是克里斯托弗·罗宾，当然还有那只小猪。

所有生活在百亩森林里的朋友也都喜欢维尼。因为他心地单纯可爱，虽然有点儿笨拙，却非常非常善良。他和小伙伴们过着简单和快乐的生活。这是童话家想象中的孩子们应该拥有的最理想的生活状态。

不过，维尼对一切新鲜的事物都有着十分强烈的好奇心。遇到事情，他也有自己的主意和独特的洞察力。因此，只要有维尼在，世界就充满了笑声，洋溢着欢乐。

维尼每天一睁开眼睛，就想去百亩森林里寻找新鲜有趣的事情。这和我们平常见到的那些天真、好奇的孩子是一样的。维尼一点儿也不自私，十分关心周围的小伙伴，也非常乐于帮助他人。例如，他就为孤僻忧伤的伊忧寻找回了丢失的尾巴。维尼也很聪明，有自己的思考方式和生活智慧，例如，他懂得只要跟着蜜蜂走，就可以找到他最喜欢吃的蜂蜜……

百亩森林是一个快乐祥和的童话天地。米尔恩用他高超的想象力和充满智慧的故事讲述，为全世界的小孩子创造了一个充满笑声的世界。百亩森林的原型是"亚士顿森林"（Ashdown Forest）。1925 年，米尔恩一家从伦敦迁往这片森林附近居住，这片美丽的森林就成了小熊维尼故事的背景。

到了今天，这片森林成了一处观光胜地，全世界许多小熊维尼的粉丝远道而来，只为追寻和亲眼见识一番小熊维尼从前的足迹和生活的场景。

米尔恩大学时读的是数学专业，曾经参加过第一次世界大战，当过英国老牌的幽默杂志《笨拙》的副主编。在为孩子们写作之前，他已是一位大作家，发表过许多小说、剧本和诗歌。

但是他最有名的作品，还属儿童文学。小熊维尼这个童话形象，使他进入了全世界最伟大的童话作家行列。米尔恩的儿童文学作品从数量上看，并不是很多。最著名的大约只有四本书：两本是童话，主角都是小熊维尼，一本叫《小熊维尼·阿噗》，一本叫《阿噗角的小屋》；另外两本是儿童诗，一本叫《当我们很小的时候》，一本叫《我已经六岁了》。

这一点就像一生只写过《夏洛的网》《精灵鼠小弟》和《吹小号的天鹅》三本童话的作者 E.B. 怀特一样，他们都凭借少数的几本童话作品，成为世界级的儿童文学大师。

我们在前面说过，米尔恩的童话和儿童诗歌，大都是为自己的独生儿子小罗宾写的，或者说，是这个小男孩给了他创作的灵感和激情。他写前面说到的那四本书的年份，也贯穿了他儿子的整个童年时代。当然，米尔恩也会把自己的灵感归功于他的妻子，因为妻子经常和罗宾一起摆弄各种各样的毛绒玩具。他的妻子和儿子玩这些动物玩具的时候，会给它们配上各种不同的声音。作者在《阿噗角的小屋》的扉页上有写给妻子的献词，赞美她把新的生命注入到了维尼身上。

1925年12月24日，小熊维尼的故事第一次登上报纸《伦敦晚报》，第二天是圣诞节，英国广播公司（BBC）向全世界播出了这个故事，结果大受小朋友们欢迎。

1926年10月14日，小熊维尼的故事第一次以童书的形式出版，第一版的销量就超过百万。在以后的日子里，小熊维尼的故事被翻译成了几十种不同的语言。全世界的孩子都爱上了小熊维尼。

1961年，美国著名的华特迪士尼公司买下了小熊维尼的版权，开始制作电影动画片、图画书和其他衍生产品。1966年，迪士尼出品的第一部小熊维尼的动画片《小熊维尼和蜂蜜树》诞生。从此，小熊维尼的故事不胫而走，维尼也成为全世界知名度最高、最深入人心和最具经典意义的童话形象之一。

著名儿童文学家、翻译家任溶溶曾评价说：米尔恩的小熊维尼的故事和他的儿童诗，是儿童的"恩物"，就是成年人，也能在他的童书中缅怀往日的乐趣，欣赏到作者优雅的文笔。

花香与书香

# 公园里的小彼得

※

"所有的孩子都会长大的,只有一个例外。"

在伦敦西郊,有一个幽静的肯辛顿公园。公园的一角,有一个美丽的蓝色湖泊,湖边矗立着一尊有趣的雕像——他虽然不是伟人、英雄或文化名人,却又是整个英国,甚至全世界家喻户晓的一个小男孩。他叉开双腿,快乐地挥舞着手臂,嘴里还吹着一支芦管,仿佛正在风中奔跑,又像是一只春天的大鹏鸟,要展翅飞翔……

他就是几乎全世界的孩子都知道的童话人物——一个不愿长大、也永远长不大的"小飞侠"彼得·潘。创造了这个不朽的童话形象的人,是英国著名作家、戏剧家詹姆斯·巴利。

詹姆斯·巴利,1860年出生在英国东部苏格兰农村的一个织布工人的家庭里。他小时候就非常喜欢读书和写作,后来成为英国最有名的作家和戏剧家。人们说,他的作品属于"田园派",因为他最擅长用幽默和温情的笔调,描述苏格兰的风土人情和田园风光。

他一生为孩子们创作了许多童话故事和童话剧,《彼得·潘》是他最有名的一本童话,已经成为世界儿童文学的经典作品。

说起《彼得·潘》这本书,其中还有一个真实的故事呢!

巴利一直居住在伦敦。他每天都要路过肯辛顿公园两次,每次经过那里,都会看见一群孩子不厌其烦地在草地上追逐玩耍。

有一天,公园里发生的一幕让他停下了脚步。原来,孩子们把肯辛顿公园当成了他们所做的"海盗游戏"的大本营:他们用树枝搭起一个小屋,抠起地上的泥土捏成了供奉给海盗的点心。男孩子们在腰间扎起宽宽的红布条,插上让他们感到骄傲的大刀,头上自然也少不了海盗们的标志性头巾。他们甚至还推举出了自己的海盗船船长。

巴利在一旁忘情地欣赏着孩子们煞有介事的游戏,最后竟然接受了孩子们的邀请,兴致勃勃地加入这支海盗队伍,充当一个独眼大海盗。

在和孩子们玩耍的日子里,巴利了解到,这是一群没有父亲的"野孩子"。回家的路上,巴利还发现,原来这些孩子都是他的邻居,其中最活跃、最"拉风"的那个男孩,名字叫彼得……

他在肯辛顿公园里和孩子们玩耍的时候,孩子们也从家长那里得知，巴利是个写故事书的作家，而且他正在写一个剧本，叫《彼得·潘》。

孩子们把他团团围住，要他讲彼得·潘的故事。等巴利讲完了，他们才忽然明白，他们一个个都被写进了这个故事。因此，巴利把这些小孩子们称为他创作上的"合作者"。《彼得·潘》正式上演时，每一个孩子都分到了五英镑的酬劳呢！当然，其中最得意的那个孩子就是小彼得。

"所有的孩子都会长大的，只有一个例外。所有的孩子很快都知道他们将要长大成人……"

彼得·潘的故事就是这么开始的。童话家创造了这个家喻户晓的形象，是在告诉我们：人类有着周而复始、永存不灭的童年，还有伴随着永恒的童年、绵延不绝的伟大的母爱。

"小飞侠"彼得·潘可以停留在满口乳牙的孩童时代，可是生活在现实世界里的孩子们，却没有办法不长大。所有的孩子都应该长大。成长，是每一个孩子的天赋权利。他们总是要长大的，世界也需要他们长大。

孩子的生命也是无限的，每一个成年人最神圣的使命之一，就是要帮助每一个孩子健康、快乐、幸福地长大。

# 意大利的浪漫时光

雷诺河畔的书香
西班牙广场,罗马最酷的地方
罗马归去来
马可·波罗的故乡
小马可和凤尾船(上)
小马可和凤尾船(下)
威尼斯,乘着歌声的翅膀
诗人的丽岛

# 雷诺河畔的书香

*

这个小城里除了到处弥漫着花香,也同时弥漫着浓郁的书香。

美丽的四月里,一棵棵野樱树,披上了粉红色的衣衫,每一朵小小的蒲公英,也都戴上了迷人的金冠。葡萄园里的葡萄藤,都泛着青绿的颜色。低矮的橄榄林也已经苏醒,嫩嫩的叶片上粘满了白色的绒毛。高大的橡树,像风度翩翩的美少年,正深情地守望在整齐的田野边。阳光下的蝴蝶,一只一只飞过田野,在小河畔的绿草地上,在公路边的小木屋四周,在山坡下的小花园里……它们和嗡嗡歌唱的小蜜蜂一起蹁跹飞舞,传播着春天的花香……

是的,春天一到,意大利博洛尼亚郊外的田野就被辛勤的农人耕作得像花园一样,色彩缤纷又层次分明。这个古朴的小城,在和时间的比赛中赢得了胜利。它安静的生活和优雅、礼让的风气,再加上花园一样的田野,就是最好的证明。

每年四月,雷诺河畔的杜鹃花盛开的时候,这个小城里除了到处弥漫着花香，也同时弥漫着浓郁的书香。一年一度的国际儿童书展，已经成为这个小城的传统节日。如果有谁想看一看全世界最新、最漂亮的儿童书是什么样子，那就坐上火车到四月的博洛尼亚，这里是一个色彩斑斓的儿童书的大花园。每届书展上，这里都要展出来自全世界各国的各种最新的儿童图画书、文字书、玩具书……

这些儿童书是多么漂亮、新奇和有趣！翻开一本讲述小鸟的书，我看到，小鸟的羽毛不是画家用画笔画出来的，而是用羽毛制品贴成的，小鸟动听的鸣叫声，也随着书页的打开传了出来。我还看到，一本讲述环境保护的书，它用了真正的树叶、松针、木片、小草和老橡树成熟的种子；一本关于小毛驴的童话书，书页竟是用木头和麻布做成的，好像小毛驴真的住在一间挂满麻布片的小木屋里一样。

在一个展台上，我看见了一大堆美丽的小布熊，形态各异、憨态可掬。我以为这是为书展做装饰的玩具，可是仔细一问才知道，这是他们正在"装订"的一本玩具书的组成部分，相当于一叠"书页"。

书展的每一个大厅，都是小孩子们的天堂，也是所有儿童书作家、画家和编辑出版家们的乐园。穿梭在这里的每一个人，包括那些上了年纪的老奶奶，都快乐得像一只只春天的蜜蜂。

每一个经过精心布置和装饰的展台，都像是一个百花绽放的花圃，从世界各地飞来的数不清的"蜜蜂"，辛勤地穿梭着，从一个花圃飞向另一个花圃。他们在这里采集着全世界最好的花粉和书香，然后又飞回各自的祖国，去为孩子们酿造更好、更甜美的花蜜。

当我飞进这样一个书香郁郁的大花园的时候，我觉得自己也变成了一只兴奋的蜜蜂，一头扎进了春天的花海里，嗡嗡嗡地到处乱飞。我知道，只要我把春天的花粉和书香采集回家，我也能为孩子们酿造出最甜的花蜜。

有一个名叫克罗蒂娅的小姑娘，曾经这样想象过：世界上有一棵美丽的大树，枝叶纷披，绿荫郁郁。有许许多多的美丽的儿童书，就像红樱桃、黄橘子和褐色的栗子一样，都长在这棵大树的树枝上，有大有小，有粗糙的，有光滑的，只要一伸手，就能采摘下来。特别是那些最漂亮的图画书，它们都长在那些最矮小的树枝上，因为这些图画书是属于最小的，甚至还不会走路的小孩子的，只要他们一伸手，就可以摘到它们。

在美丽的雷诺河畔，在优雅的博洛尼亚小城里，在每年四月的儿童书展大厅里，我觉得，我真的站在了这样一棵长满书的大树下。在这棵像圣诞树一样漂亮的大树的绿荫下，所有的小孩子都相聚在一起，得到了自己最喜欢的童话书、图画书、玩具书。

## 西班牙广场，罗马最酷的地方

———— * ————

"在慢慢形成的色泽下，含有一种暖暖的光彩和淡淡的韵味。"

比利时作家居尔韦尔在他的小说《罗马时光》里写过一句话："在罗马，什么都得从远处看。"他的意思大概是说，如果走近仔细看，整个罗马不过是断壁残垣，废墟一堆。只有站在远处，最好是在夕阳西沉，薄暮的余晖笼罩着全城，所有的宫殿和教堂的圆顶与尖顶，还有石柱、凯旋门、城墙、广场……都蒙上了一层橙红色的时候，你才能感到这座历史古城的苍茫意味。真正的罗马已经进入时光的深处，我们所看见的今日的罗马，只是昨天的罗马的背影，而背影之美，只有从远处看，方能感知和发现……

然而，徜徉在开满鲜艳的杜鹃花的西班牙广场，我突然觉得，居尔韦尔的话只说对了一半。不，罗马也可以从近处看。靠近罗马，你会发现，它所拥有的不只是旧苑荒台，还有与久远的历史相互映照的现代繁华，现代之美。

西班牙广场，就是罗马的华丽转身，是罗马最酷的地方。

四月明媚的阳光洒满了广场，使这里一下子变得像夏日一样。仿佛全世界的游客，都坐在由建筑大师桑克迪思设计的雄伟的大台阶上：有的腰上捆着厚厚的毛衣和外套，显然刚从冬天里走来；有的穿着袒肩露臂的短衫和短裙，提前进入热烈的夏天。大红色、粉红色和黄色的杜鹃花，盛开在每一级台阶上，每一级台阶上都坐满了人。他们似乎都很悠闲，都那么从容不迫，什么也不做，来这里只为了在台阶上坐上半天乃至一整天，沐浴着阳光，欣赏着来来往往的游客。殊不知，你坐在那里看风景，看风景的人也在远处看你。

据说，罗马的新娘们也喜欢身着洁白的婚纱，幸福地挽着新郎来到这里，以大台阶和杜鹃花为背景拍照留念。浪漫的情侣们也喜欢以西班牙广场作为约会地点：某日某时，请在从下面往上数第几级台阶上等我，不见不散噢！或者，明日午后，我们在广场上的"破船喷泉"左侧见面，然后去阿根廷广场剧院……

难怪《罗马假日》会选择这里作为它的主要场景地。只要在这里稍坐片刻，你就会觉得，这里的确是一个欢乐、热闹和富有浪漫情调的地方。

17世纪时，这里曾是西班牙的领土。西班牙第一个驻罗马教廷大使馆西班牙宫就设在这里，西班牙广场因此而得名。18世纪以后，这里成了罗马最繁华、最时尚和最引人入胜的地方。

它四周的街区上有着全罗马最豪华的贵族旅馆，两个世纪以来一直是罗马乃至全欧洲文化艺术家们聚会的地方。歌德、司汤达尔、拜伦、雪莱、济慈、巴尔扎克、李斯特、柏辽兹等作家和艺术家以及许多欧洲贵族，都曾在这里居住。英国诗人济慈就是在广场脚下靠右边的一所房屋里去世的，如今那里成了一座济慈、雪莱纪念馆。

世界各国一些尚未成名的画家，都以能来西班牙广场画上几笔，参加一次艺术台阶上的露天画展，或者能在广场周围的画廊里露一露面，而感到荣耀和满足。无论哪个季节，坐在广场上认真给游客们画着水彩肖像的无名画家随处可见。说不定这些一副"披头士"模样的人，明天就会成为另一位伦勃朗、科罗或另一位达利。

开办于1760年的著名的"古希腊咖啡馆"，也坐落在这条街的86号。仅从咖啡馆的门面上，似乎看不出它有多么高级和华贵，不过它门口所显示的"1760"等字样，已分明告诉了你，它悠久的资历和无与伦比的身份。如果你有幸能够走进去喝上一杯咖啡，同时看见了身穿黑色燕尾服的服务生为你送上的一份小礼物——那是两百多年来，光顾此店的一些伟大客人的名单，其中包括歌德、瓦格纳、门德尔松、司汤达尔、托斯卡尼尼、柏辽兹、安徒生和罗马红衣大主教等，这时候你就会明白，为什么这里一杯普通的卡布奇诺咖啡，也需要二十多欧元的原因了。

"到处都可以发现美丽的橙红色。在慢慢形成的色泽下，含有一种暖暖的光彩和淡淡的韵味。"

这是今天的罗马留给著名的旅行家拉尔博的最深的视觉感受。

他还说道："当我们放下工作，走出我们在书中畅游的那许多世纪的时候，罗马的每个角落，每个与世界上任何其他地方都不相同的角落，以及罗马的每一处生动的、随时光而变幻的景色，都将向我们说明罗马现在的时刻，和罗马天空的色彩。"

拉尔博所看到的罗马，和居尔韦尔看到的罗马是不一样的。

没有错，走出土灰色的废墟和光线幽暗的史书、教堂、博物馆，来到阳光明媚、鲜花盛开的西班牙广场上，你会看到一个现代的、浪漫的、橙红色的罗马，是赫本和派克的罗马，费里尼的罗马，一个最酷的罗马。

# 罗马归去来

*

这儿长眠着一个人,他的名字是用水写的。

## 比月亮还古老的城市

古罗马诗人奥维德这样唱道:"早在朱庇特出生之前,阿卡迪亚人就在这个地方定居。他们比月亮还古老。"奥维德所说的"这个地方",就是指位于罗马市中心的帕拉丁(Palatine)山丘。它是罗马城的摇篮。

让我们穿过时光隧道,追述一下这座"永恒之城"最早的来历。

传说在遥远的古代,特洛伊王子访问希腊,诱走了倾国倾城的皇后海伦。希腊人因此而大怒,集结队伍涌向特洛伊,战争持续了九年之久。最后,希腊人采用木马计攻克了特洛伊城,并放火焚烧了这座繁华的城市。爱神维纳斯的儿子埃涅阿斯背着父亲安基塞斯,率领少数市民逃出了火海。他们经过千辛万苦,跋涉到了现在意大利西海岸台伯河河口的拉齐奥地区，在那里建立了一座新城，命名为拉维尼奥城。

又过了大约两百年，拉维尼奥城的国王临死时留下两个儿子，长子名为努米托雷，次子叫阿穆里奥。按国王的遗嘱，长子继承了王位。但不久，阿穆里奥篡夺了王位，并且放逐了哥哥。为了消除后患，他又命令侄女西尔维娅终身不许嫁人，以免她的后代对他复仇。

但是阿穆里奥的阴谋未能得逞。西尔维娅秘密地和一位战神结合，生下一对双胞胎男孩，大的叫罗慕洛，小的叫里穆斯。阿穆里奥闻知此事，大惊失色，下令处死了西尔维娅，并把两个婴孩放入一个筐子，扔进了台伯河中。谁料天逆人意，筐子被河水冲到岸边，啼哭的婴儿引来一只母狼。它不仅没有伤害两个婴儿，反而像母亲一样给他们哺乳。后来，一个牧人把两个孩子救走，并且把他们抚养成人。兄弟俩长大后知道了自己的身世，终于为母亲报了仇。

公元前753年4月21日，罗慕洛就在母狼哺育过他们的台伯河畔的帕拉丁山上，建起一座方形城，这便是最早的罗马城。罗慕洛成了罗马的第一位国王，母狼的形象从此成了罗马的城徽，罗马这个名字也是由"罗慕洛"演变而来。

就这样，一座古老而苦难的城市，一个伟大而强健的未来的帝国,一种将对未来世界产生巨大影响的复合的文明,在一个长满伞状的松树的山丘上,开始了它的童年期。而从它的诞生到最后的覆灭,需要1200年时间风雨的洗礼与演变!

"啊,罗马,我的国土!灵魂的城!"诗人拜伦这样歌唱过哺育了罗马城的创建者的那头母狼:"……你,遭过雷击的罗马的乳娘!有着黄铜铸成的乳头的母狼,曾以征服的乳汁哺人……你是伟大的创建者的母亲,他,从你粗大的乳头,吸取到一颗强有力的心……"

罗马是迷人的,整个城市就是一部最伟大的传奇。它征服过一切,最后也被征服,成为时间的牺牲品。在我们今天所能看到的那数不清的断壁残垣之下,埋藏着一个巨大的生存之谜和一个巨大的衰亡之谜。正如但丁所言:"罗马城墙的石头值得我们尊敬,而托起这座古城的土地,比人们所说的更有价值。"

那么,罗马,我将从哪里走向你呢?从你满地灰色的废墟和遗骸,从你橙红色的天空,还是从你镀金般苍茫的文化与艺术?

## 吉本的黄昏

第一次到罗马的时候,我住在城里,耳边充斥的是喧闹的市声。五年后,第二次来到罗马,我住在郊外一个屋后长满橄榄林的乡村酒店里，十分安静，并且可以稍微远距离地眺望罗马城头。

漫步在罗马金色的黄昏里，眺望着悬挂在罗马城头的那些镶着金边的云彩，尤其是当目光掠过夕阳之下那些历尽沧桑的断壁残垣，一种庄严和神圣的"历史感"油然而生。

多少高大宏伟的纪念圆柱，它们都曾经是胜利和骄傲的象征；多少金碧辉煌的宫殿、圆顶、拱门、城墙，它们都曾经是豪华和奢侈的标志。苦难的基督，骄横的帝王，还有一代代王公大臣，以及黑衣修女、白衣教士……都从这苍茫的暮色里消失了。庞培、恺撒、奥古斯都、奥维德、维吉尔、但丁……都在这座古城的铺着黑色火山石的路面上，在通往卡皮托利诺山的古道上，留下过他们沉重的足迹。到最后，像废墟一样的罗马，成了他们的唯一的纪念柱。

此情此景，也使我不禁想起一代历史学宗师爱德华·吉本的一段话来："我踏上罗马广场的废墟，走过每一块值得怀念的——罗慕洛站立过的，图利演讲过的，恺撒倒下去的——地方，这些景象顷刻间都来到眼前……"

1764年10月15日，夕阳西下的时候，当27岁的吉本坐在卡皮托利诺山冈的废墟之上沉思冥想时，赤足的托钵僧人正在朱庇特神庙里合唱着一曲晚祷词……

虔诚的歌声。如血的残阳。无言的废墟……

还有历史学家那双深邃的、渐渐湿润的眼睛……

听着，听着，一个伟大的灵感从天而降——不，那是一个庄严的意念、一种高尚的激情，涌上了年轻的历史学家的心头：为什么不撰写一部大书，来记述这座古老的城市——这个曾经显赫一时的古老帝国由极盛走向衰亡的历史呢？

也许是冥冥之中有什么神灵的暗示，这个念头一旦闪过，吉本便毫不犹豫地决定了。之后他拿出自己一生中最好的年华，潜心于这部卷帙浩繁的历史巨著的创作。据说全书完成时也在一个黄昏，只是这两个黄昏之间相隔了二十多年！当他再一次坐在神殿的废墟上，聆听着远处响起的晚祷声，他喃喃自语道："总算写完了！这部用尽了我二十多年生命的书……"

二十多年间，吉本把自己全部的激情和才华投入到了《罗马帝国衰亡史》中，没有妻子，没有儿女，甚至没有朋友。他从公元96年—180年罗马帝国文治武功处于巅峰时期写起，一直写到1461年罗马的政治和国体走向全面崩溃，通过对其间1200多年所发生的与罗马有关的大大小小的历史事件的陈述与分析，显示了这个庞大的帝国缓慢的和必然的衰亡结局。

在这部巨著的最后，吉本以肃穆和沉郁的笔调，总结了导致罗马走向衰亡的四大因素：一是时间与自然的侵蚀；二是野蛮人与基督徒的外侵内扰；三是罗马人在物质生活上的奢侈糜烂；四是罗马人的内讧。总之，那个曾经不可一世的罗马帝国衰亡了。它曾经有过的富丽堂皇的神殿、拱门、廊柱和纪念柱，它的穷奢极欲的大斗技场、大温泉浴场以及一座座的凯旋门，都被时间的豪雨浇淋成了荒凉的景象。罗马的黄昏里飘散着断壁残垣和破砖烂瓦的气息。

这正是吉本在罗马广场上所嗅到的气息。罗马的黄昏是吉本在沉思的那个黄昏，罗马的夕阳也是吉本所喟叹的那枚夕阳。

## 在斗技场，我听见了诗人的诅咒

始建于公元1世纪，已经历尽沧桑的斗技场，名为"高乐赛奥"，即巨大的意思。它是古罗马人用来娱乐、竞技、演出乃至行刑的场所。据说当年罗马皇帝提多斯为纪念征服耶路撒冷，便强迫数万名战俘劳动了十年，才建成了这座大斗技场。这座椭圆形的宏伟建筑，共有四层圆形看台，最多可以容纳六万人观看表演。整个建筑是用大理石、红砖、白石和石灰岩砌成，据说仅为修筑它的外围就耗费了十万立方米的砖石。如今，这座巍峨壮观的古建筑虽然已经是断壁残垣，满目疮痍，但它的砖石缝隙间所渗透和喷溅过的奴隶的血渍，却是时间的风雨难以冲刷干净的。

设想一下那些残酷的和血腥的场面吧：手握短剑、面向死神的角斗士，暴怒的雄狮和发狂的公牛，垂死的流血的母鹿……无辜的生命在互相搏斗，彼此之间原本无冤无仇；他们都要用无辜的手去杀死无辜的对方，而最终可能走向同样的命运：用自己鲜活的生命去充当祭品……而在四周的看台上，骄奢残忍的王公大臣和打扮得花枝招展的贵族妇人们，却从那鲜红的血光中获得刺激和快感，尖叫和狂欢盖住了流血的奴隶的痛苦和呻吟……

当时的游戏规则正是这样：当一个角斗士负伤时，就要走到角斗场边上，面对观众，如果观众觉得不满足，就把大拇指往下一按，于是另一个角斗士就会把负伤的对手杀死；当然，如果观众高兴，觉得负伤的角斗士斗得还不错，也会示意那个胜利者放过他……

胜利与失败的双方，都是盲目的。没有谁知道，偌大的斗技场上，千百年来吞噬过多少无辜的生命！而人心，果真像这斗技场上的岩石一样冰冷吗？

不！一位诗人看到了这个血腥的剧场上的全部兽行。这位诗人就是拜伦。他写道：

我看到一个角斗士倒在我的面前,
他一手撑在地上——他威武的脸
显得视死如归,而把痛苦熬住,
他垂着的头渐渐地、渐渐地倒下去,
从他肋下鲜红的大创口,最后的血液
缓缓地溢出,重重地一滴滴往下掉,
像大雷雨的最初时刻的大大的雨滴;
然后整个角斗场在他的周围摇晃,他死了,
但灭绝人性的喊声还在向那战胜的家伙叫好。

热衷于观看人和兽搏斗的人,多少都具有兽性。他们能从流血的游戏中得到快感,也可从死亡的挣扎中发出笑声。但是诗人愤怒了!他无法容忍罗马人这种把他人的生命当作儿戏的行为,他忍无可忍了!

"起来吧!哥特人,宣泄你们的愤怒!"他向这座用奴隶的鲜血铺成的大厦,献上了他的双重的诅咒,也为那些冤死的和屈辱的灵魂,唱出了悲伤的挽歌:

……我的声音在此震响,暗淡的星光
照着荒凉的角斗场,破碎的席位,倒败的壁,以及我的脚步声听来怪响亮的寂寥的围廊。

…………

当纯洁而不辉煌的夕光照着这个地方，
想象那些死者吧，在这神奇的圆形建筑内，
英雄踏过这地面，你们呀踏着他们的骨灰。

正如万里长城象征着古代中国一样，有着2000多年历史的大斗技场，始终都是罗马的标志性建筑。很早以前，有人这样预言："只要高乐赛奥存在，那么罗马也存在；高乐赛奥坍塌，罗马将随之灭亡；罗马灭亡，世界末日也将来临。"这个预言虽然不曾变为现实，聪明的罗马人也在不同的时期极力保护和修整着高乐赛奥，不至于使它倾颓和坍塌，但它究竟是古罗马繁荣的纪念，还是耻辱的标志，却也是一个同样永恒的问题。

"它是夸耀古罗马的豪华，还是记录野蛮的统治？它是为了博得廉价的同情，还是谋求遥远的叹息？"当我抚摸着斗技场冰冷的岩壁，注视着最低一层的地牢里，那些从浸透了远古的奴隶们血泪的石缝中长出的丝绒般的小草，我想到的不是古罗马的辉煌与豪华，而是仿佛听见了诗人们愤怒的诅咒与抗议。

## 不,他们并没有消失

诗人雪莱对大海情有独钟,却就是不会游泳。有一次,他和朋友在意大利中部的亚诺河里沐浴,不小心滑进了深水里,像一条鳗鱼似的沉了下去,但他并不紧张,似乎压根儿就不打算再从水里浮出来。朋友惊叫着把他救起来,他却半是玩笑半是认真地说道:"没有什么,我常常到水底去探索,因为真理和答案就在那儿……"

1822年7月8日午后,原本十分美丽和平静的意大利拉斯佩齐亚海湾一反常态,忽然变得窒闷和酷热。突如其来的风暴掀起排空的巨浪,吞噬了一只树叶般的小帆船。这只小帆船正是雪莱和他的好友拜伦一起购置的"唐璜号"。雪莱刚乘着它访问朋友回来。他曾经那么艰苦地探索过这个世界的秘密而不得其解,现在,一阵狂风在一瞬间就把他从这个世界上卷走了!噩耗传来,拜伦和其他朋友们都惊呆了,他们搜索了附近所有的海岸,既找不到小船的碎片,也没有看见人影。几天之后,人们才在一处海湾发现了雪莱的遗体。他的上衣口袋里还装着同时代诗人济慈和希腊诗人爱斯基拉斯的诗集。他的遗体在海边火化了。朋友们把乳香、盐和酒精撒向燃烧的火堆。拜伦难过得失声痛哭。

据说，雪莱的骸骨烧了三个钟头，但他那颗心脏却依然完好。人们说，这颗心是纯金铸成的。朋友们小心翼翼地把它掩埋在被称为"永恒之城"的罗马西郊，与古罗马大法官切斯蒂奥的金字塔仅有一箭之远的英国公墓。

雪莱一生中最美好的时光是在意大利度过的，这个阳光明媚、鲜花妖娆的岛国，也成了他热情的灵魂的最后的安息地。朋友们在他的墓碑上刻下了他生前最喜欢的莎士比亚的《暴风雨》中的诗句：

他并没有消失
不过是感受了一次海水的变幻
化成了富丽而珍奇的瑰宝而已

也许是命运在冥冥之中的有意安排，就在雪莱逝世的前一年，1821年2月23日，另一位英国浪漫主义诗歌的巨擘，25岁的天才诗人济慈，像一只痛苦的夜莺，因为日夜歌唱而导致肺部咯血，不幸客死罗马。他年轻的遗体也是安葬在英国公墓里。他的墓石上镌刻着他自拟的铭文：

这儿长眠着一个人
他的名字是用水写的

两位曾经并肩推动过英国浪漫主义诗歌篷帆的天才诗人，他们不死的灵魂在永恒的罗马的泥土之下，又紧紧地拥抱了。

正是温暖的人间四月天，我捧着一束红色的杜鹃花，来到两位诗人的墓前。静默的雪松把柔和的绿荫投在诗人的陵墓上，一缕缕阳光像母亲温柔的手指，轻轻爱抚着无言的墓石。陵墓四周的绿草和野花，在四月的微风中自由地摇曳，仿佛正在深情地祝福每一个前来拜谒的人。

我想到，"永恒的罗马"，你的永恒之处其实并不在那些王公贵族的高大的纪念柱，也不在那些记录着野心与霸权的凯旋门和金字塔，而是在于这些虽死犹生的人类的天才、世界的良心。

"没有谁能达到诗歌的顶峰，除了那些把人世的苦难当作自己的苦难，并且为之日夜不安的人们。"听，善良的济慈如是说过。

而雪莱，当他还坐在中学时代的绿草地上时，他就这样暗自发誓了："我誓必正直、明慧、自由，只要我具有此种力量，我就誓不与自私者、权势者为伍共谋祸人之事，而且对此我必加以抨击。我誓必将我的整个生命献给美的崇拜……"

站在济慈和雪莱的墓前,我似乎更能领会他们各自的墓志铭的真正含义了。是的,他们都没有消失。他们是不朽的。他们的名字都是用水写的——这水,不是别的什么,正是百年之后、千年之后和万年之后,前来追悼的人们面对他们高尚的灵魂所洒下的景仰的眼泪。

## "亲爱的灵魂"在罗马飞翔

1879年圣诞节前夕,大音乐家柴可夫斯基来到罗马。一年前的圣诞节,他是在佛罗伦萨度过的。

在佛罗伦萨,这位纯洁的音乐家给他的"女神"——他称之为"理想的化身"的音乐资助人冯·梅克夫人写信说:"我确信在我的脚下就是那可爱的佛罗伦萨城了……早晨当我打开窗户的时候,迷人的景色就展开在眼前。佛罗伦萨郊外的奇景,大大地诱惑着我……昨天我享受了很长的时间,却无法描述夜晚的那种完全的寂静。在寂静中你只听见阿尔诺河的水声,在远远的什么地方潺潺地流着……"

他在给另一位友人的信中又道:"如果您是一个音乐家的话,也许您也可以在深夜的寂静中听到一种声音,好像是地球在空间飞转而发出的深沉的低音似的。"他在佛罗伦萨开始孕育一部新的歌剧，即席勒的《奥尔良的少女》，并着手创作《贞德》。

来到罗马之后，老柴做的第一件事是改写他在七年前创作的《第二交响曲》。在这一年的最后一天，他给他的"女神"写信说："一个人在工作中努力寻求进步，七个年头是多么有意义的事啊！七年以后，我看今天所写的作品，是不是像我现在看1872年写的音乐呢？我知道这是大有可能的，因为完善之境，即理想之境，是无涯的……"

他以音乐家的眼光来欣赏米开朗琪罗的雕塑，认为米开朗琪罗在精神上和伟大的贝多芬是接近的，《摩西》的身上凝固着"英雄"的旋律。

罗马大街上的露天音乐演奏，给了他新的灵感和激情，他在改完《第二交响曲》后，又创作了《意大利随想曲》《第二钢琴协奏曲》和其他歌曲。"我的心中，好像有虫在那里咬着……"他写道，"紫罗兰花在这里已经不少了，春天终于一点一点地走近了。"

一个音乐家的心灵是需要激情滋育的。正如歌德所言："那不可思议的，在此地完成；伟大的女性，引导我们上升。"柴可夫斯基身在罗马，而心在梅克夫人深蓝色的温情的眸子里。

只要想起那双眼睛,他沉睡的乐思就会苏醒,他激情的鸟儿就渴望飞翔!

"每一个音符都是为您而写的……"

"我知道我们的灵魂是亲近的……"

无论是在冬天的佛罗伦萨,还是在春天的罗马,我们都会想起,在一位天才的音乐家和一位温情的女性之间,有一种叫作"亲爱的灵魂"的东西,在传递,在飞翔,在碰撞。灵魂的火花迸发的时刻,音乐的奇迹就会出现。

## 月光下的"小狮子"

罗马是一个处处都充满神秘和灵性的城市。罗马的夜晚总是给我一种神秘感和空旷感。尤其是当我独自走过一堵断墙、一处废墟、一条古旧的道路的时候。

那随处可见的高大和古老的罗马松(又叫"地中海松"),是罗马城里的"树王",它们在月白风清之夜发出飒飒的声响,仿佛树与树之间在窃窃私语;苍翠的橡树也似不老的精灵,即使没有夜风吹过,它们也会发出吱吱嘎嘎的声响,好像正在忍受着什么巨大的痛苦似的,给罗马的夜晚又增加了几分紧张感。

更奇怪的是,当夜幕降临、皓月当空之时,不知道从什么地方，一下子就会钻出数不清的野猫，好像黑色的神秘的幽灵，成群地出没在早已坍塌的废墟里，出没在夜深人静的广场上。它们莫非真的是古人幽魂的化身？在夜色下的斗技场周围的高墙边，在特拉扬广场废墟上的颓败的石柱上，在元老院宫后面古罗马大市场的拱门下，在农神庙前的乱石间……我都看见过野猫的身影。

它们或者像黑箭一样一闪而过，或者旁若无人，正在悠闲地享受着月夜的静谧。偶尔听到过它们追逐时的尖叫，不知那是因为爱情而发出的甜蜜的呻吟，还是为了争斗和霸权而发出的愤怒的挑战。

罗马人也不知道，这么多的野猫大白天里都隐身在什么地方。他们把它们称为"神出鬼没的小狮子"。这些"小狮子"是罗马夜晚的神经，是月光下所有破败的神殿、残缺的拱门和断壁残垣的守护者。它们在千年的废墟上出没和游走，接受和传递着最古老的神谕，为罗马的夜晚描绘着永恒的神秘，增添着无限的灵意。

## 许我一个重返罗马的日子

特莱维喷泉，又名"少女喷泉"，我在大学时代就从格里高利·派克和奥黛丽·赫本主演的《罗马假日》里看到过。美丽的安妮公主就在离这里不远的一家理发店里，剪了那个令全世界的美女争相模仿的短发发型。

在电影大师费里尼的《甜蜜的生活》里，女主人公也曾在这座美丽而清澈的喷泉里沐浴过。它是罗马城里无数座美丽的喷泉中最大的、知名度最高的一座。

特莱维喷泉建于18世纪、教皇克里门斯十二世任内，据说它的设计灵感来自罗马凯旋门。其背景建筑是一座巨大的海神宫，宫殿上方站立着四位少女，分别代表着四个季节。宫殿前的主雕塑是一尊威风凛凛的海神，他站立在一辆贝壳状的马车上，仿佛正要出海巡视。驾车的是两匹海马，由人身鱼尾的小海神执缰。整个雕塑极具动感和故事性。

一个阳光充足的午后，仍然是K陪我来到特莱维喷泉前。

"这里可以决定你的命运，如果你是一个幻想家。"K神秘兮兮地说道。

"我听说，安徒生在成为童话大师之前，也来过这里，只是当时谁也不认识他……"

"不，很多人来过这里，歌德、司汤达尔、狄更斯、拜伦、济慈、莫拉维亚……"K总是笑眯眯的，眸子比眼前的泉水还清亮。她说："他们都从这里带走过灵感和幻想。你也会这样。"

她给了我一枚银币。

我轻轻地背转身,将银币掷进了海神尼普顿脚下的那汪"童贞之水"里。

这儿有个不成文的传统:当你背对喷泉投入一枚银币,少女喷泉会许你一个他日重返罗马的愿望。真的会这样吗?

那么,亲爱的罗马,我们什么时候再见呢?

离开这个可以许愿的喷泉,我们在著名的"罗科"露天咖啡店里要了两杯啤酒。这个咖啡店也是美丽的安妮公主光顾过的地方。

"罗马等待你!"K举起酒杯。

"谢谢你,K,但愿能有这样一天,我们还在这里相见!"我突然觉得,这好像是一部十分熟悉的黑白电影的情节,但我想不起片名了。

"亲亲!"K轻轻地说。意大利语"干杯"用汉语说出来就是"亲亲"。

"'亲亲',为了重返罗马。"我说。两只杯子轻轻地碰在了一起。

# 马可·波罗的故乡

*

马可·波罗肯定会笑笑说：不，我的心才是全世界。

奥地利作家斯蒂芬·茨威格有一首诗，写到了威尼斯日出时的景象：

晨钟响起了——所有的河道
都闪着颤巍巍、暗淡的微光，
永恒之城的轮廓脱去了
像梦幻一样的黑夜的衣裳。
（节选自《威尼斯日出》）

此时，我正是在这耀眼的晨光里穿行。金色朝阳的碎片，散落在所有的屋顶上和钟楼上。鸽子们迎着熠熠的光彩咕咕地、温柔地叫唤着。

如果说，威尼斯像漂浮在亚得里亚海面上的一朵巨大的睡莲，那么，圣马可广场就是它繁茂而美丽的花蕊。拿破仑曾把这个广场誉为"全欧洲最高雅的客厅"，认为只有它才配称作"广场"（Piazza），别的都只宜叫作"场"（Campo）。当年这位盛气凌人的大元帅第一次走进圣马可广场时，竟虔诚地脱帽鞠躬，以示尊崇。

这里是威尼斯政治、司法、历史、文化甚至旅游观光的中心，最能代表威尼斯宏伟和繁华的气象。圣马可大教堂，威尼斯总督府和御花园，著名的考古博物馆、柯瑞博物馆、珊索维诺图书馆和"火鸟"（Fenice）歌剧院，佛罗里安咖啡馆，还有古老的钟塔、高入云天的钟楼，象征着威尼斯入城口的圣马可与圣刁多禄圆柱等，都罗列在这个豪华的广场上。

每年的嘉年华庆典，圣马可广场上必定是人山人海，红尘冲天。威尼斯人"装神弄鬼"的才能是世界第一的。现在虽然还没有到那一年一度的嘉年华的时候，但无论走进哪一条小巷，都能看到一些商店的墙壁上，挂满了光怪陆离的面具和头饰。由此也不难想象嘉年华的盛况。尤其是当你一个人走在一些较为僻静的深巷里，也许还会感到背后仿佛正有鬼影幢幢呢。

嘉年华在每年二月举行，为期十天。节日期间，不分性别、阶层，人人都可以戴上古里古怪的面具，穿着奇形异状的服饰，在大街上游行。

这是全威尼斯人的一个狂欢节，自11世纪就开始了，一直风靡至18世纪才渐渐变得不那么狂热。1979年起恢复举办，如今已成为威尼斯最负盛名的文化风俗之一。

传统的化装风习，加上现代的乃至后现代的恶作剧般的狂欢行为，使每年嘉年华的游行队伍越来越庞大，各种服饰面具越来越肆无忌惮、创意十足，真可谓是一个魑魅魍魉大比拼的节日。

卡纳勒究区是威尼斯最北边的一个区，因为比较偏僻，平常游人稀少。据说，古时候这里到处生长着绿色的芦苇。

这里就是世界著名的旅行家和探险家马可·波罗的故乡。

马可·波罗于1254年诞生在卡纳勒究的里奥托附近。他在这里度过了自己的童年和少年时代。

17岁那年，他随同父亲、叔叔一起离开了威尼斯城，渡过地中海，横穿亚洲大陆，来到中国旅行。他们翻越了无数陡峭险峻的山峦，穿过了许多荒无人烟的沙漠，历尽了艰辛。

不过，这样的长途旅行，使青年马可既锻炼了自己的身体，又磨炼了自己的意志。这是他作为一个探险家的必备的素质。

马可来到中国，正是中国的元朝时期。元朝皇帝忽必烈在和马可的接触中，发现他不仅具有敏锐的观察力，而且还有一种吃苦耐劳的冒险精神，就热情地邀请他游览了中国的许多地方,把他奉为上宾。

马可·波罗对这个古老而神秘的东方帝国也充满探寻和了解的兴趣。他在这里一住就是二十几年,还在扬州任过官职,主持扬州的政务。当马可返回故乡威尼斯的时候,又渡过了波涛汹涌的东海和印度洋。

我们可以想象一下,那是在13世纪呢!在那样的时代,进行这样的长途跋涉和洲际旅行,其中的艰辛困苦,实在不亚于今天的宇宙航行。

1295年,马可·波罗带着价值不菲的金银珠宝,还有关于中国人的生活秘密,回到了自己暌违已久的故乡威尼斯。他将自己在中国皇宫、城镇和乡村的游历见闻讲述给自己的同胞们听,还写成了文字,这就是后来的《东方见闻录》(又称《马可·波罗游记》)。

可是,威尼斯人根本就不相信这个从卡纳勒究"失踪"了二十多年的冒险家所讲的那些不可思议的故事。他们给他起了个绰号,叫"百万马可",意思是说,他所讲的故事乃是"一百万个谎言"。

这里还有一个小笑话。想知道意大利披萨的来历吗?且在这里先"大话"一下。大家都知道,因为马可·波罗到过中国,当然吃过中国馅饼,并且觉得十分好吃,也曾在《马可·波罗游记》

里大加赞赏。他回国时，特意把这种中国民间食品带回了自己的家乡。没过多久，所有的威尼斯人都喜欢上了这种馅饼。

然而，有一个问题却难住了马可·波罗所有的同胞，他们捧着一个完整的中国馅饼，左看右看，百思不得其解：中国人是怎么把馅塞进面饼里去的呢？他们直到今天也没能学会如何把馅塞进面饼里边，又不留下任何缺口。所以，他们做出的意大利馅饼，只能成了现在的样子：所有的馅都摊在面饼外面——一个最终未能完成的、半成品的"中国馅饼"。

马可·波罗的故居在一座小拱桥边，米黄色的老房子，看上去真是历尽了沧桑。大门和窗子似乎每天都紧闭着，仿佛它的主人还在东方没有回来，它们不能擅自敞开。

苍老的海水拍打着古旧的墙基，好像伤心的母亲在絮语："唉，你又到哪里去了呢？亲爱的小马可！听说你在战争中成了俘虏，被人投进了监狱……"

站在马可·波罗寂静的故居前，人们也许会这样想：与其说这位伟大的旅行家和冒险家是威尼斯的儿子，不如说他是一位浪迹天涯的世界公民。威尼斯人喜欢向人夸口：这里就是世界的心；而马可·波罗肯定会笑笑说：不，我的心才是全世界。

意大利学者和儿童文学家卡尔维诺，曾以马可·波罗为题材，写了一本书《看不见的城市》，通篇都是卡尔维诺想象中的马可·波罗与忽必烈汗的对话。书中对这位老乡"百万马可"充满了理解和敬意。卡尔维诺懂得,一个不知道尊重精英的民族,不是一个完美的好民族。

马可·波罗的故事虽然已经变得十分遥远了,但是威尼斯人还是为有过马可·波罗这样的儿子而感到骄傲。

# 小马可和凤尾船(上)

*

欢快的船橹溅得水花飞扬,在夕阳的映照下,水面飞起一道道小小的彩虹。

在威尼斯,人们会告诉你,如果不去坐一坐那漂亮的凤尾小游船,就算不上真正到了威尼斯。

美丽的凤尾小船,名字叫 Gondola,中文翻译为"贡多拉"。德国大诗人歌德的父亲到意大利旅行,给小歌德带回的纪念品就是一艘小巧、漂亮的贡多拉模型。歌德后来回忆说:"父亲视之为珍宝,如果让我玩一下,那就算对我的优待。"

Gondola 通译为"贡多拉",朱自清曾译为"刚朵拉",也算是音译。也有音义兼得的译法,如冰心译为"共渡乐",作家阿城译为"弓独拉",都形象有趣;诗人蓉子译为"躬舵拉",更让人联想到中国古代的"蚱蜢舟"。这是在威尼斯水城到处可见和别有风味的交通工具。

凤尾小船船身纤巧细长,船底扁平,两头尖尖地翘起,正适合在狭窄的水巷里穿梭。不过,贡多拉船身并非对称的造型,它的船头偏左弯曲，与船尾呈弯弯的流线型，这样船夫们就可以在划桨时平衡力量，让小船灵活自由地转弯和穿梭。

贡多拉的船身大都是用黑漆漆成，据说一般要刷七层漆，才能做到光可鉴人。两边的船舷和船头装配着精致的金色海马造型的装饰。游客坐在小船中间带有软垫的座位上，一艘贡多拉最多可坐五位游客。船夫则站在船尾左侧的船帮上，划动着灵活的桨叶，控制和调整着小船的速度与方向。

在威尼斯古老的民间传说里，这些贡多拉船夫天生就长着蹼足，不仅能在水面灵活行走，而且对城中的每一条水巷都了若指掌，可任意来往。他们的传统装束是白色带条纹的上衣、黑色裤子和一顶系着漂亮红飘带的宽边草帽。

贡多拉虽然到处可见，但它们主要是为外地来的观光客准备的。这是因为乘坐贡多拉价格不菲。据说，还有一些带有音乐演奏的黄昏船队，专门从事月夜和星光之下的浪漫游览服务，价格就更高了。此外，贡多拉船夫的漫天要价也是相当有名的——这一点倒是颇具精明的"威尼斯商人"遗风——外来的观光客每每上当。所以，如果你到了威尼斯想乘坐贡多拉，尽可以理直气壮地"拦腰杀价"。乘坐前最好先看看贡多拉站点上公布的价目表，以便心中有数。

贡多拉船体一般都是用坚硬的橡木制造的，也有的是用樱桃树、山毛榉或胡桃树制造的。制造一艘标准的贡多拉，大致需要 300 块木板，得 100 多天才能完成。

如果你在圣特洛法索运河上航行时，可看见对岸有一家很大的造船厂，阳光下堆躺着许多粗大的木材，一些工人会在那里打磨一艘已经组装成型的贡多拉。

那就是威尼斯仅存的三座造船厂中最古老的一座——圣特洛法索造船厂。现在它每年只制造十艘左右的贡多拉，同时担负着目前正在水上"服役"的 400 多艘贡多拉的维修任务。

远远地望着那些忙碌的造船工人，你也许会有一种强烈的羡慕之情：在金色的阳光下，吹着口哨为一艘即将下水的小船刨光底板或刷上柏油，这是多么惬意和有趣的工作啊！

每年九月的第一个星期日，是贡多拉船夫们的狂欢节。因为威尼斯古老的赛船节在这一天举行。这可是船夫们展示自己卓越的驾船才华的好机会。不仅职业船夫会组成双人组或六人队，划着"盛装"的贡多拉参与真正的比赛，就连那些"业余船夫"也不甘袖手旁观，像赶集一样争着加入比赛行列。

这一天，威尼斯水城将会万人空巷，参赛的船夫们穿得漂漂亮亮，整个大运河上热热闹闹，仿佛在举行一个盛大的典礼。

现在，且让我们回到马可·波罗生活的那个时代吧。

那一天，一条小小的凤尾船，正在狭窄的运河里飞快地行驶。

童年的小马可，正在熟练地摇着橹，运送一位客人。欢快的船橹溅得水花飞扬，在夕阳的映照下，水面飞起一道道小小的彩虹。

"请问先生，你这次出海，要去很长的时间吧？"小马可好奇地问那个船客。

"是呀，孩子，要去 45 天哪！"

"在大海上航行是不是很刺激啊？风浪很大吧？"

"当然啦！不过，海上的风浪倒是小意思，最让人担心的是那些海盗！例如那些热那亚的船队。如果被他们追上或拦住了，可就危险了！"

"天哪！那些海盗都长什么样子呢？是不是也都像传说的贡多拉船夫一样，天生就长着蹼足呢？"

"孩子，等你再长大一点，就自己出海，去见识见识吧！那些海盗，可都是天生的冒险家呢！现在，你可要练好自己的身体啊！"

就这样，船客边说边笑，把小马可的心给搅动得乱乱的。

小马可看到，那个客人被太阳晒得黝黑、长满胡子的脸上，露出一种亲历者和见证者的得意和自豪。

"请问，热那亚的船队，真的有那么厉害吗？"小马可似乎仍然意犹未尽的样子。他有点儿担心地问道。

"还好啦！孩子，你知道吗？在东地中海，最厉害的还要算我们威尼斯的船队呢。不过,热那亚的那些家伙也不是好惹的。"

"那你们最近碰上过他们吗?"

"你说最近啊?那还用说!那些胆大包天的家伙,他们活跃在从地中海东北部到黑海的海峡一带,把黑海沿岸的许多城市,都变成他们做买卖的码头了!"

"这样啊?"

从版图上看去,意大利半岛就像一只伸向地中海的长筒皮靴。"长筒"的西边就是热那亚,东边是威尼斯。这两个海滨城市,在当时都属于城市国家。当时,他们都从亚洲和中东地区买来了大批稀罕和珍贵的物品,在当地贩卖。为了争夺市场,他们都向地中海的东部派出了属于自己的船队,不断地扩充自己的势力。

"那……那你们就这样认输了吗?"小马可不甘心地问道。

"认输?孩子,你想想看,我们威尼斯人会输给热那亚那些家伙吗?"

"当然不会啦!我也这么觉得。"小马可骄傲地说道。他用双手使劲儿地摇着凤尾船上的桨橹,灵巧的小船似箭一般,驶向了狭窄的水巷。

威尼斯是一个水城,到处都是拱桥,到处都是水巷。这座城市当时由 120 多个大小岛屿组成，上百座桥梁把它们连成了一个整体。人们称这座城市是"水上都市"。一条大运河穿梭在大大小小的房屋之间，水上交通四通八达。

威尼斯居民只要一出门，就得乘坐凤尾小船，就像今天我们出门骑自行车、坐公交车一样。对威尼斯居民来说，水巷就是马路。

等到小马可的小船又穿过一座桥洞时，就到了一处河道的岔口。

这时候，小马可减慢了船速，提醒客人说："当心啊！要停靠埠头了。"

"谢谢你，孩子！你小小年纪，就开始自食其力了，真了不起呢！"客人笑着夸赞着小马可。

小马可在交叉口的前面把小船停下，因为这时候从对面驶过来另一只小船。他们必须这样互相让开对方，等对方的船过去之后，才能继续向前驶去，因为有的水巷实在是太狭窄了。

小船又到了一个桥洞。

"好啦，您的目的地到了！请走好哦！谢谢您告诉我海上的事情。"

小马可谢过客人，把小船靠了岸。

"谢谢你！我们还会见面的，到时候还有很多故事讲给你听哪！"

客人付了钱，道了谢，扛起行李远去了。

在威尼斯，像这样的船客是很多的，他们的身份往往又是商人、又是海员，因为他们的商船要去东地中海做生意，贩来货物再回到威尼斯。小马可经常要为这样的船客摆渡。

"唉！要是爸爸在家就好了。如果每天都能和爸爸一起驾驶凤尾船，该有多好啊！爸爸每天还会讲很多有趣的故事呢！可是……爸爸现在在哪里呢？也许……也许已经不在人世了吧？"

想到这里，小马可心里顿时黯淡和难过起来。是啊，他的爸爸现在在哪里呢？没有人知道。爸爸在小马可还没有生下来的时候，就离开了威尼斯，出海远航去了，已经十几年没有回来过了……至今仍然杳无音信。

# 小马可和凤尾船(下)

*

而这两个人的冒险经历,从此将深深地影响着这个威尼斯少年的一生。

没有了爸爸,家里的生活多么艰难啊!小马可只好早早地当了一个小搬运工。他每天必须划着凤尾小船,把附近商店的货物送到那些事先预定的顾客家里。当然,遇见有出海回来的大船进港,他还可以接送那些海员和商人回家。

他其实很喜欢做这个工作,虽然苦点累点,但他可以从那些海员那里打听到一些海外的见闻,听到一些在大海上、在异国他乡发生的神奇的事情……

玫瑰色的霞光,每天都映照在圣马可教堂巨大的圆顶上,圆顶四周闪烁着金黄色的耀眼的光芒。一群归巢的鸽子,围绕着圆顶快乐地飞翔着……只是,小马可一直没有打听到爸爸的消息。

圣马可广场旁边就是宽阔的大运河。每当一些大商船从外面驶进来的时候,码头上的人们,就会向着从船上下来的人欢呼、寒暄。

他们一边挥手,一边大声喊叫着,拥抱自己的亲人、朋友,有的还互相拍打着、埋怨着。站在船上的水手也在向着岸上的人们挥手致意。码头上一片欢乐声。大船上会放下绳梯,船上的货物一件一件地被人从船上吊放了下来。

"唉,要是爸爸也能乘着这样的大船回家,该有多好!"

每当看到从外面回来的船商,小马可心里就会涌起一阵酸楚。他已经看过无数次这样的场面了。但是每一次他都感到了深深的失望。这是因为,他所思念和期待的爸爸仍然杳无音信。

自从能独自驾驶凤尾小船开始工作以来,小马可多次来这个大码头接过人。他对这里,对这样的场面已经十分熟悉了。他也渐渐懂得,在这里,每当冬季,风急浪大,就很少有商船进出了。从春季、夏季一直到秋季,都是商船频繁活动的黄金季节。小马可当然也知道,不是所有的商船出去后都能够平平安安地回来,有的商船一出去便再也没有了音信。

"也许,我的爸爸,还有和爸爸一起出去的叔叔,早就葬身鱼腹、沉入海底了!要不,他们准是碰到了海盗,被人给杀死了……"每次他都会这样绝望地想象着。虽然如此,但每次一听说码头有商船回来,他又会忍不住跑来等待和观看。他的心里一直还怀着一丝希望和幻想。

又一个夏季到来了。夏季是威尼斯周围的海水涨水的时节。现在，海水已经漫过堤岸，涌进了圣马可广场。去码头接人的人们，在广场上游玩的人们，都只能高高地挽起裤管，在没膝深的海水里走路。

这天，又有一艘大船靠近了码头。小马可听说后，又忍不住驾驶着小船来到了这个码头。可是，他来得有点儿晚了，码头已经人影稀落了。他把小船系在原先拴船的地方，心想，不管怎样，先看看再说！万一还有携带重物的船员想去哪里，我不是正好可以把他们送回家去吗？

就在这时，迎面走来两个陌生的男子。从相貌上看，他们和当地人没有什么区别。可是，他们的穿着太奇怪了：两个人都穿着亚洲式的长袍，戴着东方男人经常戴的那种瓜皮小帽，看上去十分滑稽。

"请问小兄弟，你能把我们两人送回家吗？我们就是当地人，对了，我们可以多给你一些钱，因为我们带的物品很重……"

"你们……是当地人？怎么以前没有见过你们啊？"

小马可被眼前的两个奇怪的男子弄得有点儿惊讶了。他上下仔细地打量这两个人，心里怦怦直跳。只见他们都长着满脸的大胡子，穿着一身亚洲人的服装，身上还背着一种东方人的褡裢。他们的衣服还又脏又旧，散发出一阵阵熏人的汗臭。不过，他们的眼睛是那么亲切友好。而且，小马可觉得，他们的眼睛好像还有点儿熟悉，似乎在哪里见过一样。

"喂，小兄弟！你怎么这样瞪着眼看我们啊？我们可是土生土长的威尼斯人哪！因为我们很早以前就离开了威尼斯，一直待在亚洲的中国，今天刚刚回来，所以才这身打扮啊！"那个瘦瘦的高个子说着，便把肩上的包袱放到了地上。

"天哪！这两个人会不会是……"小马可的心里突然打了一个激灵！于是，他又重新两眼直愣愣地打量起他们来。

"你们……真的是……是威尼斯人吗？"

"那还有假吗？"

"你们说……你们有很多年没有回来了？"

"是啊是啊，屈指算来，足足有十五年了！"那个小个子的男人也把包袱撂在地上，笑嘻嘻地说，"没有想到，威尼斯的变化真大啊！我都快要认不出来了！"

"只是，一到夏季，这海水还是漫进了码头！真让人受不了！哈哈哈哈……"

这时候，小马可终于忍不住，迫不及待地向他们打听起来。

"那么，请问，你们是……是波罗家的人吗？"

"是啊是啊，你怎么知道的呢？我叫尼古拉·波罗……"

那个高个子惊奇地睁大了眼睛，一边看着眼前的少年，一边报了自己的姓名。"对了,这是马窦·波罗……你瞧!我们两个是不是很像弟兄俩啊?"

此时,小马可再也忍不住了,晶莹的眼泪夺眶而出。

"爸爸!叔叔!我就是马可·波罗呀!"他激动地大声喊着,眼泪迸涌出来。

"什么?你是……我的孩子?马可·波罗?啊,孩子,怎么会在这里碰到你啊!我们离开威尼斯的时候,你还未出世呢!"

"上帝啊!一晃15年过去了……我们的小马可都长这么大了,啊,真叫人高兴啊!"

"太巧了!真是太巧了!这是上帝的安排啊!是上帝派你来接我们回家的!"两个长辈张开怀抱,把小马可紧紧地搂抱在怀里。"太好了!想不到一回到威尼斯,还没有走进自己的家门,就先碰上自己的孩子了!好啊!好小子,真是太好了!"叔叔拍着侄子的肩膀,也高兴地大叫着。然后,小马可带着爸爸和叔叔上了船。他用力驾驶着凤尾船,高兴地往家里驶去。

"真想不到啊,马窦,你看,这小子都能驶船了!"

"我们波罗家族的事业后继有人了!哈哈哈哈……"

这是1269年的夏天。威尼斯波罗家族里的两个在早年就远走异域他乡的冒险家,回到了阔别15年的故乡。

15岁的威尼斯少年马可·波罗,也终于盼回了自己的爸爸尼古拉·波罗和叔叔马窦·波罗。而这两个人的冒险经历,从此将深深地影响着这个威尼斯少年的一生。

# 威尼斯,乘着歌声的翅膀

"这位伟人去世了,但他的名字永远留在艺术中……"

有位艺术家说:威尼斯是个除了做梦,什么都不可能做的地方。

四月的夜晚,一个人坐在圣马可广场上的露天咖啡座里,心不在焉地听着一曲又一曲的音乐演奏,直到曲终人散,偌大的广场变得空旷;直到亚得里亚海涨潮声起,轻柔的夜雾迈着猫似的脚步掠过石头地面;而从广场的西边,隐约传来普契尼的《蝴蝶夫人》的旋律……这时候,我才真切地感受到,那位艺术家的话是多么准确。

亚得里亚海湾在深夜里显得异常辽阔。微微的波浪轻吻着古老的石阶,仿佛不肯回家的恋人的絮语。远方灯火稀疏,静谧的水面闪烁着幽蓝的海光,时断时续的是悠远的船歌……那么,这就是拜伦所歌唱的"心上的城,梦中的城"了!它漂浮在水上,什么也不生长,除了梦想。它所有的灵性都是大海赐予的,"除了你不羁的波涛的变幻,时间也不能在你苍翠的面颜上划下皱纹"(拜伦诗句)。

美丽的夜,温柔的夜,天空中星光在闪烁……

午夜十二时,在威尼斯,所有的美梦都穿过森林般的木桩,从蓝色的亚得里亚海爬上岸来。如果不是胆怯,我真想独自坐在像散场的剧院一样的圣马可广场的钟楼下,做一次不愿回家的露宿者。

这是我第一次来到威尼斯的感受。

现在,重返威尼斯,我主要想追寻一点音乐家瓦格纳的踪迹,为将要写的一本小书做准备。十分惭愧,我对欧洲歌剧艺术所知甚少。然而我知道,早在1627年,威尼斯就拥有了不仅仅是意大利,而且是欧洲的第一个歌剧院。意大利歌剧历史悠久,19世纪末,瓦格纳改革歌剧自成乐坛的一个流派。而在同一时期,另一位歌剧大师威尔第,却反对瓦格纳派,坚持按照意大利传统创作歌剧。结果威尔第和瓦格纳都取得了巨大的成功。有趣的是威尔第和瓦格纳同年出生,又是同年发表作品,而且同时轰动了欧洲。两人既是竞争者,又都是胜利者。一位是歌剧改革派,一位是传统歌剧的忠实维护者。两位作曲家在歌剧艺术领域里各自高举着自己的旗帜,以自己的风格和全然不同的艺术手法,殊途同归,都成为世界著名的歌剧音乐大师。这不能不说是一个奇迹。

威尼斯人"装神弄鬼"、寻欢作乐的才能是世界一流的。每年二月的嘉年华期间，满城都是狂欢者。这时候，所有的剧院、大街甚至广场，都会有华丽的歌剧和音乐会在上演。记得五年前第一次到威尼斯，我没有赶上一年一度的嘉年华，却附庸风雅地到隶属火鸟歌剧院的一个偏远的剧场去看了一场歌剧演出。确实是"看"，而不是"听"。因为整个晚上我一句歌词也没有听懂。我也并没指望能听懂一点什么。我只是想获得一点感觉与记忆——坐在欧洲的一家资深剧院里，听一听真正的意大利花腔女高音的感觉与记忆。

这是来自维罗那的一个剧团的演出，演的是一个古代题材的小喜剧，在我看来相当沉闷，服装与道具华丽而古怪，演员的扮相真丑。观众席上不时爆出开心的笑声，只有我一个人无动于衷，像一个大傻瓜在那里装深沉 ——不过你想想，除了假装深沉，我还能做点什么呢。

据说，前几年，火鸟歌剧院重新修缮了一次，想必是更加富丽堂皇了。我没有舍得丢掉火鸟歌剧院的那张设计典雅的小门票。我把它夹在一本威尼斯的旅行手册里，不知道再看见它时，还会想起什么来。

威尼斯最迷人和最有名的歌剧院，是位于圣马可广场西侧的创建于1792年的火鸟歌剧院。它以前并不叫"火鸟",1836年因被一场大火焚毁才得此名。一年后重新建造,不幸1996年又遭祝融光顾。它成了一只名副其实的"浴火的凤凰"。两百多年来,火鸟歌剧院里留下了颇可炫人的演出历史。举世公认,威尔第最成功的四部歌剧是《弄臣》《游唱诗人》《茶花女》和《阿伊达》,其中《弄臣》和《茶花女》都是在威尼斯的这家歌剧院首演的。还有罗西尼的《赛米拉米德》,斯特拉汶斯基的《浪子的历程》等,也是在这家剧院首演的。

  1853年,威尔第仅用一个月的时间,就完成了歌剧《茶花女》的音乐。这部根据世界名著改编的剧本,不仅情节曲折,凄婉缠绵的曲调和优美深沉的旋律,更使这一爱情悲剧深深打动人心。美丽的玛格丽特那刻骨铭心的痛苦,化成了极具穿透力的歌声,使观众忍不住热泪盈眶。1853年3月6日,《茶花女》在火鸟歌剧院首演。之后,又多次在威尼斯其他大剧院如圣·贝内迪克特剧院公演,都获得了巨大成功。如今,《茶花女》已经成为世界最著名的歌剧之一,它不仅是威尔第的一部代表作,而且已经成为意大利歌剧和威尼斯剧院的光荣之作。据说,在威尼斯被奥地利占领期间,每当《茶花女》上演时,威尼斯观众们就会把一束束象征意大利国旗的鲜花抛向舞台,高呼着:"威尔第万岁!"原来,音乐家Verdi的名字正是意大利历史上第一位皇帝名字的缩写。

　　使威尼斯和欧洲歌剧艺术紧紧联系在一起的，并且为威尼斯带来了无限荣耀的人，还有歌剧大师瓦格纳。1858年，瓦格纳来到威尼斯。他将在这里谱写抒情悲剧《特里斯坦与伊索尔德》的第二幕和第三幕。威尼斯给他带来了短暂的宁静，他住在一栋破败的、建于15世纪的哥特式宫殿里。

　　威尼斯忧戚、美丽、如梦似幻的船歌，对瓦格纳来说，有一股沉郁诱人的魔力。有一个夜晚，瓦格纳失眠了，靠在阳台上，听到远方有人唱一首古老的民歌，歌声阵阵传来，深沉而哀痛，与迷茫和黑暗的烟水中的另一头的歌声遥相呼应。于是，他雇了一条贡多拉小船，一路沿着幽暗的运河摇着、摇着。突然，明月乍现，照亮了附近的宫殿，他的船夫也突然发出了一声低沉的号泣，像是动物的哀泣。正是这个夜晚，使他获得了《特里斯坦与伊索尔德》第三幕开始时牧人所吹奏的忧伤的号角声的灵感。当时，瓦格纳是那座宫殿里的唯一的住户，他把一个最大的房间装上了垂帘，房东还为他找来了几张镀金的椅子，他的大钢琴也从苏黎世运到了，伟大的《特里斯坦与伊索尔德》的创作就这样开始了。每天早上和整个上午，他在宫殿里写《特里斯坦与伊索尔德》，午后就雇条小船，漫无目的地穿行在威尼斯的水巷里，有时也去友人那里吃午餐。夜幕低垂时，贡多拉再带他回到自己的住处，继续工作。

1859年3月底，瓦格纳完成了《特里斯坦与伊索尔德》第二幕的谱曲。他把这出哲理最深奥、心理分析最细腻的歌剧，加上了优美的音乐与动人的外貌，使这个抒情悲剧，即便是一般的、不太懂得它深妙诗意的市民也能观赏和共鸣。不久，瓦格纳又前往瑞士琉森一游，并于1859年8月6日下午四时半，在那里为《特里斯坦与伊索尔德》第三幕的乐谱画上了句号。

1882年9月，瓦格纳又一次来到威尼斯，住进了大运河边上一座建于16世纪的温德拉敏宫中一层半的房子里。所谓"一层半"是指底楼与二楼之间的那一层。这座建筑，如今成了来自世界各地的旅游者的一个朝圣的地方。瓦格纳在温德拉敏宫里安静生活，像人们预期的那样，他又在书房里挂起了许多的绫罗织锦，还在上面洒了浓浓的香水。后来，音乐家李斯特也来到了这里，他和李斯特热烈地讨论着他想要谱写的单幕交响乐。然而这时候，他的心脏病已经恶化，发作的次数十分频繁，医生甚至开始让他服用镇静剂和鸦片。

1883年2月11日，瓦格纳开始写作一篇题为《女性》的散文。次日晚上，他大声地读着神话故事《乌蒂娜》，并由画家佐柯夫斯基为他做素描。稍后，他又在钢琴上弹奏出《莱茵河的黄金》幕落时众莱茵女神所唱的歌曲。2月13日，他送了个口信给朋友，请求原谅他不能赴午餐之约。这时候，女侍听到他在呻吟，他的心脏病又发作了。当天下午三点半时，他在妻子柯西玛的臂弯里安详地闭上了眼睛，那未成篇的《女性》摊在书桌上："……然而，女性的解放只有在狂烈震动的情况下才能进行。爱情——悲剧……"显然，他刚刚写到"悲剧"这个词，笔就从纸上滑开了……

这一年，拜洛伊剧院在上演他的歌剧《帕西发尔》时，观众在最后一幕终了时没有鼓掌，由此表示对他的特别敬意和悼念。后来，这个时刻就成了一个神圣而不容轻视的传统，在许多大剧院里一直保持着。听到瓦格纳在威尼斯逝世的噩耗，威尔第写信给朋友说："这位伟人去世了，但他的名字永远留在艺术中。维克多·雨果和加里波地也去世了，一个伟大的时代结束了。"

# 诗人的丽岛

*

正是这部电影使丽岛名声大噪。

在威尼斯大运河转弯处,圣托马水上巴士站斜对面,有一座名为"莫契尼哥"的古老府邸。1818 年,诗人拜伦曾在这里居住,完成了伟大的《唐璜》的最后篇章和其他一些抒情诗。

拜伦在威尼斯的期间正是他创作上发挥得最好的一个时期。亚得里亚海上汹涌的波浪,与这位高山、大海的"歌手"心中的激情相互应和。威尼斯的许多地方,都唤起过诗人高贵的情感与想象力。

那时他常常在大运河里逆流游泳,从中流击水中获得灵感和激情。他说:"如果我的生命像锦缎的纺织,上面也织着一些快乐的时日,那么,美丽的威尼斯,你的颜色就是其中的一部分。"他迷恋着亚得里亚海不羁的波涛,曾经用了四个钟头,从丽岛一口气游到圣马可广场。他这样歌唱:"在寂寞的海岸上自有一番销魂的欢欣,在大海之滨,有一种世外的境界,没有人来打扰,海的咆哮里有音乐之声。"

丽岛本是离威尼斯不远的泻湖边缘的一个狭长的沙洲,在19世纪初却因拜伦、雪莱等诗人常常光临游玩而知名。拜伦的《恰尔德·哈洛尔德游记》的第四章,就是在这个宁静的小岛上的橄榄树下完成的。

到了20世纪,丽岛已是十分繁华和时髦的度假胜地。从圣马可广场坐水上巴士到丽岛只不过十几分钟时间。丽岛是威尼斯的"外岛",也是威尼斯的"他者",因为这个岛上的建筑格局与威尼斯并不构成一个整体。有人说,威尼斯最豪华的酒店和海滨浴场都建在丽岛,这里已然成了欧洲各国的王公贵族、电影明星等富裕阶级的度假村。

1971年,美国华纳公司根据托马斯·曼1912年创作的小说《死在威尼斯》改编的同名电影中,主人公艾森巴赫下榻的浴场大饭店,至今仍然以其高贵、优雅的姿容和十足浪漫的情调,吸引着那些前来寻梦的风雅情侣。

托马斯·曼笔下的艾森巴赫,是一位崇尚希腊理性主义的艺术家,在威尼斯的丽岛找到了自己理想中的美的化身。然而,这只是幻影而已。他最终还是怀着无限的渴望和绝望魂断丽岛,倒毙在空旷的沙滩上……

在电影中,主人公的身份已经由小说里的作家变换成了作曲家。而且，维斯康蒂在影片里多次用到了马勒的第五交响乐。

也有人说，电影《死在威尼斯》的真正主角既不是艾森巴赫，也不是英俊少年达斯奥，而是威尼斯和丽岛。因为，正是这部电影使丽岛名声大噪。在小说里，主人公下榻的旅店为"至上饭店"，外观有点儿像法国古堡的样子，背靠亚得里亚海，门前就是属于饭店的宽敞的私家沙滩。而电影里，却并没有以这家饭店为场景，而是改到了前面说到的浴场大饭店。

自1932年开始，每年夏季的威尼斯国际电影节，就是以美丽浪漫的丽岛为大本营，在这两家同样华贵的酒店之间的"电影宫"举办的。这是世界影坛的盛会之一，多年来一直高举着"艺术性"的大旗，强调独立自主和冒险精神，甚至在前几年还喊出了"打倒好莱坞帝国主义"的口号，势将与好莱坞商业电影划清界限，坚持走其"电影作家的影展"的道路。

其实，威尼斯电影节真正形成自己的风格是在1946年之后。法国电影大师让·雷诺阿的《南方人》获得"最佳国际影片奖"，才使得这个电影节非凡的艺术气息昭然于世。1949年，电影节正式将原来的最高奖项"最佳国际影片"更名为"圣马可金狮奖"。1953年，电影节又取消了"最佳意大利电影奖"而增设了"圣马可银狮奖"，凸显了威尼斯电影节国际化和艺术化的雄心。

威尼斯电影节一向以"新、奇、快"为特点发掘新锐导演而著称，被称为"电影大师的摇篮"。黑泽明、沟口健二、萨蒂亚吉特·雷伊这些亚洲电影泰斗都是从这里走向世界的。1951年，对黑泽明的《罗生门》授奖是西方人第一次把焦点对准东方电影。威尼斯真正对亚洲电影的关注是在20世纪90年代。有人统计过，在2001年前的十二年时间里，亚洲电影共夺得过七个金狮奖。而从2002年开始，连续三年，威尼斯把金狮奖都留给了欧洲导演。威尼斯电影节也并非不青睐华语电影。张艺谋、侯孝贤曾几度捧起"金狮"；巩俐、夏雨更是贵为威尼斯影后、影帝。

艺术家们付出辛苦的劳动，我们享受成果，这是一件多么好的事情！是商业，还是艺术？对喜欢看电影的普通观众来说，这并不是一个"恼人的问题"。

丽岛四周的海水真蓝。这正是拜伦所歌唱过的"深不可测的靛青色的海洋"。而一到夏天，不仅世界各国的电影明星和大导演们会云集此处，就连全世界的狗仔队，也都蜂拥而至，狂欢至极。这时候，与其说这是一个电影人的盛大节日，不如说是狗仔队们的狂欢节。

拜伦当初这样歌唱的时候，哪里想得到丽岛今日的繁华和热闹。不过，天下没有不散的盛宴，当电影节结束了，丽岛就像落潮后的海滩，又恢复了原有的宁静。这时候，倒是我们这些简单的观光客上岛的最佳季节了。

> 我一直爱你，大海！在少年时期，
> 我爱好的游戏就是投进你的怀抱，
> 由你推送我前进，像你的浪花一样，
> 从童年时代起，我就迷恋你的波涛……
> （节选自《恰尔德哈尔德游记》）

望着亚得里亚海深蓝色的柔波，想象着年老的海神波塞冬，正在远处的小岛边逡巡，温柔地看护着嬉戏在大海上的每一个生命，我也真想像拜伦和雪莱那样跳下去畅游一番，去用自己赤裸的身体，"感受一次海水的变幻"。

# 从涅瓦河到湄公河

金色的皇村
外国文学图书馆的一个下午
涅瓦河的记忆
小而美的不丹
恒河畔的晨曦
清水寺的风花雪月
七千颗宝石的光辉
吴哥的黄昏
银钵里的鲜花
宁静的蓝色
时光在这里停住了脚步

# 金色的皇村

*

"世界是别人的,只有皇村才是我们的故乡。"

## 一

两百多年前的1815年,圣彼得堡皇村中学的一位杰出校友,未来的"俄国诗歌的太阳",刚满16岁的少年诗人普希金,在皇村中学升级考试的考场上,首次当众朗诵了他的抒情长诗《皇村回忆》。那天,俄国德高望重的老诗人杰尔查文也光临了考场。杰尔查义自始至终都被少年诗人声情并茂的朗诵感动着,听得如痴如醉。当他听完普希金朗诵完最后一节时,脸上已是老泪纵横。他颤抖着站起身来,伸出双手要去拥抱这个少年诗人,嘴里还不停地嘀咕着:"我还没有死,我还活着,还活着!……"诗人茹科夫斯基也在一边欣喜地说道:"这个少年,是上帝给俄国送来的礼物!"

是的,就是这个少年——亚历山大·谢尔盖耶维奇·普希金，不久就要成为俄国诗歌的一轮真正的太阳。而此时，在金色的皇村，他正在冲破四周的云彩，奋力跃出俄国的黑夜和山冈，努力放射自己天才的光芒。所有的人都确信，他已经具备了喷薄而出的能量。

约两百年后的一个金色的秋天，我来到圣彼得堡，来到皇村，向我景仰的诗人顶礼。在我的心中，普希金不仅是俄国文学的一部语言华美的"百科全书"，也是一切诗人的最高标准。正是普希金，教会了几代中国诗人如何热爱和如何抒情。坐在圣彼得堡金色的秋日里，坐在皇村的白桦树下某一张落叶翻卷的长椅上，阅读伟大的普希金，也曾是我三十多年来的一个浪漫的美梦。2014年深秋时节，我的这个美梦终于实现了。皇村的大门前，也真的有那样一张供我小憩和阅读的长椅。

阳光煦暖的午后，我静静地坐在那里，坐在皇村门前，坐在离雕塑家罗·巴赫的那座普希金坐在铁长椅上沉思的青铜塑像不远处，仿佛也陷入了深深的秋冥之中。苏联画家安德烈·普加乔夫也画过一幅同样题材的油画《秋思的普希金》：普希金三十多岁后重返皇村，身着深蓝色风衣，坐在洒满金色落叶的长椅上，好像正在构思他的诗篇，身边放着礼帽和手杖……

我知道，我坐在这里，不仅是在感受普希金的皇村诗意，也在享受圣彼得堡的深秋之美。

> 我爱大自然凋萎时的五彩缤纷，
> 树林披上深红和金色的外衣，
> 树荫里，气息清新，风声沙沙，
> 轻绡似的浮动的雾气把天空遮蔽，
> 还有那少见的阳光，初降的寒冽
> 和远方来的白发隆冬的威胁。
> 每当秋天来临，我就又神采焕发；
> 俄罗斯的寒冷对我健康颇有裨益；
> 对于日常生活的习惯我又感到欢喜：
> 一次次感到饥饿，一个个睡梦飞逝；
> 热血在心里那么轻松愉快地跃动，
> 我又感到幸福、年轻，各种热望涌起，
> 我又充满了生命力——我的身体就是如此。
>
> （节选自《秋（段章）》）

这是诗人对秋天的咏赞。普希金是一位对秋天情有独钟的诗人，他不太喜欢春天，他说："解冻的天气令我难耐，血液在游荡，情感和思想也被愁闷遮掩。"他也不爱夏天，他说："夏天在扼杀精神上的一切才能，把我们折磨；我们像田地，苦于旱情。"而冬天，最终也使他感到厌倦，"雪一下半年不停，人们都快变成了习惯于穴居的熊"。只有金色的秋天,他最喜欢。这也让我想到了今天许多俄罗斯人常说的一句话:不要和俄罗斯的秋天去比美,你无论如何也比不过它的!

## 二

我想从扎哈罗沃森林边的那棵老椴树开始,去追寻普希金的诗歌踪迹。

在少年普希金进入皇村中学之前,他的诗歌种子是在那个名叫扎哈罗沃的村庄里播下的。扎哈罗沃周围有着美丽和恬静的乡村风光,平坦的田野,金色的白桦林,大团大团的云彩,幽静的灌木丛,闪亮的河水,还有四周长满的杉树和椴树,像镜子似的明亮的水塘……扎哈罗沃是普希金一家人夏日避暑的乡村领地,而少年诗人有关扎哈罗沃的记忆,又是和他的奶娘阿琳娜·罗季奥诺夫娜紧紧连在一起的。

这是一位善良和慈祥的俄国农妇,她知道许多俄国民间传说,满肚子的谚语和俗话,很会讲故事,还会唱许多民歌和摇篮曲。普希金从童年起就深深地爱着这位奶娘,老奶娘也成了他童年和成年以后最忠诚、最可亲的心灵的友伴。普希金后来有许多抒情诗是献给这位奶娘的。人们说,献给奶娘的那一系列诗篇,是诗人所有抒情诗中最美丽、最动人的一部分。

"圣像前的黏土灯下,她的老脸皱皱巴巴,头上是曾祖母时代的旧帽子,下面凹陷的嘴巴里只剩下两颗黄牙。"这是奶娘为小普希金唱过的催眠曲。在扎哈罗沃村许多个宁静的夏夜里,少年普希金哪里也不愿意去,只愿意待在奶娘的黑咕隆咚的小屋里,听她翕动着瘪陷的嘴巴,讲着那些永远新奇和有趣的民间故事。什么巫婆和古堡啦,妖精和游侠骑士啦,留着雪白胡子的魔术师,忧郁的王子,漂亮和骄傲的公主,还有四周布满骷髅的旧城……都会出现在奶娘的故事里。这些稀奇古怪的传说,仿佛是黑夜里的灯火,照耀着少年普希金充满幻想的心灵。他从这些古老的传说中认识了俄国民间生活的形形色色,也从这些美丽的谣曲里感知到了俄国语言的神秘与美妙。他的奶娘也像所有乡村农妇一样,按照自己在乡村教育子女的方法来教育着普希金和他的姐弟,孩子们也乐于接受她的教育。她留在普希金童年的心灵里的形象,永远是美好可亲的。普希金后来回忆自己童年印象时,记得的最早的人物便是阿琳娜奶娘。善良的奶娘使他早早地认识到了俄国女性的温情、宽厚和智慧。

普希金一家人避暑的木屋,坐落在一片白桦林中。木屋后面有一株孤零零的老椴树,老得就像童话里的"树王"。少年普希金常常一个人坐在老椴树下看书或者幻想。有时候,他也拉着奶娘或外祖母坐在一块林中空地上，听她们讲故事。他的外婆也会讲很多民间故事。在扎哈罗沃，普希金也第一次认识到了俄国乡村农民们勤劳与乐观的天性。

他看到，每当夕阳西下，田野上空飘散着绯红的晚霞，静谧的树林也仿佛穿上了绯色的衣裳，在远处的夕阳里，就像待嫁的新娘；农民们从田野归来，一路上都回荡着他们的歌声。马在打着响鼻，狗在远处的道路边或田埂上追逐着，发出欢快悦耳的吠声。妇女们鲜艳的披肩和衣衫在晚霞里闪着动人的光芒。马车夫经过这些女人的身边时，会开一些粗鲁的玩笑，惹得这些女人一阵笑骂，他们的声音会越过树林，传到很远很远的地方。他还看到，水塘里倒映着红杉树和醋柳树的姿影，鸽子在不远处咕咕地温柔地叫着，云雀则在树林的上空高声歌唱，空气里弥漫着青草和泥土还有松脂的芬芳。那株夕阳下的老椴树，就像一位失去了领地的老君主，正在那里低头叹息，如果侧耳细听，还仿佛可以听见它深深的呼吸。

是的，在扎哈罗沃，少年普希金最初的诗心，被这静谧、温柔的大自然与和谐、丰饶的乡村景色安抚着。农人的歌谣，古老的童话故事，妇女们的笑声，大辫子的乡村少女……节日里农民们围成一圈，尽情地跳舞和歌唱。这一切，都使少年普希金的头脑里渐渐有了这样的感觉：这就是俄国；这就是俄国的大自然，这就是祖国——祖国的人民，祖国的语言，祖国的生活……

## 三

啊，皇村中学，皇村中学！

穿越汗漫的时空，踏进位于皇村花园街 2 号的这座有着奶黄色外墙的四层小楼的那一瞬间，我的心情是激动的，禁不住在心里默念数声这个名字。我仿佛听见了自己心跳加剧的声音。甚至有点不敢相信，我已经踏进了自己从少年时代起就无限景仰和向往的诗歌王者普希金的皇村。

这座精致的楼房，由一条跨街廊道与华贵的叶卡捷琳娜宫殿厢房相连接。进入一楼，一位优雅的老年女性莲娜，给每一位拜访者送上了一双干净的鞋套，以免把外面的尘土带进纤尘不染的楼道里。用今天的眼光来看，这座楼房里的楼梯、走廊、教室、礼堂、活动室和每一间宿舍……都并不那么宽敞。毕竟，这是一个只招收 50 人以内的皇家贵族精英学校。

1811 年 9 月 22 日，亚历山大一世御笔批准了皇村中学首届学生名单。报名者共 38 人，考试后正式录取 30 人。少年普希金榜上有名。二十天后，一位学监把这个 12 岁的少年领到了这座楼房四楼的一间窄小的房间门口。这是他的宿舍,门扉的木牌上写着"14号,亚历山大·普希金"。那天,他往左边的邻门一看,上面写着"13号,伊凡·普欣"。不用说,这是他的同学了。在以后的岁月里,伊凡·普欣不仅成了普希金最要好的同学和密友,而且还成为一名坚强的"十二月党人"。普希金在《致普欣》这首诗里写下了"我的第一个知交,我的珍贵的朋友"这样的诗句。

四楼的每间宿舍的确很窄小,曾被普希金戏称为"禅室"。墙壁是淡绿色的,与房门相对的是一个小小的木窗户。一张小床比今天常见的单人床还要窄一些。还有一个矮矮的原木三屉柜和一张小小的斜面写字桌。写字桌边挂着主人开学典礼时穿的那套礼服——也许就是皇村中学的"校服",写字桌上插着一支白色的鹅毛笔,还有一本摊开的法文书……好像主人刚刚离开不久,它们都在静静地等待着主人归来。

教室、课间休息和活动室以及礼堂在三楼。在小小的教室里,优雅的莲娜女士微笑着让我猜一猜,普希金当年的座位在哪里?

我记得,某一部普希金传记中写到过一个细节:皇村中学有一个不成文的"规则",凡是哪门课程成绩比较好的学生,有坐到前两排的"优先权"。普希金那时只迷恋于诗歌和文学,对一些课程例如数学,往往心不在焉。有一个著名的故事,就发生在卡尔佐夫先生的数学课上。那天上数学课，身体肥胖的卡尔佐夫把普希金叫到黑板前，让他演算一道代数题。普希金踌躇了好半天，才用粉笔写出了几个谬之千里的数字。卡尔佐夫最后问道："请问结果到底是什么呢？x 等于几？"普希金心不在焉地回答道："等于零。""等于零？好嘛！普希金，我明白了，在你们家，在我们班上，一切都是等于零。"这位数学老师无奈地说道，"我看，你还是回到你自己的座位上写你的诗去吧！"如此看来，普希金应该只能屈居后几排座位了吧。

果然，我猜得不错，普希金的座位就在后面倒数第二排。莲娜女士告诉我说："坐在后面，普希金正好可以自由和快乐地构思他的诗篇，老师们也不会干预他。因为在这里，教育是异常开明的，培养学生的自由主义精神，充分发展他们各自的兴趣与爱好，是所有教师们的共识。"

教室之外还有音乐室、美术室、物理实验室、击剑活动室等。在美术室里，我看到了普希金和他的同学们当年的手稿、手抄的诗集、信手涂鸦的漫画和铅笔画等。虽然每一页纸都已经发黄，但是从这些字迹和漫画里，不难想象那些自由的思想、崇高的理想、诗歌的才情……是怎样在这里生成、奔涌、碰撞和激荡。

三楼的一个宽敞的大厅，是皇村中学用来举行重大活动和师生聚会的场所，如开学典礼、毕业典礼等。大厅中间的一张长桌上，摆放着当初创办皇村学校的诏书、章程和亚历山大一世赠送的纪念章。

当年的 10 月 19 日，是皇村中学开学典礼的日子。这是一个隆重和盛大的节日，沙皇和皇后、皇太后以及安娜·巴甫洛夫娜公主，还有保罗一世的儿子康斯坦丁大公等皇室成员，都来到了皇村，坐在这个大厅的贵宾席上。在贵宾席上就座的还有许多显赫的大臣、枢密院成员以及各界名流。普希金的伯父瓦西里也坐在那里。国民教育厅厅长马尔迪诺夫用颤抖的声音宣读了皇村的建校纲领："从先贤手中接过皇位之后，我们坚信，只有摆脱无知，我们的国家才能放射出永不熄灭的光芒……"

普希金后来回忆说，在皇村中学，同学们视母校如家园，视同学如兄弟，视老师如朋友。普希金在皇村中学和普欣、杰尔维格、丘赫尔别凯等同学情同手足，成了终生不渝的挚友和同志。

## 四

"普希金在这里表现出了非凡的禀赋，当时许多教师都对他寄予厚望，连理科教师卡尔佐夫也坚信，普希金的诗歌才华将会成为皇村的骄傲。"在普希金经常来阅读的皇村图书馆里，莲娜介绍说。

这个图书馆里有六个深红色木书柜，里面摆放着近千册俄、法、德、英和拉丁文的原版书籍，多为历史、文学、神学、艺术、法律等方面的典籍。俄国诗人与作家的作品最为齐全，大多是18世纪和19世纪的作品，单独存放在一个书柜里。

莲娜告诉我说："普希金是一位博览群书的诗人，他那时候就阅读过中国的典籍，从这里毕业后，他还幻想过要去看中国的长城。"

"是的，我还听说，普希金留下的藏书中，涉及中国生活和中国文化的书籍就有80多种，他的诗歌中还多次出现过中国的黄莺、长城等形象。"我补充道。

普欣曾回忆说："我们都有目共睹，普希金胜于我们，他读了许多我们闻所未闻的书籍，而且，他过目成诵。他是我们的诗人……"

普希金的另一位同学，后来也成为诗人的杰尔维格，在一首写给普希金的诗中这样预言："普希金在森林里也无法隐藏，嘹亮的竖琴会把他的名声播扬。阿波罗会把他从人间送到欢腾的奥林匹斯山上。"

当年的同学和老师们的预言没有落空。普希金的诗歌，已经成为今天的皇村最值得骄傲的精神遗产。

莲娜女士给我们讲述了普希金在皇村的日常生活情景：在课间时间，在休息室里，在皇村迷人的花园里散步的时候，甚至经常在教室里，还有在做祈祷的时候，普希金的脑海里，都会产生各种各样富有诗意的构思。在数学课上，他会把自己想到的诗句匆匆写在演算纸上，不耐烦地咬着笔杆，紧锁眉头，噘起嘴唇，明亮的目光在默读着自己写下的诗句……

从普希金献给皇村的诗中我们也不难感到，他对自己的诗歌写作是非常自信的。他在后来写的《皇村》一诗里写道：

在那里，我的爱情和激情一同奔涌，
在那里，我的童年和最初的青春水乳交融；
在那里，大自然和理想把我哺育，
我体会到了诗歌、欢乐和宁静……

这位诗神的宠儿、天才的诗人，他的智慧和诗情都在缪斯的佑护下交互滋生。他在皇村中学里留下了自己最早的一批诗篇。我们从他1815年写在皇村的一小部分日记里还可以发现，这位少年诗人当时已经有着多么强烈的创作热情和多么庞大的写作计划！

在皇村中学时期，普希金创作了约有120首诗歌。1817年

3月毕业前夕，他选择了36首，编成了自己的第一本诗抄——《亚历山大·普希金诗集，1817年》。他的许多皇村同学也都爱上了诗歌。他们互相鼓励着，一起创造和迎接着俄国文学的新的曙光。

一颗耀眼的诗坛之星，升起在皇村校园的上空——不，是升起在了整个俄国文学的星空之上，而且一旦升起，便光华璀璨，永不坠落。在不久的将来，这颗巨星还将成为一轮无可取代的诗歌的太阳！

## 五

皇村中学为后人留下了两个优秀的传统：一是毕业考试结束后，老师们就把学校那口敲了六年上课铃的钟取下砸碎，每位皇村学子都各自保存一小块，作为对母校的永久纪念；二是以后每年校庆日（俄历十月十九日）那天，同学们都要重返皇村聚会。普希金后来写过一首《十月十九日》，表达了自己对皇村的感情："无论命运把我们抛向哪里，无论幸福把我们带到何方，我们永不变心：世界是别人的，只有皇村才是我们的故乡。"

> 总有一天，当你看到我这曾经
> 写得满满的忠实的一页，
> 我请你暂时地飞往我们那曾经
> 以心灵相交的皇村中学。

这是普希金在皇村中学毕业时，在挚友普欣的纪念册上写下的壮行的骊歌。1817年6月9日，皇村中学举行了首届学生毕业典礼。普希金的毕业证书上，记录着这位名列第19名的毕业生的学业成绩：

"皇村皇家中学学生亚历山大·普希金，在本校学习六年，学业成绩如下：宗教教育、逻辑学、哲学、法学（包括公法和私法）、俄国法、民法和刑事法，成绩良好；拉丁文、政治经济学、财政法，成绩优秀；俄国文学、击剑术，成绩特优。另外，在校期间，他还学习了历史、地理、统计学、数学和德语。为此，皇家中学教务委员会同意他按时毕业，并颁发此毕业证书。本毕业证书盖章有效。"

几天之后，他被分配到外交部任职，为十品文官。

也就在这一年，普希金写下了那首振聋发聩的《自由颂》，其中有这样的宣言："我要向全世界歌颂自由，去抨击那皇位上的罪恶。""战栗吧，世界上的暴君！而你们，倒下的奴隶，听啊，鼓起勇气，奋起吧！"他高唱着自由的颂歌，满怀着崇高的理想和激情，告别了皇村中学。

1831年，当皇村中学迎来二十周年校庆纪念日，32岁的普希金重返皇村的时候，他已经历尽沧桑。当年的皇村同学，先后已有六位涉过了忘川，包括普希金在皇村最好的朋友之一，诗人杰尔维格。而更多的少年同学，已经各奔天涯，杳无音信，有的甚至正在西伯利亚的大风雪中经历苦难的流放生涯。这时候重返皇村，只能让普希金的心里有更多的伤感。

"普希金是在这一年5月重返皇村的。他带来了美丽的妻子，有着'莫斯科第一美人'之称的娜塔莉亚。连当时的皇帝尼古拉一世，也为普希金妻子的美貌感到吃惊。他们在这里经历了很多事情，使普希金为之不悦……"

莲娜女士不愧为"皇村中学纪念馆"出色的解说专家，她对皇村的故事了如指掌。她怕我听不懂，就特意做了个带着失望的神情慢慢转过身去的动作，告诉我说：虽然娜塔莉亚很迷恋这里，可是，普希金在这里参加完了皇村的校庆，然后苦笑着望了望华丽的皇村，还有空中金色的落叶，慢慢地转过了身去，离开了……再也没有回来过。

# 外国文学图书馆的一个下午

———— ✳ ————

只要不放弃追求,一切也皆有可能。

一百多年前,当 20 世纪的曙光照临了俄国大地,一个旧的时代行将结束,一个全新的时代正在大踏步走近的时候,安东·巴甫洛维奇·契诃夫,情不自禁地借自己的剧中人之口,向着不可预知的未来致意:"你好,新的生活……"面对正在走来的新世纪之春,他欣悦地对一位朋友——作家库普林说道:"您看,这里的每一棵树,都是我亲自种植的,因此对我非常亲切。不过最重要的还不是这事。在我未来到以前,这里是一片生满荆棘的荒地,正是我将这荒地变成了经过垦殖的美丽园地。想一想吧,再过三四百年,这里将全部是一片美丽的花园,那时人们的生活将是多么惬意和美好……"

比契诃夫更早的时候,约二百年前,诗人普希金从彼得堡重返故乡米哈依洛夫斯克村,看见自己当年策马而过的三棵松树边,又长出了一些青翠的小树,情不自禁地也向它们发出了欣悦的问候："你们好,我不曾认识的年青一代……"诗人想象着,再过许多年后,他虽然看不到这些小树如何成长壮大,看不到高大的树顶如何为那些过路人遮住阳光,但他相信,他的子孙,还有更多后来人,经过这片已经长大的树林的时候,将会"听见欢迎的喧响,并且还会把我追想"。

普希金的预言没有落空。他用毕生的热情歌唱过的俄国大地、天空和树林,在将近两百年后,依然带着那迷人的抒情诗的光芒,隔着遥远而汗漫的时空,召唤和温暖着后来的人们。

2014年深秋,在阿尔巴特大街上已经飘起金色落叶的时候,我们来到了普希金、契诃夫和托尔斯泰的土地上。伏尔加河、涅瓦河、第聂伯河……以及诞生在这片肥沃的土地上,滋长在这些宽广的河流两岸的俄国文学、苏联文学,曾经是我们这代人的光明和英雄梦。"我的灾难重重、忍耐不已的祖国啊!我们从儿童时代就习惯于她了,我们在少先队营地里,在卫国部队里,在战场上,都站在祖国的红旗前宣誓过,表达过我们的忠诚。"俄罗斯家喻户晓的文学家、诗人,曾三度为苏联和俄罗斯联邦的国歌作词的老作家谢尔盖·米哈尔科夫的这番话,说出了所有俄罗斯热爱者的心声。俄苏文学里,那种为了理想、为了信念、为了祖国、为了爱情而甘心踏上受苦受难的征途,乃至不惜英勇献身的爱国情怀和英雄主义精神,曾经让我们洒下热泪，至今想起来仍然禁不住会热血沸腾。

一个阳光煦暖的午后，我们来到著名的俄罗斯外国文学图书馆，与几位俄罗斯作家见面。这座图书馆原名玛·伊·鲁德米娜图书馆，建于1922年，藏书500万册，是俄罗斯最大的公共图书馆之一。现任馆长是一位俄罗斯和国际图书馆界公认的德高望重的女士——格尼耶娃。格尼耶娃女士秉持着她的前辈鲁德米娜的传统，以"把整个世界的文化置于人们心中"为自己的终身理想，这也是她的"图书馆之梦"。

这是一个轻松愉快、书香馥郁的下午。在与我们见面的作家中，玛格丽特·赫姆琳女士，凭着长篇小说《克洛茨沃格》和《调查员》，获得过俄罗斯国家奖和布克奖。让我感到意外，或者说又有点不约而同的是——用赫姆琳女士的话说，也许并非全然是一种巧合，当我在谈到中俄两国儿童文学在历史上有过的相互影响，以及几乎相似的现状时，赫姆琳拿出了她带来的几件"道具"：一个几十年前的儿童布偶玩具小熊，一瓶属于旧俄罗斯时代的香水，一条同样属于过去年代的旧披肩，还有一个已经洗得有点发白的旧枕套。她用这些散发着过去年代的童年芬芳和日常生活气息的旧物品，说明了自己的一个文学主张：作家应该尊重和善待自己的祖国与民族的历史。而她个人的创作特点，往往是从某一个过去年代的小物件入手，层层伸展开来，寻绎出完整的故事和曲折的人物命运。她认为，透过文学作品里最小的细节描述，可以解读出大时代的特征，乃至整个时代和社会风貌。

俄罗斯给世人留下过一个错觉：历史发生过断裂，社会制度发生过颠覆性的变革，文化上的转型更是易走极端。然而从赫姆琳女士和我们的一番对话中，我深深地感受到：其实不然，俄罗斯人其实是非常尊重和善待历史的。赫姆琳女士捧给我们看的几件陈旧的小物品，就足以证明著名思想家别尔嘉耶夫在《俄罗斯思想》里做出的那个判断：俄罗斯人是在承续历史中生活着的。这也正是这个民族值得学习的许多优良素质之一。

另一位作家和翻译家瓦尔德万·瓦尔扎别江，目前正在从事的一项工作是翻译《摩西五经》。瓦尔扎别江喜欢中国诗歌，尤其喜欢诗人李白。他给我们讲述了他的儿子学汉语的故事，以及他本人从事文学创作四十多年来的一些经历，以此说明他的一个观点：文学创作需要良好的社会环境、政治环境；即使时间在流逝，人们的生活方式在发生各种改变，甚至社会制度也在不断变更，但是作家的独立思考精神和坚守理想的信念，却不能动摇。瓦尔扎别江用自己在当地政府部门申请某一个"批复"，虽历尽周折却锲而不舍的小故事，从侧面告诉了我们俄罗斯作家的一个生存现状：虽然什么都缺乏保障，需要靠自己去努力，但是，只要不放弃追求，一切也皆有可能。

娜塔莉娅·伊万诺娃女士是一位作家、评论家、剧作家，还是俄罗斯老牌杂志《旗》现任执行主编，"别尔金文学奖"的负责人。她还是帕斯捷尔纳克、蒲宁研究专家，这两位诺贝尔文学奖获得者的传记纪录片脚本，都是伊万诺娃撰写的。她写的帕斯捷尔纳克传记《生活的四季》，获得过"皇村艺术奖"。伊万诺娃给我们讲述了杂志《旗》在苏联解体之后的出版境况，以及目前在不依靠任何政府资助的境遇下，坚持独立运作和出版的情形。她说，在俄罗斯，文学中心主义的时代已经一去不复返了，文学作家和文学杂志的生存都面临着严峻的考验。所幸的是，相比过去的年代，无论是思想环境还是文学环境，都有了更多的自由，新一代的俄罗斯文学正在成长和壮大。她自豪地说："阅读一下我们的《旗》，你们会感受到这一点。"伊万诺娃还告诉我，读大学时她就很喜爱中国的《红楼梦》《水浒传》《金瓶梅》，她形容这些作品"如同侦探小说一样"引人入胜。她的女儿在莫斯科、柏林、耶鲁大学读过书，最后选择在中国长春的一所大学教书。她的女儿也是一位作家，写了一部以中国为背景的长篇小说，希望有一天能用中文在中国出版。她用女儿的经历，表达了对文化交流更有助于文化发展的期待。

俄罗斯人一直有着良好的阅读风气。在餐厅、咖啡馆、候机厅、地铁上，随处可见一些老年的俄罗斯人埋头在读着厚厚的书。高速公路边的加油站里，也有很多定价较低的平装本最新小说销售。而去图书馆读书，更是俄罗斯人的日常生活方式之一。外国文学图书馆在图书借阅制度上，也依然沿袭着苏联的做法：达到法定18岁年龄的公民，或者持有合法护照入境的外国人，都可以在这里免费办理一张借书证。国家为了提升国民素质、倡导国民阅读，已经立法规定：所有的城市行政区、大学、科研单位，都须建立面向公众开放的公共图书馆。这其中只有一个例外，莫斯科大学图书馆，一直没有对公众开放，也因此引起了莫斯科市民和全俄读者不断的批评之声。

在外国文学图书馆里，我看到，每一间阅览室里，都坐满了安静的阅读者。图书馆走廊里，不时有抱着厚厚的精装本旧书的读者走过。这种情景使我想到曾经有过的一个说法：老一辈俄罗斯人，他们之所以强大、坚韧，无论在怎样的苦难面前都不会屈服，永不低下高贵的头颅，是因为他们都是读着陀思妥耶夫斯基、普希金、屠格涅夫、果戈理、谢德林、托尔斯泰这些文学大师的作品成长起来的，而他们的书，是雪原上的篝火，是严冬里的太阳，是狂风中的橡树，照耀和坚守在俄罗斯辽阔、苦难的大地上……

这个美好的午后，在外国文学图书馆里，我似乎找到了那个曾经失去的，属于我们这代人的"光明梦"。

# 涅瓦河的记忆

*

这就是时间和自然的威力。

诗人普希金把圣彼得堡视为"北国的明珠和奇迹",他这样歌唱过这座面朝浩瀚的波罗的海、巍然屹立在芬兰湾东端涅瓦河三角洲上的梦幻般的大城:

我爱你严肃整齐的面容,
涅瓦河的水流多么庄严,
大理石铺在它的两岸;
我爱你铁栏杆的花纹,
你的幽静而悒郁的夜晚。
……
我爱你的冷峭的冬天,
你的冰霜和凝结的空气,
多少雪橇奔驰在涅瓦河边,

少女的脸比玫瑰更为艳丽……

（节选自《青铜骑士》）

圣彼得堡是俄罗斯望向欧洲的一扇"窗口"。整座城市由 40 多座岛屿组成，城内水路纵横，素有"北方威尼斯"的美誉。城内还建有大大小小 50 多所博物馆，因此也被称为"博物馆之都"。

涅瓦大街是圣彼得堡的一条古老的主街道，从旧海军部一直延伸到亚历山大·涅夫斯基大街，横穿城市的中心地带，被誉为"世界上绝无仅有的美丽街道"。古老的涅瓦大街两旁，矗立着一座座历尽沧桑的老建筑，每一块沉默的大理石上，仿佛都铭刻着这座城市曾经有过的荣光、梦想和变迁，还有一代代圣彼得堡人悲欢与离散的故事。

普希金是在 1833 年写成了著名诗篇《青铜骑士》献给圣彼得堡的。1883 年，在涅瓦大街不远处的格里鲍耶陀夫运河旁，又一座标志性的建筑即将诞生，这就是著名的基督复活教堂。

可是谁会想到，就是这么一座看上去绚丽、圣洁，宛如美丽的童话城堡一样的教堂，却有一个沾染着血腥气的名字——喋血大教堂。事实上，这座教堂正是为了纪念沙皇亚历山大二世在这里被激进分子暗杀而建的。

亚历山大二世在俄国历史上被称为"农奴解救者"，他在位26年，使俄国最终告别了残暴的农奴制。但是在他生前，激进的民意党人多次对他实施过暗杀。1881年3月，事先埋伏好的刺客将一枚炸弹投向了正在驶过的皇家马车，将护驾的卫兵炸成了重伤。亚历山大二世以为自己又侥幸逃过了一次刺杀，就从马车里出来查看卫兵的伤情，这时，又一枚炸弹飞了过来，亚历山大二世应声倒在了血泊里，最终因流血过多而亡。民意党人的这种残暴的恐怖暗杀行径引起了全国民众的愤怒和谴责。一位具有民主精神的皇帝，被自诩为具有民主精神的激进分子所暗杀，暴力革命的残酷性由此可见。有人说，这个事件也是对当时的"民主精神"最大的讽刺。

为了怀念这位改变了俄国历史进程的仁爱君主，人们在他被刺杀的地方兴建了这座圣洁肃穆的教堂。整个建筑在1883年9月举行了奠基典礼，历经24年的修建工期，于1907年8月正式完工。当时在位的尼古拉二世出席了隆重的揭幕仪式。

结构繁复、色彩绚丽的教堂，特别是教堂顶端的那个五光十色的"洋葱头"般的圆顶，体现了俄罗斯东正教建筑的典型特点。教堂内部嵌满了表现旧约圣经故事的镶嵌画。教堂正面的柱子、饰框、飞檐皆用大理石、花岗石以及不同色彩的瓷砖和搪瓷青铜板材装饰。

走进这座肃穆的教堂，仿佛身临其境一般，能让人感受到当年那场残暴的暗杀所留下的血腥气。伟大的建筑师在亚历山大二世遇刺倒地的精确地点上，设计了一个祭坛，四周饰以黄玉、琉璃和红宝石，晶莹的血滴从干净的鹅卵石中无声地"溢出"，溅到了地板上，看上去是那么触目惊心……"喋血大教堂"或"滴血大教堂"的名称，由此而来。

昨天已经古老。曾经是那么触目惊心的故事，也已经变成了这座辉煌建筑的遥远背景。这就是时间和自然的威力。坐在今天的运河岸边，看着来来往往的船只，欣赏着那些街头艺人们怡然自得的表演，享受着涅瓦河上吹来的初夏的微风，我又想到了普希金的诗句：

> 矗立吧，彼得的城！
> 挺着胸，像俄罗斯一样屹立不动；
> 总有一天，连自然的威力
> 也将要对你俯首屈膝。
> 让芬兰湾的海波永远忘记，
> 它古代的屈服和敌意，
> 再不要挑动枉然的刀兵，
> 惊扰彼得的永恒的梦。
>
> （节选自《青铜骑士》）

# 小而美的不丹

———— ✳ ————

国家虽小,但它的"幸福指数"据说在亚洲排名第一。

不丹地处喜马拉雅山东麓,山顶上的皑皑白雪和山脚下的葱郁森林,是不丹山谷间随处可见的风景。这是一个"小而美"的国度,被一些"旅游达人"誉为"世界上最幸福的国家"之一。

据说,不丹年轻的国王这样说:我们要让不丹的人民和生活在这里的所有小动物都生活得幸福和舒适。因此,不丹全国禁止杀生(所有肉类都从国外进口),所有动物在不丹都能自然终老,不会受到任何人为伤害。我在不丹就亲眼看到,狗妈妈可以带着小狗在大街的斑马线上慵懒地躺着睡觉;小猫咪可以在五星级宾馆的大厅里快活地玩耍、晒太阳,街巷和公园里到处可见横七竖八地躺在那里晒太阳的流浪狗,它们不会受到任何人的打扰和驱赶。

不丹也是一个寺庙林立、梵音缭绕、全民信佛的佛教王国。令人难以置信的是,在这片国土面积不足4万平方公里的土地上,竟然拥有2000多座寺庙和1000多座佛塔。不丹的国王和政府以佛教的慈悲大爱治国理政，将传统的佛法融入了全社会和国民教育与日常生活之中。藏传佛教一直以来就是不丹的"国教"。

不丹最早的寺庙建于7世纪中叶的637年，是由中国当时的吐蕃王松赞干布在不丹中部布姆塘河谷修建的贾姆帕寺院。传说松赞干布在一天内修建了108座寺庙以降服喜马拉雅山中的女魔。108座寺庙中有两座在不丹。时至今日，不丹人都把中国西藏视为佛教圣地，每年有不少人到西藏烧香朝觐。

岗顶寺是不丹最古老的寺院之一，也是不丹藏传佛教宁玛派最大的一座寺院，迄今已历经600多年的风雨沧桑。岗顶寺的名字意为"山岗之顶"。每天黎明时分，第一缕曙光总是最先照耀在岗顶之上。

岗顶寺现任法王岗顶祖古仁波切是第九世祖古。岗顶仁波切的善良和慈悲之心真是无处不在。

在不丹拜谒岗顶寺时，有一个小细节让我深为感动：岗顶寺附近有不少青翠的山谷和湿地，每年都会有成群的丹顶鹤在这里翔舞和欢歌。它们是不远万里，从中国的一些地区，甚至从遥远的西伯利亚，飞越过喜马拉雅山，来到这里过冬的。为了避免误伤这些美丽和吉祥的飞鸟，岗顶寺周边所有的高压电线，都不从空中架设，全部从地下走线。这个看似细小的举动，却饱含着当地人对自然界那些弱小和无助的生命的怜惜与尊重。

岗顶酒店，是岗顶寺下的一家小而美的乡村酒店，全酒店只有12个房间，但却是在全世界闻名的一家超五星级酒店。一进入美丽的岗顶酒店，所有员工都列队在温馨的前厅里，齐声为客人唱了一首迎宾歌曲，歌词大意是：

今天是非常快乐的一天
只因为我们欢聚在一起
我们站在这里
恭迎尊贵的客人来到美丽的不丹
你会感觉到我们的国家如同天堂

我们的岗顶酒店
位于青青的山谷间
她的美丽从内到外
请不要犹豫
请告诉我们任何事情
我们努力去做到
因为来到了这里
您已回到自己的家……

房间的装修简约而雅致，每个房间里都有已经堆着木柴的壁炉，自己动手，很容易就点着了木柴，房间里顿时充满了暖意，也弥漫着松木柴火的清香。

房间里的浴缸都靠着落地窗户放置，这样，客人们躺在放满热水的浴缸里，一边沐浴，一边可以透过明亮的窗户，看见外面清幽幽的山谷，看见远处洁白的雪山……

岗顶仁波切是这家酒店的主人。他非常热爱和向往中国传统文化，对汉传佛教也十分尊重，曾数次到过中国的海南、五台山等地考察和访问。他正在极力推动的一件事，就是在不丹的岗顶佛学院和中国的南海佛学院之间，架起一条纽带和桥梁，开通一条宽阔的文化交流和学习之路，让更多的不丹佛子有机会学习汉语，了解中国文化，不仅了解藏传佛教，也要了解汉传佛教和南传佛教。

岗顶仁波切告诉我说，不丹虽然被全世界佛教信众们誉为"最后的香格里拉"，但不丹是一个非常"迷你"的国度，首都廷布更是个非常"迷你"的城市，目前整个布廷城里有三家外国餐厅，一家中国餐厅、一家韩国餐厅和一家泰国餐厅，好笑的是，这三家餐厅都是一个印度人开的。他希望能有更多的中国人前来不丹旅行和访问，甚至在不丹开设真正的"中国餐厅"。

不丹很重视自己民族的文化传统，这里的传统手工业保存得很好，并且会受到政府的保护和奖励。例如，在不丹有十多所专门教授民族传统手工艺的学校，类似于中国的职业技校。学校的课程都是免费的，面向全国招收学生，但要求前来学习技艺的孩子必须有一定的天分和素质，学期四至六年，以确保不丹的一些传统手工技艺能得到完整的传承。学生们可学的传统手工艺包括木雕、石雕、绘画、铸造、木材车削、锻工、饰品制作、竹器、造纸、裁缝、刺绣、贴花、编织等。例如造纸，就是不丹的一项传统工艺，主要原料是月桂树的树皮和藤蔓植物的凝胶。不丹的传统造纸工厂规模都很小，看上去也很简陋，但是工艺很朴素、很传统，也很环保。

不丹的传统建筑，屋檐、山墙上都有大量的雕刻和彩绘。不丹政府有关部门会严格审批建筑样式，以利传承传统的民族建筑风格，而且对传统风格的民居建筑还有奖励措施，不允许任意改变建筑样式。造房子也只用天然的石材和木头，一般不用水泥钢筋，很少有建筑垃圾，以便保护自然环境，并与周边大环境保持协调一致。

不丹没有专门的政府机构办公楼，大多政府人员都在寺庙里上班办公。在不丹，从王宫、政府机构到一般平民家庭，都保留着传统的民族服饰。不丹把自己的传统服装视为"国服"，参加重要的节日或聚会,出入政府机构和酒店等服务行业,一般都会穿戴民族服饰。女性的传统服饰发音为"旗拉",漂亮的"旗拉"可使女性们的身材显得婀娜多姿。男性穿的传统长袍也很漂亮,发音为"帼",穿着时,需拉起袍子两侧,然后往上提起,围至背部,系上织物制成的腰带,再穿上齐膝长筒袜和鞋子,才算是完整的传统服装。宽敞的袍子内侧可用来装载物品。不丹小孩子们上学可把它当书包使用,装载书本。

在我们入住岗顶酒店的当晚,岗顶仁波切的夫人——贤淑和美丽的"佛母",为我们每个人送上了一套事先就准备好的不丹传统服饰,即男士穿的"帼"和女士穿的"旗拉"。我第一次知道,在不丹,德高望重的仁波切是可以像俗世之人一样娶妻生育的,信众们把岗顶仁波切的夫人尊称为"佛母"。

如果没有酒店里的服务生帮忙,我恐怕就是鼓捣上一整夜,也穿不好那套"帼"。当晚,我穿着一套橘红色调的"帼",漫步在岗顶山谷寂静的夜色里,真有一种不知身处何地的感觉。

第二天清晨,早早地起来,又请酒店里的服务生帮忙,再次穿上橘红色的"帼",去山顶上迎接了美丽的"岗顶日出",迎迓了仿佛从喜马拉雅雪山上走来的黎明……

不丹任何城市的大街上都不设红绿灯标志。小小的六角形交通岗亭,设立在交通最"繁忙"的十字路口,它是不丹传统的建筑风格造型，与周围房屋建筑风格十分协调。交警戴着白手套，穿着蓝制服站在亭子边，用娴熟、完美的舞蹈式的手势指挥着交通。仔细看去，交警的指挥手势竟然与佛教中的一些手势相似。

据说，以前政府部门安装过一套红绿灯系统，后来发现市民们实在不习惯，国王就下令把它拆除了。虽然没有交通信号灯，但在交警指挥下，行人与车辆竟都井然有序，每个人、每辆车都很自觉地遵守着交通秩序。

不丹全国严禁烟草，也没有任何工业污染，所以空气永远是清新的。一到夜晚，空中的星星又大又亮，仿佛伸手可以摘到。不丹民众因为长期受着佛教濡染，民风淳朴，几乎没有偷窃、造假和欺诈之类的行为，甚至有"夜不闭户，路不拾遗"的遗风。

不丹从20世纪80年代末开始推行"全民幸福计划"。2006年，不丹曾被评为全世界"幸福指数最高的国家"之一。国家虽小，但它的"幸福指数"据说在亚洲排名第一。目前，世界上不少经济学家和政治家在研究"不丹模式"。

# 恒河畔的晨曦

※

你所能呼吸到的，是数千年前那些圣洁和悲悯的灵修的气息。

据说，每一位虔诚的印度教徒心中都有四个夙愿：住在瓦拉纳西圣城，在恒河里沐浴和畅饮，结交最纯洁的朋友，敬奉湿婆大神。

瓦拉纳西是位于印度的"母亲河"恒河西岸的一座圣城，在印度人心目中有"圣城中的圣城"的美誉，也是人类历史上存在时间最久的城市之一。印度古老的史诗《罗摩衍那》和《摩诃婆罗多》里都描写过这座矗立在恒河边的老城。相传它是由印度教大神湿婆在六千年前所创建，是印度教徒心目中"离天国最近的地方"。虔诚的印度教徒都希望自己生命的终点停留在这里，从这里直接进入天国。

当金色的朝阳升起的时候，古老的恒河上浮光跃金、波光粼粼。这时候，瓦拉纳西城就像一位历尽沧桑的智者，敞开仁慈和宽容的怀抱，拥纳着前来恒河边朝拜、沐浴和濯洗蒙尘的心灵的人们。印度教教徒们坚信，恒河的圣水能洗脱他们一生犯下的罪孽与病痛，如果死后能将骨灰撒入恒河里，干净的灵魂将获得永生。因此，直到今日，每天仍然会有大约六万人前来瓦拉纳西城下的恒河里沐浴。

瓦拉纳西城也仿佛是古老的印度文明留给现代的人们一瞻风采的一个缩影。走进城内，就像走进了古老的昨天，你所能呼吸到的，是数千年前那些圣洁和悲悯的灵修的气息。城内有大小庙宇1500多座，大都为印度教教庙和湿婆神庙。就连著名的瓦拉纳西大学校园里都矗立着一座圣洁和肃穆的神庙，供莘莘学子在这里许愿和膜拜。

瓦拉纳西城也不仅仅是印度教教徒们心中的"圣城"。传说，释迦牟尼悟道成佛后，初转法轮的鹿野苑，就在这座大城的郊外。当年玄奘法师率徒弟从大唐出发，千里迢迢要去取经的"西天"，也就是这座圣城。

太阳的慈辉，悠远的梵音，静穆的圣城，还有数千年默默流淌的恒河水，都在静候神灵的召唤，也在慰藉和濯洗着每一位前来圣城的朝拜者的心灵，一年又一年，一天又一天。

## 清水寺的风花雪月

* * *

来此朝拜和洗礼的人,也许都能听见自己灵魂里的钟声。

在日本,形容一个人终于下了莫大的决心时,也许会说一句俗语,"抱着从清水寺舞台跳下去的决心"。这是因为,清水寺的正殿阳台建于高高的断崖之上,周围的自然环境又十分迷离优美,美得甚至让人产生想御风而去的幻觉。这就是著名的"清水寺舞台"。铃木春信有一幅浮世绘作品,画的就是一个身着和服的女子从清水寺舞台飘然而下的那一瞬。

清水寺是日本京都平安时代留下的国宝级建筑,在《源氏物语》和《枕草子》等日本经典文学中都能看到它的身影和昔日庙会的盛景,与金阁寺、二条城并列为京都三人名胜,现存的清水寺为1633年由德川家光捐资兴建,历经了300多年的风烟沧桑,依然令人留恋和迷醉。古老的名刹寺院,完全的木质结构,空远的山水清音,还有年年春日的樱花、夏天的瀑布、秋山的红叶、冬日的细雪,使清水寺拥有了一种圣洁、静默和玄秘的美感。来此朝拜和洗礼的人，也许都能听见自己灵魂里的钟声。

事实上，这座美丽而悬空的大舞台，也真的一语成谶，从江户时代就成了许多情侣殉情归去的舍身崖。千百年来的悲情故事，使静默的清水寺四周的山林弥漫着一种物哀和悲悯的气息。

远古的明月照着这里的山水林木。清水寺所在的山号为音羽山，寺中主要供奉大慈大悲的千手观音，只因寺中有一股泠泠清泉而得此名。顺着正殿石阶，清泉一分为三形成音羽瀑布，分别代表长寿、健康和智慧。远道而来的游客至此可以取水祈福和许愿，祈愿消除人间病灾。而对中国的朝拜者来说，清水寺另有一种亲切感。传说它是唐代名僧玄奘的首位日本弟子慈恩和尚创建的。故国的风华遗韵，大唐的馥郁芬芳，在这里还依稀可辨，隐约可闻。清水寺能唤起我们的文化乡愁。

# 七千颗宝石的光辉

*

*每一位进入佛塔的香客和游人,都必须赤足前行……*

金碧辉煌的缅甸仰光大金塔,是一座驰名世界的佛教建筑。缅甸人喜欢称大金塔为"瑞大光塔"。"瑞"在缅语中是"金色"的意思,"大光"是仰光城的古称。这座佛塔不仅是缅甸人的骄傲,也是东方建筑艺术的瑰宝。

诺贝尔文学奖获得者、英国作家和旅行家吉卜林在游记里曾经如此描述过这座宝塔:"一个金色的神秘物,从地平线而起;一个令人叹为观止的奇迹,在太阳下闪耀。它的形状既不是伊斯兰的圆顶,也不是印度教的尖塔。它在绿色的大地上耸立着……驱使我们在这片土地上去发现更多富饶和珍贵的东西。"

112米高的大金塔,矗立在仰光市皇家园林所在的丁固达拉圣山上。这是仰光城的最高处,身处市区的任何一个地方都可以看见它。据说,大金塔建于公元前585年,当地还流传着一个神奇的传说:

释迦牟尼成佛后,为报答缅甸人曾赠他蜜糕为食的善举,就回赠了自己的八根头发。神圣的佛发被迎回缅甸后,忽显神力,空中随即降下了无数金砖。而且,从佛发里闪耀出来的圣光,照彻了天地,使盲者重见光明,使聋者又聆乐音,使哑者再放歌喉,甚至使喜马拉雅山上的花草树木,在白雪皑皑的冬季也纷纷开花结果……

虔诚的民众满怀着敬仰之心,就用那些天赐的金砖砌成了此塔。辉煌的宝塔为美丽的传说留下了不朽的见证,人间天上,代代相传。所谓金砖,当然子虚乌有。但是,主塔周身以纯金箔贴面,塔顶还镶有七千多颗红、蓝宝石,却是真的。塔身所贴的纯金箔,都是用真正的金块制成。大金塔屡经修缮,到今天,建塔的砖石已经全部被金箔覆盖。这些纯金箔都是由缅甸各阶层的虔诚信众捐赠的,据说自15世纪的缅甸女皇开始,就有捐赠真金的传统了。

因为塔中藏有圣洁的佛发,这里渐渐成为缅甸和东南亚的佛教圣地。游客前来瞻仰佛塔,必须先迈过七十余级大理石台阶,方可抵达宝塔台基平面。而金塔的东南角,有一棵古老的菩提树,相传是从印度释迦牟尼金刚宝座的圣树圃中移植而来的。金塔左侧,还有一座名为"福惠宫"的中国庙宇,是清光绪年间由华侨捐款建造的。

仰光大金塔是目前世界上历史最悠久、价值也最昂贵的佛塔，每年吸引了全世界无数的佛教徒和观光客前来瞻仰。每一位进入佛塔的香客和游人，都必须赤足前行，即使身份显赫的国家元首也不例外。

## 吴哥的黄昏

———— ✳ ————

"此地庙宇之宏伟,远胜古希腊、古罗马遗留给我们的一切……"

    1861年1月,法国生物学家亨利·穆奥来到东方寻找热带动物时,无意中在原始森林深处发现了一处宏伟的古庙遗迹。他在游记里如此渲染道:"此地庙宇之宏伟,远胜古希腊、古罗马遗留给我们的一切,走出森罗万象的吴哥庙宇,重返人间,刹那间犹如从灿烂的文明堕入蛮荒。"五年后,法国摄影师艾米尔·基瑟尔向全世界公布了他拍摄的一组吴哥遗迹照片。从此,伟大的吴哥遗迹被掀开了神秘的面纱,向世人露出了真实的面目。

    吴哥遗迹位于柬埔寨暹粒市北郊约六公里处,分为大、小吴哥。大吴哥也称"吴哥通王城",小吴哥被称为"吴哥寺"或"吴哥窟"。它与中国的万里长城、印度的泰姬陵、印度尼西亚的婆罗浮屠,被并称为"东方四大奇迹",是东南亚最珍贵的考古遗址之一。1992年,联合国教科文组织把吴哥遗迹列为世界文化遗产。

这是一座由宫殿、寺庙、花园、城堡组成的完整都城，是古代高棉王国的首都。公元802年，国王贾亚瓦曼二世统一了高棉王国，并在洞里萨湖北岸建立首都，定名为"吴哥"。之后，历代国王大兴土木，不断添加宫殿与寺庙，使吴哥逐渐成为高棉人的宗教和精神中心，吴哥也呈现了高棉古典建筑艺术的最高成就。

吴哥寺，原本的名字意为"毗湿奴的神殿"。中国元代航海家汪大渊曾在公元1330年至1339年间游历吴哥，称吴哥寺为"桑香佛舍"，亲见此地有"裹金石桥四十余丈"，为之留下了富贵华丽的描述。可见，在14世纪中叶，吴哥寺已经是有名的佛寺了。它是所有吴哥古迹中保存最完好的一座庙宇，以整体架构的雄伟宏大和细部浮雕的精致灿烂而著称于世，也是目前世界上保留下来的最宏大的古代庙宇之一。吴哥寺的回廊内壁、廊柱、石墙、基石、窗楣和众多的栏杆上，有许多细致入微和极其生动的浮雕。这也是游客来到吴哥寺的一大看点。其内容大多取材于印度史诗《罗摩衍那》和印度教神话《搅拌乳海》里有关印度教大神毗湿奴的传说故事。此外还有战争、王室出行、农业、狩猎等世人生活风俗情景。

公元1431年，泰国人侵占了高棉，高棉人被迫迁出了吴哥城,在金边建立了新的首都。从此,吴哥城以及它背后的古高棉文明,被遗弃和湮没在了丛林之中,渐渐被世人遗忘。在此后的几个世纪里,吴哥地区变成了一片茫茫林莽,一座曾经辉煌的古城深隐其中,直到法国人穆奥发现它之前,柬埔寨人竟然对这个遗迹一无所知。当它重新出现在世人面前时,世界早已发生了翻天覆地的变化。

## 银钵里的鲜花

* * *

愿中、老两国人民的友谊，像美丽和纯洁的占芭花一样，给全世界爱好和平和幸福的人们送去无尽的芬芳。

    每年的7月中旬左右开始的三个月，是老挝传统的"迎水节"，又称"入腊节"或"入雨节"。这期间，所有的出家人都会恪守三个月的"腊期"，专心在寺院内坐禅修学，不再外出化缘，生活上的一切用度，都依靠信众的布施与供养。因为每年7月中旬左右，正是老挝和湄公河两岸雨水集中的季节，故称"迎水节"。

    这个节日不只在老挝盛行，湄公河流域的大部分南传佛教国家，包括我国的西双版纳等地的僧侣和信众，也十分重视这个传统节日，他们称之为"入雨安居"。据说佛陀在世时，每临雨季，农人们都会不误时令，抓紧时间插秧种植，僧侣们也时常冒雨托钵化缘。有时，僧侣们返回寺院时满身都是泥水，甚至还会把农人的秧田稻谷给踩倒了。心地慈善的佛陀看到这种状况，就做了个规定：每年雨季三个月内，所有僧侣都不要托钵外出了，就在寺院内安心修行，接受信众的布施和供养。这便是"入雨安居"这个节日习俗的由来。

再说一下老挝传统的"布施"习俗。凡是到老挝旅行过的外地游客，一般都会亲身去体验一下为僧人"布施"的过程。

晨四时醒来，山下鸡啼，声声可闻。遵循当地风俗，我等一行人五时即离开山上的酒店，带上事先准备好的糯米饭、新鲜水果和饼干、面包等，走下山来，蹲在一条干净的街边，等待托钵僧人前来领取布施的食物。当地的家庭主妇们，每天一早都会为僧人备好糯米饭等食物，跪坐在街头或自家门口，心存敬意，躬身布施，等待托钵僧人前来收取。

赶在太阳升起之前，一队队僧人皆赤足托钵，静静地沿街走过，默默收取居民和游客们的布施，每天如此，且必须在日出前完成。托钵僧人多为小和尚，有的只有十岁左右。也有一些托钵师父带着小沙弥一起出来接受布施。老挝目前仍然处在"母系社会"阶段，女性当家干活，所有男孩都必须送进寺庙，过上一段出家人的生活。出家时间可长可短，乃至毕生留在寺院里。

在老挝，所有寺庙都不举炊火，僧人每天的食物就是居民和游客们的布施，而且每天只吃两顿，过午不食。进餐之前，僧人们会先打坐诵经，为每位布施者祈福。僧人们收取布施，除了作为寺内每天的食物，还会把布施分送给寺庙周边需要帮助的贫困人家、失去劳动能力者、流浪者等。即使再贫困的村子里，也会有一座因陋就简的小庙，安奉人们的信仰，同时也保证了施舍和助人传统无远弗届、源源不断。整个国家也对僧人敬爱有加，每晚 11 点半实行"宵禁"，严禁一切娱乐和嘈杂集会活动，以保证僧人的安静休眠。

在老挝游学期间，我亲身参与和体验过两次起大早到街边布施的过程。我觉得，这种街头布施的习俗，不仅可以让居民们时刻体会到乐善好施的快乐，成为一种自觉的生活方式，同时，外地游客来此体验一下，也能获得别样的感受。

2016 年 7 月 19 日这一天，对娜妮·西苏里夫人来说，是一个具有特别意义的日子。一大早，这位夫人就带着早就精心挑选和准备好的，带有典型的老挝传统工艺风格的银钵、占芭花、蜡烛和供养——一个厚厚的包着 50 万元崭新的老挝币的红包，法喜充满地赶到了中国驻老挝大使官邸，拜见了来自中国的印顺法师。

这一天，也是印顺法师率领的中国佛教代表团圆满结束了为期八天的柬埔寨、老挝访问行程，即将登上回国航班的日子。

这时候，动人的一幕发生了：夫人双手合十，跪拜在地，向印顺法师敬献了自己精心挑选的银钵和供养。当着前来送行的中国大使和老挝的数位政府官员的面,这位夫人竟然情不自禁,再也止不住自己喜悦的热泪……在场的许多人都受到了深深的感染。我的眼睛也禁不住湿润了。

原来,这位夫人从当地报纸上看到,中国代表团,在老挝访问期间,特意在紧张的行程中安排出时间,专门去了一座收养着几百个孩子的寺院,给寺院里的法师和孩子们送去了来自中国的美丽的礼物和一些供养,它们代表着中国人民的温暖和真诚的友谊……

琅勃拉邦省的帕坞寺里,收养着几百个来自贫困家庭的孩子,恩高法师为他们建立学校,照顾他们生活和念书。印顺法师和代表团,带去了来自中国的礼物和他个人的捐资,鼓励孩子们好好念书,多多学习中文。两位法师还愉快地约定,恩高法师每年可选出 20 名优秀的少年僧侣,到中国来学习中国文化和寺院管理,深圳的本焕学院将为他们提供三年的免费培养条件。恩高法师感动地说,等过完了三个月的"关门节",一定带上孩子们去中国参观和学习。

娜妮·西苏里夫人激动地说:"老、中两国山水相连,都有着浓厚的佛教信仰文化,有着源远流长、水乳交融般的友好关系,我们一定要把这宝贵的友谊世世代代传承下去,发扬光大。"她还答应印顺法师,适当的时候,一定会带上自己的家人去中国旅行度假,领略中国的文化之美。

最后,这位夫人又为每一位即将登机回国的中国客人,献上了美丽的占芭花。占芭花俗称"鸡蛋花",在老挝各地的街头巷尾、房前屋后都能看到。这种美丽、纯洁的花朵是老挝的"国花"。螺旋状散开的五片花瓣,黄红不一。尤其是黄色瓣边像蛋白一样纯洁,瓣心则如新鲜的蛋黄,闻起来芬芳浓郁,沁人心脾。

大家异口同声地说,愿中、老两国人民的友谊,像美丽和纯洁的占芭花一样,给全世界爱好和平和幸福的人们送去无尽的芬芳。

# 宁静的蓝色

*

它们闪耀着纯正的土耳其蓝色，给游人带来一种圣洁和安静感。

伊斯坦布尔不仅是土耳其的一颗珍贵的钻石，也是欧亚大陆上的一颗辉煌的明珠。诗人拜伦、雪莱、普希金……都曾经拨动着自己忧郁的爱情竖琴，歌唱过这座美丽的城市。

拜伦在他的爱情名篇《雅典的少女》里写道："我的心向着伊斯坦布尔飞奔……"他想念那里的飘着摩卡香气的咖啡，美丽的瓷壶，精致的杯子，金色的托盘，还有默默微笑着的、明眸皓齿的美丽少女。普希金也曾站在俄罗斯南方的大海边，想念和赞美过这座城市。

伊斯坦布尔曾经是奥斯曼帝国的首都。走进这座城市，处处可以看到一些庄严肃穆的清真寺的尖顶，它们闪耀着纯正的土耳其蓝色，给游人带来一种圣洁和安静感。

伊斯坦布尔的清真寺多得不可胜数，据说最多时曾达两千多座，现存的清真寺有近五百座。这些清真寺外观庄严巍峨、高耸云天；内部装饰也都极其华丽和细密，呈现了土耳其镶嵌艺术的精致之美。

位于苏丹阿赫梅特广场边上的同名清真寺，是伊斯坦布尔诸多清真寺中的建筑杰作，建于1616年，是苏丹阿赫梅特一世邀请土耳其伟大的建筑师麦赫迈特·阿加设计督建的，故名"苏丹阿赫梅特清真寺"。

许多来此观光的游客，常常向导游问到一个问题：是先有了苏丹阿赫梅特广场，还是先有了苏丹阿赫梅特清真寺？导游一般会告诉游客：应该说，广场的得名，来自苏丹阿赫梅特清真寺。

清真寺建在临近博斯普鲁斯海峡南出口和马尔马拉海的一座山丘上，北邻圣索菲亚博物馆，离托普卡珀王宫也很近。这座美丽圣洁的清真寺，如今几乎成了伊斯坦布尔的代名词。每位来到伊斯坦布尔的游客，必到这座清真寺朝拜一番，让自己的身心在浓郁的肃穆和圣洁的气氛里，领受一次善与爱的洗礼。

这座清真寺还有另一个比较好记的名字："蓝色清真寺"。这是因为，用作清真寺内部装饰的瓷砖和玻璃，均以柔和、静谧的蓝色为主。寺院内壁共镶有各种蓝色图案的瓷砖两万余块。这些瓷砖，当初都是先整体绘出图案，再分开烧制，然后又重新拼成整体图案。烧制这些瓷砖的工匠，都是从波斯招来的，所以，这座清真寺的彩色瓷砖镶嵌艺术，也为美丽的奥斯曼建筑艺术史留下了最美的和不朽的一页，也让后来人看到了蓝色清真寺与东方建筑艺术的渊源。

环绕在蓝色清真寺四周，还有六座高耸入云的"宣礼塔"，这在伊斯坦布尔所有的清真寺中是独一无二的。当静谧的黄昏降临时，蓝色清真寺圣洁的穹顶和宣礼塔高耸的尖顶，都在金色的晚霞里熠熠生辉……这时候，游人仿佛是在一种超脱凡尘的大宁静里，领略着一种伟大的圣洁之美和庄严之美。

## 时光在这里停住了脚步

*不曾到过卢克索,就不算到过埃及。*

遥想那古老的年代里,人们在这浓艳的阳光下,在奔腾的尼罗河边,狩猎、劳动、沐浴、欢舞,生生息息、繁衍子嗣。尼罗河,是他们生命的醴泉,也给这个古老的民族带来了爱与美、生与死、野蛮与文明的思考,孕育和滋润了光华灿烂的人类文化的奇迹。

汗漫的流沙,掩埋不住灿烂的文明。疾驰的时光,在这里停下了它的脚步。卢克索神庙,仿佛凝固了的时间史诗,又如古老的埃及文明的活化石和梦幻森林,把我们带进了那激动人心的、充满原始创造力的世纪……

走进卢克索神庙这色彩厚重、气势雄伟的古建筑的森林里,那每一根柱子、每一座高大的方尖碑,都仿佛依然带着法老的威严,置身其中,有如走进了埃及历史博物馆,亲历和目睹着那些伟大的文明诞生的时刻。

卢克索神庙，位于开罗以南700多公里处的尼罗河畔。我们曾经在古老的《荷马史诗》里，在现代推理小说家阿加莎·克里斯蒂的《尼罗河惨案》里，都见过她古老的身影。

卢克索，在阿拉伯语中就是"宫殿之城"的意思。这是诞生在公元前14世纪的一座古老而伟大的建筑，当初是作为埃及第十八朝法老阿蒙和他的妻子莫特女神在尼罗河畔的一座行宫而建造的，大部分工程由这位法老主持完成，后来的拉美西斯二世又增建了大门和庭院，并在门口竖立了六尊他自己的塑像，现在只剩下了三尊。

整个神庙由庭院、大厅和侧厅组成，庭院三面有两排用纸草捆扎状的石柱。纸草，又称纸莎草，是古埃及人用来制纸的一种水草。这种生长在沼泽中的植物，曾经十分繁茂地生长在尼罗河两岸，但现在已经濒临灭绝。纸草可以做绳子、筐子和鞋子等，甚至还可以制造小船。古埃及人把文字书写在纸草制成的纸卷上，写完后，就将纸卷起来，成了一卷"卷轴"。在神庙里，用纸草捆缠而成的柱顶，呈现出伞形花序状，看上去是那么神奇和完美。

神庙里有不少法老雕像的脸部，已被刮伤或捣毁。那是因为后来信奉基督教的风气在尼罗河畔盛行时，极端的教徒幻想借此铲除人们对法老王的崇拜心理。这里不仅盛行过基督教，在神庙前半部的列柱群上，还有一座建于19世纪的清真寺。据说，当时卢克索神庙已经整个被尼罗河畔的流沙掩埋许多年了，当地居民不知情，便开始在上面修建清真寺。结果，神庙被挖出来后，人们才重新看到这消逝已久的伟大奇迹。

也是在神庙被流沙掩埋的时期，卢克索居民们的房屋就建在古代神庙之上。很多人在自己家里挖掘地下室时，就会挖出一些古代器物。当时一些外国的探险家和文物贩子也特别猖獗，许多埃及文物就在那时流失到了世界各地。

神庙围墙外，是拉美西斯二世时期修建的庭院。在这里，可以看到镌刻着浮雕的塔门和一座高大的方尖碑。庙内原本有两座方尖碑，其中一座后来被穆罕默德·阿里送给了法国，用它换回了一座时钟。现在这座方尖碑矗立在巴黎著名的协和广场上。

据说，四百多年前，第一个走进卢克索的卡纳克神庙那"圆柱林立的大厅"的欧洲人，在一瞬间被惊呆了，竟站在烈日下不停地喃喃自语："我是在做梦吗？上帝啊，告诉我，我不是在做梦吧？"如今，卢克索神庙和它周边的古建筑群，已经成为"古埃及文明之旅"的一张"名片"，每年都有数十万游客从世界各地络绎而来。当地甚至有个说法：不曾到过卢克索，就不算到过埃及。

卢克索神庙西边，是著名的"帝王谷"，即古埃及第十八、十九、二十王朝历代法老们的陵墓集中谷地。这里已发现的陵墓近七十座，大都依岩开凿，墓内保存有大量美丽的浮雕和壁画，是古代埃及保存在流沙之下的又一叠文化的画卷和智慧的原稿。

喧闹的白昼消逝在了山丘背后，夕阳映照着古老的尼罗河水。这时候，卢克索神庙看上去就像停泊在尼罗河畔的一艘金色方舟，高耸的方尖碑，如同方舟上的古老桅杆，迎向从远方吹来的千年风沙……

# 有故事的屋子

马丘比丘是你的故乡
寻找汤姆叔叔的小屋
种一棵树,建一栋房子
瓦尔登湖的魅力
夏洛的网是怎样织成的
纽约的蟋蟀
安妮的「绿山墙农舍」
太阳石的故乡

# 马丘比丘是你的故乡

*

"……云决定停止流浪。马丘比丘是你的故乡。"

……此刻,我是坐在博洛尼亚郊外的一个带有田园风味的旅馆里给你写信。昨天,我读完了你的新书《马丘比丘组曲》。我想,我应该及早把我的愉快的感觉告诉你。

你不是一个浮光掠影的匆匆过客。你是怀着一种古老而圣洁的情感,为了寻找那失去的英雄岁月而重返前世回忆似的乡土的归人。你说,有些土地,我们从来不曾踏足,可是,第一次接触,却是如此熟悉,仿佛它早已存在心海,只不过这游泊的船只,到如今才找到停靠的港湾——不仅仅同是黄皮肤、黑眼睛,还有那眼神里的沧桑和历经过的苦难;不仅仅同有广袤的高原、沙漠和平原,还有那与严酷生活搏斗留下的疤痕和烙印;不仅仅拥有古老的历史与文化,还有那无可取代的尊严和骄傲……你说的这片土地,正是以库斯科、马丘比丘为代表的古老的南美印加文明的发祥地。你的话使我想到了画家高更,想到了他写的那本《诺阿·诺阿》，也想到了毛姆在《月亮和六便士》里的那段话：有些人，在出生的地方他们好像是过客；从孩提时代就非常熟悉的浓荫郁郁的小巷，同小伙伴游戏其中的人烟稠密的街衢，对他们来说都不过是旅途中的一个宿站。这种人在自己的亲友中可能终生落落寡合，在他们唯一熟悉的环境里也始终孑身独处。也许正是在对本乡本土的这种陌生感，才迫使他们远游异乡，寻找一处永久定居的寓所。说不定在他们的内心深处仍然隐伏着多少世代前祖先的习性和癖好，使这些漫游者再回到他们祖先在远古就已离开的土地。有时候一个人偶然到了一个地方，会神秘地感觉到这正是自己的栖身之所，是他一直在寻找的家园。只有在这里，他才终于找到了宁静。

我记得，几年前，你就有过独自的美洲之旅，那是你专门为了寻访玛雅古文明遗迹而去。现在，你又重返这片牵系着你的"前世回忆似的乡愁"的大地，对古老的印加文化发源地一见钟情，而且乐不思蜀。我知道，《马丘比丘组曲》就是你献给那片神秘的土地和那种久远的文明的恋歌。

在雷诺河畔暮春的细雨中，我静静地、欣悦地聆听了你为我们演奏的这个"组曲"。仿佛是有某种秘密的约定，和你这本书一起，我的行囊里还放进了高更的那本《诺阿·诺阿》。这两本书所演奏的都是那种来自某些神秘的土地、历史和心灵的乐曲，它们像一组二重唱，或者说，像同一支乐曲的两个声部。也真是应了你在书中写到的两句话：它们将"飞到世界每一个角落，飞进宇宙每一段天程"，我正是在异国他乡的一个陌生的旅店里，安静地读完了你这本新书。

啊，高入云天、气象万千的马丘比丘"空中之城"，宁静的、永远带着忧郁的蓝调的库斯科，陶笛、陶盘和彩罐，总是散发着成熟的玉米芬芳的印第安人的市集，古老圣洁的神庙，悠扬的钟声，充满沧桑感的沙塞瓦曼堡遗迹……我想象着，当你独自徘徊在那二月飘着冷香的印加古城里，就像重返塔希提的画家高更，你不禁也要这样追问了：这是在哪儿？我们从哪里来？我们是什么？我们又要到哪里去呢？

"这曾经消失却又消失不了；这已经凋零复又重生；这一座也许永远不为人知晓，又被知晓的人永难忘怀的城市，究竟想剖诉他哪一种情怀？"在这里，你以女性的细腻和敏感，去试探着这座神秘古城的每一个部位。"印加人虽然是南美洲最著名的统治者，光荣的岁月却一闪而逝。西班牙殖民者和他们的属民始终保持距离，因此一直到今天，古老的印加领域仍然是双重社会：一种是贫穷而传统的印第安人社会，一种是欧洲和美洲印第安混血儿的梅斯蒂社会，他们以欧美文化作为自己主要的学习对象。"目睹着这样的现实，你对于一种消逝了的文明产生了深刻的同情和惋惜。你觉得，库斯科迷人的魅力固然重现了印加古文化的风貌，但也因此相对阻碍了向前迈进的脚步。"这究竟是历史的巨轮选择了库斯科，还是库斯科不可回避的命运？"这个问题不仅使你，也将使所有的古文明探索者感到困惑。当然，不变是不可能的。所以你说："享受失落文明的苍凉美是旅行者寻宝的心情，挣破贫困之网捞蚌中明珠，却是每个印第安人梦中的渔获。"于是，你在心中为这片古老的土地祈祷：但愿历史在库斯科的行脚，能够加快些，再快些⋯⋯

这样的感受和这样的愿望，在我站在罗马巴拉丁山丘的废墟上时，也曾强烈地袭在我的心头。

智利伟大的诗人巴勃罗·聂鲁达曾把马丘比丘喻为"人类曙光的崇高堤防"。他在那首不朽的长诗《马丘比丘之巅》里礼赞这座山峰是"石块的母亲，兀鹰的泡沫""银的波浪，时间的方向"。他写道："等到所有的人都陷进了他们的洞穴，于是就只剩下这高耸的精确的建筑，这人类曙光的崇高位置，这充盈着静寂的最高的容器，如此众多生命之后的一个石头的生命。"马丘比丘是灿烂光辉的印加古文化的象征，像聂鲁达一样，今天，你也迎着圣河乌鲁班巴那奔流的白浪，顶礼了这座人类曙光的崇高峰巅。

我十分欣赏你描绘马丘比丘云景的那段乐曲。它是你的一个华彩乐段。马丘比丘之巅上凌空飞舞、变幻莫测的云彩，正是聂鲁达所说的"蓝色的风""铁的山岭的千年的空气"。"云，你来，让我用阅读史书的心情读你；云，你来，让我用聆听天籁的感觉来感觉你。"你说，云的思绪如烟似雾，笼罩着神秘的马丘比丘，也仿佛是历史舞台上神奇的纱幕，使这座古老的空气之都和神秘的遗失之城若有若无，一会儿深入，一会儿淡出。

"云在马丘比丘飞舞。"你似乎要被眼前的云景迷晕。"这儿聚集了四季：春花、秋月、夏阳、冬雪，是大自然的总会，是云的故乡。云决定停止流浪。马丘比丘是你的故乡。"是的，马丘比丘是你的故乡。面对古老的亚美利加，这沉没了的新娘，你用充满敬仰的激情与思想，你用美丽而炽亮的语言的火花，为我们点燃了一盏古老的燧石之灯，让我们看到了多少个世纪以来的斧钺与火炮所留下的创伤，让我们重新记起了特鲁希略节庆中，美丽而健康的少女们胸前的花袋，和那娇艳的脸庞上的甜笑，还有乌鲁班巴河水圣洁的歌唱……

你的《第二乐章·山城冥想》，我是坐在被称为"邮票王国"的圣马力诺那唯一一座山峰上的一个古堡的阳台上读完的。那是三天前，同样是一个春雨淅沥的午后。从那个阳台上，透过稀薄的雨雾，我看到了"占山为王"的圣马力诺共和国的全景。

那种情景，使我很自然地想到了你一个人坐在秘鲁的草寮的长条木椅上，遥望云雾之中的马丘比丘时的心绪。你的一段话使我的眼睛变得潮湿。你说：当我站在这儿时，在远方，有谁能想象得出，我现在是在天地间的哪一个角落吗？它们能理解"遗世独立"带给人的是一种空无、苍茫和渺小，既孤立无援又海阔天空的感觉吗？我想，这正是一个远游者和漂泊者全部的宿命，是你全部的失去与获得。

"不要问我从哪里来，我的心灵深处，有一个最美最好的故乡。它给我智慧，给我热情，它给我信心，给我力量……"那个午后，我突然也想到了我曾经写给你的诗句："背起生命的简易行囊，让我独自到远方去流浪，不论你们是在惦记着我，还是匆匆地就会把我遗忘……"

此刻，我不知道，你正在哪里流浪。我也不知道，我的这封信要到什么时候，才能到达你的手上。不过，我似乎看到了你内心的愿望："……云决定停止流浪。马丘比丘是你的故乡。"我相信，马丘比丘真是你的故乡。你在哪里，你的马丘比丘就在哪里。那漫天飞舞的云雾，就是你挥之不去的乡愁。

# 寻找汤姆叔叔的小屋

———— ✳ ————

即使命运对他再不公平，他依然始终坚守着自己的信仰。

凡是去美国康涅狄格州首府哈特福德（Hartford）旅行的人，大都会慕名前往法敏顿道（Farmington Avenue）351号的那栋漂亮的老房子去参观一番。那是著名作家马克·吐温在哈特福德的故居。那栋别致的花园式别墅，看上去就像是"一艘红色的蒸汽船漂荡在绿色的海洋上"，似乎在告诉人们：这座房子的主人，就是密西西比河上那位最有航行经验的水手。

在马克·吐温故居的对面，是另一座有着17个房间的大房子。房子的主人，就是"写了一本书，酿成一场大战的小妇人"斯托夫人。这本小说，就是经典名著《汤姆叔叔的小屋》。

1873年，身材娇小的斯托夫人在写作生涯的最后一段时光里，和丈夫以及一对双胞胎女儿一起搬进了这座坐落在森林街（Forest Street）上的阔大的老房子里，成了马克·吐温的"芳邻"。她在这里一直住到了1896年去世为止。

这无疑是美国和世界文学史上最美丽和最有趣的一些场景：

斯托夫人在写《汤姆叔叔的小屋》，有时候写累了，就会离开书桌，信步走到邻居马克·吐温的院子里，愉快地摘回一大把鲜花，插在自己客厅的花瓶里。斯托夫人热爱植物和园艺，是有名的"花草迷"。

在密西西比河上做过多年水手的马克·吐温，有时候也会像去拜访老朋友一样，来到斯托夫人家说笑一阵。马克·吐温很欣赏斯托先生的学问，有时候还会向他请教一些语言学上的问题。斯托先生蓄有一捧漂亮的白胡子，马克·吐温的三个孩子都坚信他家对面住着一位"圣诞老人"。

有时候，要面子的妻子会责怪大大咧咧的马克·吐温：去斯托夫人家做客怎么可以穿戴得如此随便，既不戴帽子，也不系领结？于是，马克·吐温让管家端着托盘，盘子里放着一封道歉信，还有整洁的领结和帽子，恭敬地去"弥补"给斯托夫人看。

这样的场景，毋宁说是风趣的马克·吐温的小说细节在现实生活中的"余绪"。

那么，《汤姆叔叔的小屋》到底是一本怎样的书呢？为什么一本书能够"酿成一场大战"？

斯托夫人，本名哈丽叶特·比彻·斯托，1811年出生在康涅狄格州。她本是哈特福德女子学院的一名多才多艺的教师，写作、绘画、瓷器烧制、园艺设计，都做得相当专业。现在她的故居的楼道两侧，就挂着她多幅油画和水粉画。当然，使她成为美国文学史上著名作家的，不仅是她的才艺。重要的是，她是一名坚定和积极的废奴主义的拥护者和支持者。

1850 年，美国通过了一部《逃亡奴隶法案》，其中有一项规定：凡是协助奴隶逃亡者，将被视为违法而予以惩处，同时也限缩逃亡者与自由黑人所拥有的权利。正是为了抗议这部"奴隶法案"，斯托夫人怀着一种强烈的义愤，奋笔写出了《汤姆叔叔的小屋》这部小说。

《汤姆叔叔的小屋》原书里还有一个副书名："低贱者的生活"。据说，她的一部分创作灵感，来自一位名叫乔赛亚·亨森的黑人男子的自传。亨森曾是一个烟草种植园主所拥有的一名黑人奴隶，一直在烟草种植园里劳动和生活。1830 年，亨森找机会逃出了种植园，逃到了加拿大，终于摆脱了奴隶的身份。之后，他又协助了一些奴隶逃出了种植园，让他们也过上了自由的生活。后来，他把自己的经历写成了一本回忆录。斯托夫人的小说受到了这本回忆录的启发。有意思的是，《汤姆叔叔的小屋》问世后，很快就成了一本畅销书，亨森也随后把自己的回忆录更名为《汤姆叔叔的回忆录》。

小说围绕着一位久经奴役和苦难的黑奴汤姆叔叔的故事展开，也讲述了发生在他身边的奴隶和奴隶主的经历。

汤姆从很小的时候起就侍奉主人，后来有几次被转卖，落到了极端冷酷和残暴的奴隶主莱格尔手中。汤姆心地善良，为人勤劳，每天从事着牛马一样繁重的劳动，却受尽了凌辱和剥削，人格上得不到半点儿尊重。残暴的奴役使他变得逆来顺受，不敢奋起反抗，只能默默地服从着命运的摆布，听任奴隶主把他当牲口一样地卖来卖去。后来，善良的汤姆为了掩护两个女奴逃跑，竟然被凶恶的奴隶主毒打而死。

从汤姆叔叔身上，我们看到了当时美国广大黑人奴隶的悲惨命运。汤姆是一个不敢反抗、顺从了不公正命运的黑人奴隶的典型形象。斯托夫人对汤姆这个形象寄予了无限的同情。她的本意是要把汤姆叔叔塑造成一位"高贵的英雄"：即使忍受着非人的盘剥带来的痛苦，即使命运对他再不公平，他依然始终坚守着自己的信仰。甚至到了生命的最后时刻，连他的对手也不得不对他肃然起敬。

斯托夫人用这个形象和这部感伤的小说，彻底揭露了美国南方蓄奴制度的罪恶和野蛮，揭示出奴隶制度残酷的剥削本质。小说自始至终贯穿着这样一个主题：奴隶制度是罪恶、野蛮和不道德的。她在作品里表达了她的谴责和义愤。小说里有这样一个情节：在载着汤姆前往南方的轮船上，有一名白人女子这样说道："奴隶制的最可怕之处，就在于对感情和亲情的践踏——比如拆散人家的骨肉。"

作者也把逆来顺受的汤姆的命运遭际，和伊丽莎与她的丈夫两种性格迥然不同的奴隶的命运做比较，向所有的黑人奴隶宣告了一个真理：逆来顺受、任听奴隶主摆布的奴隶，最终总是难逃悲惨的命运，只有敢于起来反抗不公平的命运，奴隶们才能得到自由和新生。

在小说里，斯托夫人还对人类的母性之爱，对女性的伟大，给予了宣扬和赞美。"女性的道德力量和圣洁品质"是这本小说的另一个主题。她认为，伟大的母性，是所有美国人生活中的道德与伦理模范，只有女性才拥有把美国从奴隶制的恶魔手中拯救出来的道德权威。小说中的伊丽莎，一位带着小儿子逃亡、最终与全家人团聚的女性形象，还有小伊娃这个被她视为"理想的基督徒"的形象，都体现了斯托夫人想要表达的一个观点：只有伟大的女性能够拯救她们身边的人，即使是最不道义的人。

《汤姆叔叔的小屋》问世后，立刻受到广泛的欢迎，以全成为19世纪最畅销的小说之一，其畅销的程度，仅次于《圣经》。这本小说的问世，也点燃了全世界反对蓄奴制度的烈火，被认为是促使美国在19世纪30年代掀起废除奴隶主义运动浪潮的一大原因，以致在美国南北战争爆发的初期，当时的林肯总统接见斯托夫人时说："原来你就是那位引发了一场大战的小妇人。"

后来，人们竞相引用林肯的这句名言，来高度评价斯托夫人和《汤姆叔叔的小屋》。美国诗人朗费罗也由衷地赞美说："斯托夫人的《汤姆叔叔的小屋》，是美国文学史上最伟大的胜利。"另一位学者詹姆斯则如此评价："《汤姆叔叔的小屋》搅动了美国文学艺术界的平静，不仅引起了一场骚动，而且宣告了一个特殊时代的来临。"

自从《汤姆叔叔的小屋》这本小说问世以来，无论是舞台剧、音乐剧、电影、电视，甚至动画片，都不断地在取材于它，改编和移植它的故事情节。据说，《汤姆叔叔的小屋》是世界上被拍成电影次数最多的小说名著之一，可见它受人们欢迎的程度。斯托夫人也仅仅凭借这一本小说，就跻身于美国和世界文学史名家之列。

20世纪40年代里，亨森当年居住的小屋，曾被改作一个博物馆，并根据斯托夫人的小说命名为"汤姆叔叔的小屋遗址"，供读者前去拜谒和参观。直到今天，前往美国南方乡村旅行的斯托夫人的"粉丝"们，还会去那里寻找"汤姆叔叔的小屋"旧址。

# 种一棵树，建一栋房子

*海明威曾说，美国文学是从马克·吐温开始的。*

据说，1835年11月30日，马克·吐温在美国密苏里州佛罗里达的乡村出生时，天上突然出现了哈雷彗星。我们都知道，哈雷彗星每隔75年才会出现一次。马克·吐温长大后，很希望在自己离开这个世界之前，还能再见到一次哈雷彗星。

果然，心想事成。1910年4月21日，一个春天的午后，在马克·吐温临终时，他的愿望奇迹般地实现了！这一年他也正好75岁。

他不仅亲眼看到了生命中第二次从天空中闪过的哈雷彗星，而且也作为人类文学天空里的一颗耀眼的巨星，一旦升起，便闪烁着恒久不灭的灼灼光华。

马克·吐温出生时，汉尼拔还只是密苏里州一个处于荒原边陲的人口不到两千的小镇，小得就像密西西比河边的一颗纽扣。小镇几乎与世隔绝，无数的野火鸡在小镇四周的树林里飞动，小镇上还生活着数不清的狗、猫和松鼠,仅马克·吐温家里就养了19只猫。

马克·吐温在这里度过了自己的童年和少年时期。他像自己笔下的哈克贝利·费恩和汤姆·索亚一样,成了小镇上和密西西比河湾的顽童。据他的母亲回忆,马克·吐温小时候比他的几个哥哥要活泼和调皮得多,他不爱上学,经常逃学到附近的密西西比河边游玩。那时他常常在河边一坐就是几个小时,似乎是在观察这条流经家乡的大河两岸上的一切:神秘的岛屿,茂密的树林,缓慢浮动的木筏,还有静静流淌、永不停息的河水。他的母亲清晰地记得,小吐温前后共有9次,差点儿沉入河底被波浪卷走。

马克·吐温12岁时,在小镇上当法官的父亲去世了,从此他就彻底离开了自己所讨厌的学校。他辍学回家,成了到处流浪的野孩子。当然,父亲的去世也使年幼的马克·吐温极为悲伤,使他开始对自己的顽皮和错误感到内疚。不久,家里人把他送到密苏里的一间印刷厂里当排字工,希望他能在此学点儿学问,挣点儿钱补贴家用。他先后做过报童、排字工、学徒工以及密西西比河上的水手等。少年时代的贫穷和流浪生活,成了马克·吐温日后的广阔而悲凉的文学生涯的摇篮。

有一天下午,他在大街上闲逛时,捡到了一张被风刮起的废纸。这件事，对他后来的文学生涯具有重大的意义。这张纸是一册历史书上掉下来的一页，上面讲的是15世纪初期，法国一位巾帼英雄琼达克在鲁昂森林里被捕的情景。女英雄的不幸，深深触动了少年马克·吐温的心灵。琼达克是什么人？他不知道，也从未听老师讲过她的故事，但是他非常敬佩这位女英雄。此后，他开始寻找所有有关这位女英雄的书，在阅读的同时，也渐渐有了自己动手写作的想法……一位被誉为"美国文学之父"的伟大作家，就这样开始了自己的文学萌芽期。

如今，"马克·吐温"这个名字成了密西西比河畔的这个小镇最大的骄傲。小镇上最大的资产，也是马克·吐温留在这里的儿时的故居。据说，他的故居一带的老房子，还有门前的街道和花园，都完全保留着原来的样子。这里也禁止任何车辆通行，只允许游人步行至此。

这是为了不再惊扰小镇上最优秀的一个儿子的灵魂，还是地方政府出于保护和尊重自己的文化遗产的细心？似乎两者都兼而有之。此外，小镇上还设有马克·吐温博物馆、汤姆·索亚雕像、汤姆·索亚传递过书信的密洞等观光点。

马克·吐温成名后的故居，位于美国东北部的康州首府哈特福德的西郊。这座漂亮的维多利亚式红色别墅，是马克·吐温特意延请一位有名的建筑师设计的，被游人称为"漂荡在绿色海洋上的红色蒸汽船"。因为整个别墅外观看上去就像一艘漂亮和华丽的蒸汽船，外墙涂着鲜艳的红漆，四周全是葱绿的树木。据说，当初建筑工人在为别墅涂刷红漆时，吸引了一些过路的游人和车辆驻足欣赏，还意外地酿成了好几起交通事故呢。

许多人都知道"马克·吐温"这个笔名的来历。马克·吐温原名叫萨缪尔·兰亨·克莱门斯。他在密西西比河上当水手和领航员的那些日子里，曾经立过一个志向："以船员终其身，愿死在机轮旁。"在那个时期，他饱览了密西西比河的风土人情和自然风光，接触了各式各样的人，为后来成为作家积累了丰富的创作素材。当时，轮船在密西西比河上航行时，通常以12英尺的水深较为安全。当水手们喊出"两倍6英尺水深"即"Mark Twain"时，处于高度警觉的舵手就有了安全感，可以放心驾驶了。

这段生活留给了马克·吐温深刻的印象，当他开始了写作，要离开他所热爱的领航员工作时，为了纪念在密西西比河上的生活，他就选用了水手们常喊的"Mark Twain" 做为自己的笔名。

马克·吐温在35岁那年，认识了当时美国最富有的一位女孩奥莉薇亚。用现在的话说，这是一位"白富美"，尚未成名的马克·吐温幸运地获得了奥莉薇亚的青睐。婚后,马克·吐温请了当时最杰出的一位建筑设计师,在哈特福德的西郊修建了这座别墅。

巧合的是,写过伟大的黑奴解放题材的小说《汤姆叔叔的小屋》的作者斯托夫人的旧居,也在附近。斯托夫人那座有着17个房间的大房子,坐落在森林街上。这样,马克·吐温和斯托夫人就成了"芳邻"——这使得后来到此参观的游客有福了,不用走多远,就可瞻仰两位在美国和世界文学史上都赫赫有名的文学家的故居。

马克·吐温故居里的摆设极其考究,那些胡桃木的家具,是他特意从威尼斯买回来的;一张矮小的桌子上,摆着他和妻子、孩子的温馨的合影,还有女儿小时候涂鸦的知更鸟。

据说,马克·吐温一生非常喜欢孩子和小猫。小时候他家里就养过19只猫。他还有一句名言:"没有孩子的家,算什么家?"他和妻子一共养育了三个女儿。每晚睡觉前,他都要在书房里和孩子们一起享受亲子阅读时光,给孩子们讲一些有趣的童话故事。在客厅里,有一张"全家福"看上去十分温馨动人:在门前的回廊上,马克·吐温席地而坐,大女儿苏西倚靠在爸爸身边,小女儿吉恩坐在爸爸妈妈之间,二女儿克拉拉坐在爸爸对面,一家人正在温馨交谈,享受着浓浓的亲情之爱……

在马克·吐温的写作生涯里，他美丽的妻子成了他的得力助手和忠实读者。她有时候也帮助丈夫校对手稿，甚至修改草稿。马克·吐温回忆起自己幸福的婚姻时，说过这样的话：假如一切可以从头开始，那么我愿意在牙牙学语的婴儿期就完成结婚，而不会把时间荒废在淘气、磨牙和打碎瓶瓶罐罐上……

　　马克·吐温的婚姻和家庭，大概是全世界作家中最幸福和最温馨的婚姻和家庭之一。他很喜爱女儿苏西，曾经这样说过：就算把全世界所有的赞美都献给苏西，也不为过。聪慧的苏西也很有文才，在13岁时就为父亲马克·吐温写过"传记"，17岁时完成了一个很有水准的剧本，还在父亲的写作间里为全家朗读和"演出"过。马克·吐温后来在自传里引用苏西为他写的"传记"里的描写时说：这里的每一个字，都是不必改动的，改动了任何一个字，都将亵渎那颗纯洁的心。马克·吐温在自传里大段大段地使用了苏西对他的观察和描写，一字也不做改动。令人扼腕叹息的是，天不假年，苏西在她最美的年华就夭折了。当时马克·吐温正在外地，当接到苏西的噩耗电报时，他说，那一瞬间，"就像子弹穿过我的胸膛一样"。

　　马克·吐温一生中创作了20多部长篇小说，其中以他小时候的经历为背景的《汤姆·索亚历险记》和《哈克贝利·费恩历险记》最为脍炙人口，如今已经作为不朽的文学名著，在世界文学宝库里绽放着独特的光彩。马克·吐温也是美国批判现实主义文学的奠基人、世界著名的短篇小说大师。海明威曾说，美国文学是从马克·吐温开始的。马克·吐温也是美国人心中最自然、最纯真的偶像之一。他坚持采用美国的语言和美国的主题来创造富有美国精神的文学，被后人誉为"美国文学之父"和"美国文学中的林肯"。

据说，大哲学家柏拉图临终前留下一句名言——一个男人一生应该完成四件事：种一棵树，建一栋房子，写一本书，培养一个儿子。马克·吐温有过一个儿子，却不幸出生不到两年就夭折了。这是留在马克·吐温心底的痛楚。除了培养儿子，其他三件事，马克·吐温全都做到了。他为全人类留下的文学遗产，有如无数的参天大树；他留在哈特福德的"红色蒸汽船"，吸引着一代代读者和敬慕者前来拜谒。爱女苏西夭折后，他曾在女儿的墓前喃喃念诵过这样的诗句："安睡吧，心爱的亲人，安睡吧，安睡吧。"

轻轻走进马克·吐温的客厅和写作间，我的心里仿佛也缓缓升起这样的意念：安睡吧，亲爱的领航者，在人们无限的怀念里，安睡吧，安睡吧……

## 瓦尔登湖的魅力

※

"这是一本寂寞的书,恬静的书,智慧的书。"

1845年7月4日,美国独立日当天,28岁的散文家亨利·戴维·梭罗,毅然离开了喧嚣的城市,搬到了离波士顿不远的一个小湖——瓦尔登湖畔,在一栋他亲手盖起来的小木屋里,宣告了他个人的生活与精神上的"独立"。小木屋里只有寥寥可数的几件简单的家具。他在湖边种豆、打猎、伐木、收获,也在湖边倾听、观察、沉思、梦想……

并不是刻意要过一种消极遁世的隐士生活。不,他只是在这里进行一种人生实验——简化生活、回归自然的实验。他寻求孤独,自得其乐。他把自己的观察所得以及他的思索和感想都记录了下来,从中感受和领悟出大自然所给予他的启示与经验。他的目的是更好地去运用生命,热爱人生。

他在美丽的瓦尔登湖畔独立生活了两年半的时间。当他认为他已达到了自己的目的时,就走出了林子,重新回到了城市。

此后，他又花了几年的时间整理那些笔记。1854年，他的长篇散文《瓦尔登湖》问世。

这本书是梭罗的人生哲学和文学才华的集中体现，情理并茂，引人入胜，精辟警句令人拍案叫绝。随着时间的推移，《瓦尔登湖》这本书不仅影响越来越大，也被公认为美国文学中独一无二的散文名著，而且瓦尔登这个以前乏人问津的林中小湖，也越来越显示出它的圣洁与魅力，慕名而来的朝拜者也终年不绝。

但《瓦尔登湖》却是一本"怪书"。这本书的翻译者、我的恩师徐迟先生说："这是一本寂寞的书，恬静的书，智慧的书。其分析生活，批判习俗，有独到处，但颇有一些难懂的地方。"

梭罗自己也曾多次在书中写道："请原谅我说话晦涩。"这样的一本书，它的深奥、晦涩、精辟的特点，也决定了它翻译起来的艰难程度。譬如开篇的《经济篇》，徐迟先生就觉得，这好像是梭罗在故意地为难人家，为难译者，也为难读者的。好像一开头就想让人们知难而退似的，凡是一开头就读不进去的读者，便是梭罗故意地把他排斥出去的，是梭罗有意地把这一部分人推到人世最美的文字之外去的。他用这种方式来为自己的书选择真正钟情的、耐心的读者。

而从第二篇《我生活的地方：我为何生活》开始，则渐入佳境，越到后来，越是精彩，可以说是"句句惊人，字字闪光，沁人肺腑，动人衷肠"。

20世纪40年代末的一个夏天里，翻译家徐迟天天就沉浸在这《瓦尔登湖》里，时而吟诵，时而疾书。白天里读不进去的地方，到了黄昏以后，心情渐渐恬静了，再读它，忽然又觉得颇为有味；及至夜深人静、万籁无声之时，细读起来，竟发现它原来是那么清澄明朗，似闻其声，如临其境……

且让我们随便翻开几页，引出几段来看看吧。自然，这译文之美，还应该归功于我们的抒情诗人的传神手笔——

虽然从我的门口望出去，风景范围更狭隘，我却一点不觉得它拥挤，更无被囚禁的感受，尽够我的想象力在那里游牧的了。矮橡树丛生的高原升起在对岸，一直向西去的大平原和鞑靼式的草原伸展开去，给所有的流浪人一个广阔的天地。当达摩达拉的牛羊群需要更大的新牧场时，他说过："再没有比自由地欣赏广阔的地平线的人更快活的人。"

时间和地点都已变换，我生活在更靠近了宇宙中的这些部分，更挨近了历史中最吸引我的那些时代。我生活的地方遥远得跟天文家每晚观察的太空一样。我惯于幻想，在天体的更远更僻的一角，有着更稀罕、更愉快的地方，在仙后星座的椅子形状的后面，远远地离了嚣闹和骚扰。我发现我的房屋位置正是这样一个遁隐之处，它是终古常新的没有受到污染的宇宙的一部分……

——《我生活的地方》

下面这一段，是徐迟先生随手翻开的一页中的文字。他的意思也是要作为样品展览一下，借以显示全书的每一页都如此动人——

从暴风雪和冬天转换到晴朗而柔和的天气，比诸从黑暗而迟缓的时辰转换到光亮而有弹性的时刻，比较起来，这是一切事物都在宣告着，很值得纪念的重大突变。最后似乎是，突如其来，突然地注入的光明充满了我的屋子，虽然，那时已将近黄昏了，而且冬天的灰云还布满天空，雨雪之后的水珠还从檐上落下来。我从窗口望出去，瞧！昨天是灰色寒冰的地方，横陈着湖的透明的皓体，已经像一个夏日的傍晚的平静，充满了希望，在它的胸怀上反映了一个夏季的夕阳天。虽然上午还看不到这样的云彩，但它仿佛在和一个遥远的无望的心，心心相印了。我听到有一只知更鸟在远处叫，我想，我好像有几千年没有听到它了，虽然它的音乐是再过几千年我也决不会忘记的。

它还是那样地甜蜜而有力量，像过去的歌声一样。啊，黄昏的知更鸟……

——《春天》

《瓦尔登湖》的最后一篇《结束语》尤其精彩，几乎每一句都是闪光的警句，令人不忍稍释。徐迟先生是这样翻译出那最后的几行文字的："……使我们失去视觉的一种光明，对于我们是黑暗。只有那样的一天的天亮了，我们才睁开眼睛醒过来。天亮的日子多着呢。太阳不过是一个晓星。"

徐迟先生的这个早期的译本问世迄今，一晃已有七十多年了。有不少人仍然十分迷恋这本书。我想，他们是真的需要这本书。我曾就这个问题请教过徐迟先生，他微微一笑道："这很正常。物质越丰富，梭罗的名声也随着他所厌恶的物质而增长。"

1984年秋天，70岁的徐迟先生完成了他的一次难忘的美国之旅。在排得紧紧的日程表上，他没有忘记加进了一项：到离波士顿不远的康科德城去一趟，去看看梭罗的墓地，去向心仪已久的瓦尔登湖顶礼。

一位旅美的外国文学专家做了徐迟的向导。他们沿着明亮的湖岸，踩着遍地的红叶，款步而行，登山岗、涉浅水，穿过寂静的秋林，走进了170多年前由梭罗一手建造的小木屋的遗址地。徐迟先生被这幽湖的美丽惊呆了！他这样写道：

"这天天气特别美好，阳光和煦，照耀密林。靠近湖岸的许多地方都用了红松枕木加固，以免水土流失。一些山坡也用木栅拦住或围起。用一块木牌挂着，说明这样做是为了保护名胜之地，请游客不要擅自进入。我看这湖边的森林比梭罗所描写的已稀疏多了，有点今不如昔。但这一带的山林湖泊之群都是很幽静美丽的。就是这一个瓦尔登湖因文豪曾经居住，便映照着他的人格，并有文章作了描绘，别有一番滋味在心头。游客如没有这一点点文学知识，是怎么也感受不到那种精细的味道的。"

当徐迟先生依依不舍地留恋在这清澈见底、银鳞闪闪的湖边时，他不禁想到了梭罗的描写："一个湖是风景中最美、最有表情的姿容。它是大地的眼睛；望着它的人可以测出他自己天性的深浅。湖所产生的湖边的树木，是睫毛一样的镶边，而四周森林葱郁的群山和山崖是它的浓密突出的眉毛……"徐迟先生说，游览过这个湖之后，他更珍爱那本书了。

那一天，当他缓缓地告别了瓦尔登湖，旋又登上了一个小山岗，站到了梭罗的朴素的墓地上。康科德城是一个小镇，但却拥有自己的四位文学家：爱默生、梭罗、霍桑和阿尔考特。

他们是康科德的骄傲。站在梭罗的墓地上,可以远远地望见霍桑和爱默生的墓。作为远道而来的《瓦尔登湖》的中文译者,徐迟先生想道:梭罗生前是非常热爱中国文化的,他的书中引用过不少孔孟之言。现在,当他站在他的墓前,拜谒他,凭吊他,倘若梭罗英灵有知,该也是有所快慰的吧?虽然,徐迟先生没有带一束花来,却怀着一颗诚挚的读者的心和一片东方的心意。

对于《瓦尔登湖》,徐迟先生是这样要求他的读者的(这几句话见于他的《译本序》的开头):"你能把你的心安静下来吗?如果你的心并没有安静下来,我说,你也许最好是先把你的心安静下来,然后你再打开这本书……"

# 夏洛的网是怎样织成的

※

只要有爱,一切皆有可能。

美国散文家、童话作家 E.B. 怀特,一生为孩子们写过三本童话:《精灵鼠小弟》《夏洛的网》和《吹小号的天鹅》。令他没想到的是,这三本童话慢慢地都成了畅销全球的童话名著。

《夏洛的网》这本童话,讲述的是一只名叫"夏洛"的灰色蜘蛛,和一头名叫"威伯"的小猪,一起住在农场谷仓的地窖里,他们很快就成了赤胆忠心的好朋友……

有意思的是,一位名叫迈克尔·西姆斯的传记作家,特意为怀特先生的生活经历和这本童话是如何诞生的,写了一本有趣的书——《〈夏洛的网〉的故事》,书中引用了怀特写给小读者的一封书信,透露了这位童话家的一个小秘密:

"我一开始并不喜欢蜘蛛,可后来我开始仔细观察其中的一只,不久便发现,她是个多么优秀的小动物,是一名多么熟练的纺织工啊！我给她起了个名字叫'夏洛'。"

为了证实是否真的有那么一只小蜘蛛夏洛存在，那位敬业的传记作家特意跑到了缅因州，在怀特乡下的老家住了一些日子。

在那里的旧谷仓里，他看到，小女孩阿芬和哥哥阿汶当年留下的秋千板和秋千绳依旧还在那里。而且他还发现，在怀特先生当年的生活中，确实曾有过无数的"夏洛""威伯"和"谈波顿"。正是这些机灵、快乐和好心的小蜘蛛、小猪和小老鼠，当然还有生活在乡下农场的谷仓里和田野上的其他一些小动物，唤醒了怀特先生的灵感和热情，也点燃了他想象力的火花，才有了童话里那只善良、智慧、富有正义感和侠义心肠的蜘蛛。

迈克尔在他的书中详细地描述了1949年秋天的一个早晨，怀特被农场谷仓里的一张编织得十分精美的蜘蛛网所吸引。他连续几个星期沉迷在对这张蛛网的观察和想象之中。他觉得，能够编织出构思如此巧妙、纹路如此完美的蛛网的这只蜘蛛，简直就是世界上最智慧、最心灵手巧的"艺术家"了。

一天又一天过去了，树叶开始飘落，天气有点儿变凉了。怀特亲眼看到了，蛛网的编织者又艰难地产下了一小团子囊。他知道，随着秋天的远去，蜘蛛也会死去。于是，怀特小心翼翼地从谷仓的木梁上取下了那一小团子囊，把它装进了一个糖盒里，带回了纽约。当时他在《纽约客》杂志社工作。

又过了一些日子，他看见，一些小小的蜘蛛宝宝诞生了。它们在盒子里快乐地、自由自在地胡乱翻滚、爬动。怀特十分的兴奋和好奇。他的女佣和太太却抱怨说："你看你，简直成了一个'蜘蛛迷'了！"幽默的怀特却跟太太凯瑟琳开玩笑说："亲爱的，你知道吗？我也是一只成天爬来爬去的蜘蛛呢！不过，幸运的是，有一根亮晶晶的蛛丝一直连着你，这样我每天才能找到回家的路，准确地爬回家来！"

当然，他最终不可能把一支庞大的"蜘蛛宝宝军团"养在家中。它们最后都被女佣放养到外面的花园里去了。不过，这些快乐的小蜘蛛给怀特留下了美丽的想象和牵挂。不久，一个关于蜘蛛的童话故事就在他的头脑里构思出来了。这就是我们今天看到的经典童话《夏洛的网》。

现在，我们来看看在这本童话里，小猪威伯第一次见到蜘蛛夏洛的情景：

淡淡的晨光在一扇小窗中出现。星星一颗颗隐没了。威伯能看见几英尺外的鹅，坐在那里，头夹在一边翅膀下。慢慢地，他也能看见大羊和小羊。天边明亮了。"哦，美丽的白天终于来到了！今天我会找到我的朋友了。"

这是因为，威伯在黑夜里已经和夏洛说过话了，只是没有看清楚夏洛是什么模样。于是，威伯在这个美丽的清晨里开始到处寻找。先是把自己的猪圈里里外外搜寻了一遍，然后仔细检查了窗台，甚至还查看了天花板。没有找到夏洛，他略微有点失望，便决定开口说话。虽然他不喜欢让自己的声音破坏了这黎明前的可爱的安静，但他想不出有什么其他办法能帮助他找到那神秘的、不见踪影的朋友。于是他清了清喉咙，用坚决、洪亮的声音说："请注意，请昨晚上床前跟我攀谈的那位先生或小姐，出来跟我打个招呼吧，以便我们会面！"

这样的讲述是多么的生动和真实。

当然，过了不久，威伯终于看见了那位和蔼地和他说过话的"先生或小姐"。原来，在门框上角，布着一个大蜘蛛网，倒挂在网的高处的，是一只像棒棒糖那么大的灰色蜘蛛。她有八条腿，这时正向威伯友好地挥着其中的一条。

"现在看见我了吗？"她问威伯。

"哦，看见了，看见了！您好吗？早上好！真高兴遇见您。请问，我可以知道您的名字吗？"

"我的名字叫夏洛。"蜘蛛说。

"夏洛什么?"威伯热切地问。

"夏洛·阿·卡瓦蒂卡,就叫我夏洛好了。"

"我觉得您很美哎。"威伯说。

"我的确很美,"夏洛说,"这用不着否认。几乎所有的蜘蛛都很可爱。我虽然不是那样的花枝招展,可是看上去还比较养眼,对吧?我希望我也能看见您,像您看见我那么清楚。"

这样的对话也是多么的俏皮和有趣。

当威伯的生命面临危险的关键时候,夏洛挺身而出,在小老鼠谈波顿的帮助下,用智慧和巧计骗过了人类,搭救了小猪威伯的生命。

夏洛的智慧和巧技,当然就是她高超的编织艺术了。她果断地在自己的网上"发言",别出心裁而又那么辛苦地织出了"好猪""杰出"几个大字。果然,人们一看到夏洛的网上这几个醒目的大字,都十分的惊奇,不仅赶紧打消了对威伯不利的念头,还把威伯当成了神奇的宝贝。

"原来威伯是一只'好猪'哎!"

"乖乖,你看网上就是那么说的!"

农场上的人们信以为真。小猪威伯的生命得救了。蜘蛛夏洛成功了。她用自己的蛛网谱写了一曲浪漫动人的爱的乐章,同时也向全世界宣告了一个真理:只要有爱,一切皆有可能。

当然,前提是必须要像小蜘蛛夏洛那样,拥有一颗仁慈、善良和正义的心,而且,能够成为别人的赤胆忠心的朋友。

怀特生前在回答《巴黎评论》的一次访谈时,说过这样一番话:"孩子们的要求其实是很高的。他们是世界上最认真、最好奇、最热情、最有观察力、最敏感、最乖觉、也最容易相处的读者。只要你的写作态度是真实的,是无所畏惧的,是澄澈的,他们便会接受你奉上的一切东西。"同时他还说道,他在写作的时候,对所谓"专家们的建议",一般都不太在意。他说:"当我送给孩子们一个老鼠男孩,他们眼也没眨就收下了。在《夏洛的网》里,我给了他们一只智慧的小蜘蛛,他们也快乐地收下了。"

他对一些儿童文学作家在作品里故意避免使用一些他们认为孩子们不会认识的单词,也不太赞同。他觉得,这样做只会削弱故事讲述的力量,而且会让小读者觉得无趣。要知道,孩子们是什么都敢于去尝试的。"我把一个生词扔给他们,他们一反手就'击球过网'了。应该相信,如果孩子们一旦看到了一篇能够吸引他们的好故事,他们肯定也会喜欢上那些让他们为难的生词的。"他说。

从这些话语里可以看出，怀特先生在给孩子们写东西时是十分自信的。他从不"小看"那些小读者。因此他认为，给孩子们写东西，"应该往深里写，而不是往浅里写"。

也许正是这个缘故，《夏洛的网》这本童话书，不仅小孩子喜欢读，许多大人也喜欢读。

# 纽约的蟋蟀

*

两双眼睛在看纽约。两支笔尖在刺探纽约。

在 19 世纪快要结束的时候,纽约已经从印第安人手里长着绿色的常春藤和发红的大橡树的岩石岛,成了在传说中遍地黄金的天堂。那时,欧洲的男人们戴着高高的黑色的硬礼帽,中国的男人们还留着黑色的长辫子。那时,爱尔兰发生了大饥荒,于是,在船头雕刻着一个绿裙子的女海神的大木头船,把逃命的人们一船一船地运到了蓝色的大西洋里,要过好几个月,他们才能看到陆地,那像树叶子一样的陆地漂浮在海水上。那块陆地,就是爱尔兰人心口相传的天堂:纽约。

从那时到后来的近一个世纪里,全世界又不知有多少人像爱尔兰人那样,满怀梦想漂洋过海,为追寻这个自由的乐园和黄金的天堂而来。当时,美国移民局就设立在小小的爱丽丝岛,全岛上只有一栋城堡似的大房子,一小块海滩和一个小码头。然而在移民高潮期间,每天会有三千多人从这里登陆,等待进入他们梦想中的美丽新世界。

有一首诗就这么说过：如果你爱一个人，就把他送到纽约，因为那里是天堂……E.B. 怀特也曾把它称为"岛屿上的神仙幻境"。现在，我从陈丹燕的书中知道了，纽约也不全然是一个天堂。或者说，就算纽约是一个天堂，但天堂里的生活也不全然是自由、幸福、快乐和值得为之狂欢的。纽约也有自己痛苦、丑陋和艰辛的记忆，有它在奢靡的惯性与辉煌的阴影中无法自拔的苦恼。

这本关于旅行的新书叫《与桑妮在一起的纽约之夏》。桑妮是作者的女儿，一个正在康州的威特斯菲尔德小镇上读七年级，喜欢背诵罗伯特·弗罗斯特的诗歌的小女生。在一个暑假里，她们像乔治·塞尔登的幻想小说《时代广场的蟋蟀》里的主角切斯特一样，从长满大橡树和枫树的康州乡下，来到布满了由钢筋水泥筑成的摩天大楼的纽约。这本书写的就是她们在纽约有趣的见闻与经历，还有她们独特的感触与思考。

就像一片草丛里有两只蟋蟀在演奏，一支歌曲里有两个声部一样，这本书里也是有两双眼睛在看纽约。一双眼睛是陈丹燕的，它们敏锐、理智、成熟，善于发现纽约的文化品质和它深层的苦恼与困惑，并能及时做出比较公允的和独立的判断。这样的眼睛当然最适合去看大都会艺术博物馆、古根汉博物馆和现代艺术博物馆，也适合去冷静地看待曼哈顿第五大道上的超级华贵与奢靡和哈林区里的深度贫困与颓唐。另一双眼睛是现代小女生桑妮的，它们挑剔、好奇、顽皮，天生就喜欢嘲弄和恶作剧。这样的眼睛在艺术博物馆里，尤其是在中世纪绘画展馆这样的地方可能会眼皮耷拉、无精打采，但一旦进入第五大道的米高美商店、迪士尼商店和东村第八街上的施瓦茨玩具店，或者到了布朗克斯动物园，它们就会立刻变得像烟花一样灿烂。就像艺术史家到了佛罗伦萨，天主教徒到了梵蒂冈，这时候，小女孩的脖颈就会变得如小鸟的脖颈一样灵活，转个不停。

　　两双眼睛在看纽约。两支笔尖在刺探纽约。纽约啊纽约，看你还有什么秘密可言。妈妈没有发现没有感觉的地方，桑妮也许发现和感觉到了；妈妈记述和描写得太简略或不准确的地方，桑妮会义不容辞地做一些补充和修正；妈妈笔下的那些所谓大人的经验和价值判断，有时在桑妮的笔下会惨遭嘲笑和解构……这种由两个声部构成的二重唱式的写作方式，不仅对一座城市的感应触角、价值判断和批评标准变得开阔和多元，也不仅使描述对象变得清晰、完整和立体化，同时还使这本旅行散文书充满了叙述上的趣味，为读者添加了一些阅读上的互动感。

# 安妮的"绿山墙农舍"

*热爱生活、乐观向前、真诚待人,是她生命中最耀目的光芒。*

世界上有一些优秀的书,是我们在童年和少年时代不应该错过的。它们都属于一个人成长期里不可不读的书,即所谓"一旦失之交臂,便会成为终生遗憾"的书。

例如,对女孩子来说,像《城南旧事》《简·爱》《柔情》《绿山墙的安妮》《茜多》这样的书;对男孩子来说,像《在轮下》《麦田里的守望者》《小王子》《老人与海》《白鲸》这样的书。

《绿山墙的安妮》堪称是全世界的孩子,尤其是女孩子们的一本"成长圣经"。马克·吐温在晚年因为失去爱女,心境凄凉,但是,安妮的故事却照亮了他的苦境。他在一封书信里由衷地赞叹说,"安妮是继不朽的爱丽丝之后,最令人感动和喜爱的一个少女形象"。

那么,创造了安妮这个不朽的形象的作家,是怎样一个人呢?

1874年11月30日，露西·莫德·蒙哥马利出生在加拿大一个美丽的小岛——爱德华王子岛上。她从小与外公一起生活，在一所老式的、四周长满苹果树的农舍里，度过了自己安静和单纯的童年时代。恬静的田园生活，培养了露西对大自然毕生的热爱之心，也给她带来了澄澈的创作灵感。

露西9岁开始写诗，16岁开始向外投稿，到37岁时才结婚成家。露西热爱阅读和文学写作，即使成了家庭主妇，每天仍然要挤出几个小时，坚持阅读和写作。

1904年春天，露西以自己生活过的小村为背景，创作出了小说《绿山墙的安妮》。小说写完后好几年的时间里，都没有出版社愿意出版，直到1908年才有出版商愿意出版这本书。不料这本小说面世后，立即赢得了读者的喜爱，露西作为一位优秀的女作家，声名迅速传播开来。

据说，在小说刚刚问世的那几年里，每天都会有许多信件像雪片一样飞到露西家中，读者们都在不断地询问：安妮后来怎么样了？她能获得幸福和快乐吗？正是因为有了这样一些忠诚和狂热的读者的鼓励和期盼，露西把安妮的故事一本一本地继续写了下去，使之成为一个令人欲罢不能的小说系列。

除了安妮系列，露西一生勤奋写作，写下了20多部长篇小说以及许多短篇小说、诗歌、日记、自传等。据说，她全部的作品，包括没有出版的私人日记等在内，超过了 500 部。她的书和手稿大都被收藏在安大略的一所大学里。她的日记，已由著名的牛津大学出版社陆续出版。

小说里的"绿山墙农舍"（有的版本译为"绿屋"），就坐落在露西小时候生活过的卡文迪许村。它本来是《绿山墙的安妮》的故事背景，现在，人们为了纪念这位杰出女作家和她留下的作品，就把这里改建成了一座小小的博物馆。

博物馆里再现了安妮、马修和玛丽拉等在小说里住过的房间，就好像他们都是真实存在过的人物一样。而露西的墓，就在博物馆西边不远的一个安静的角落里，墓碑与"绿山墙农舍"遥遥相望。

此外，她家乡的人们还把小说里写到的一些场景，例如"情人的小径""闹鬼的森林"等，都"特意设置"在她墓地的周边。这样，那些慕名前来拜谒的游客，只要手上带着一本小说，就可以一一对应地找到眼前的"真实场景"了。

人们说，一位作家在去世多年之后还能如此受人爱戴，人们还愿意把她故事里的场景和人物，都以真实的面貌呈现给后来者和慕名前来的人，像这样的作家，在世界文学史上并不多见。露西却凭着她的《绿山墙的安妮》做到了。

《绿山墙的安妮》写的是一个孤女如何在一种温暖和甜蜜

的关怀中长大成人的故事。马修和马瑞拉兄妹俩，在绿山墙农舍过着平淡和安静的生活。家人为了给患有心脏病的马修找个伙伴和帮手，就打算从孤儿院里收养一个男孩。谁料阴差阳错，孤儿院送来的却是一个满头红发、喋喋不休的小女孩。她的名字叫安妮·雪莉。小安妮天性单纯好奇，脑子里装满了稀奇古怪的想法。在她的想象中，快活的小溪会在冰雪覆盖的冰层下唱歌；玫瑰花会说话，还会给她讲很多有趣的故事；而自己的影子和回声，就像两个知心的好朋友，可以互相诉说和聆听对方的心事。

可是，正因为异常的好奇心和爱美的天性，小安妮也给自己惹来了一连串的麻烦。她不知疲倦地去尝试，不间断地闯下祸，当然，也会不断地去改正自己的错误。她凭着自己的真诚、善良和直率，赢得了来自身边的每一个人的友谊和爱。日子在一天天流逝，小树在一天天长大。11岁的孤女小安妮，在家人、伙伴和老师的宽容、理解和温暖的关爱中，渐渐变成了绿山墙农舍快乐、自信和幸福的小主人……

这部小说所讲述的故事，就像一条缓缓流淌、光影斑驳的小溪流，虽是一波三折，但短暂的阴影遮不住故事的澄澈和美好。小安妮内心深处的情感变化，偶尔也似小小的波澜，但热爱生活、乐观向前、真诚待人，是她生命中最耀目的光芒。

从小安妮身上，我们看到了一种恣意、真实和自然的生命之美，看到了一种健康、快乐、生机盎然和充满梦想的童年生活和成长状态。只有小安妮这样的生命、童年和成长，才能使人间的一切污浊和丑陋相形见绌，才能融化世界上所有的隔膜、寒冷和敌意，给绿山墙和整个村庄，也给我们今天的世界带来永远的春天和欢笑。

因为《绿山墙的安妮》的"全球性影响"，迄今每年都会有数以万计的游客，从世界各地慕名前往加拿大爱德华王子岛，去追寻小安妮生活过的足迹。《绿山墙的安妮》也曾让两位英国首相都为之着迷。这部小说的中文译本，也曾经是纪念中国与加拿大建交35周年的文化交流的最美丽的"礼物"。

如今，《绿山墙的安妮》小说系列不仅在英语国家畅销不衰，还被译成了几十种文字，成为全世界范围内的儿童文学经典，也被多次改编成电影、电视剧、音乐剧等形式。少女安妮以自己爱美的天性和纯真、善良的个性形象，成为读者心目中有着阳光般美好性格和浪漫情怀的永恒的"追梦女孩"。

# 太阳石的故乡

※

这些雕塑、建筑和符号表达着人类对一种消失的文明的缅怀和敬畏。

五百多年前,墨西哥的尤卡坦半岛上,还到处盛开着玛雅人世世代代用自己的勤劳和智慧浇灌、培育的文明之花。

这个雨水充足、阳光耀目的热带岛屿,是古老的玛雅人的摇篮,也是伟大的诗人聂鲁达和帕斯倾情咏唱过的太阳石的故乡。

太阳的光芒,用无形的巨锤不停地敲击人类在大地上的居所,古老的玛雅文明,也像那些迸发着火花的石头,在经受岁月沧桑的侵蚀。

1542 年,西班牙征服者蒙特霍乘着远航的大船,率领着用火枪武装起来的野蛮的士兵,踏上了郁郁葱葱的尤卡坦岛,发现了这片隐藏在原始森林中的令人惊奇的遗迹:金字塔式的居所、象形的文字、光滑的"树皮纸",神秘的天文记录和"太阳历"……然而此时,古老的玛雅之花已经萎谢,一种曾经十分蓬勃而华丽的文明，已经消失在无边无际的美洲丛林之中了。

考古学界对玛雅文明的湮灭之谜做过这样的猜测：一是古代玛雅各个城邦之间的战争，最终导致了政治秩序的瓦解和宗教崇拜制度的崩溃；二是持续多年的旱灾导致土地贫瘠，百姓无法生存而迁徙到了另外的土地。大约在公元1000年左右，尤卡坦岛上的玛雅居所，渐渐变成了"消失的城市"。

今天的墨西哥尤卡坦州所在地，曾是古玛雅最繁华的一个城邦。其州府梅里达，如今是墨西哥最著名的旅游胜地之一。

西班牙人到来时，因当地的石灰岩和"太阳石"建筑颇近罗马风格，遂以西班牙有着"小罗马"之称的城市梅里达命名。因为城中到处是石灰岩和涂有白漆的建筑，梅里达也被称为"白色城市"。

今天的梅里达市，是通往昨天的古玛雅文明的一个"入口"，也是近距离探寻和瞻仰玛雅文化遗址的必经之地。走在今天的梅里达大街和广场上，不时可以遇见一些象征着玛雅文明的雕塑、建筑和符号。它们都在无声抒发着现代人的思古之幽情，表达着人类对一种消失的文明的缅怀和敬畏。

# 远方的弦歌

剑桥的书香
牛津漫步
诗人但丁的母校
博洛尼亚大学城之夜
雪山下的大学城
哈佛大学在等你
早安！美丽的普林斯顿

## 剑桥的书香

*

人类那诗意的本质不会泯灭，人类的灵魂也永远期求着升华。

能做一个"剑桥人"是幸福的。诗人徐志摩说过，他这一辈子，只有1922年在剑桥大学度过的那一个春天，"算是不曾虚度"，可见他对剑桥的倾心。剑桥，即他诗文中一再写到的"康桥"。我们这一代人中的大多数人，对于剑桥的印象，也许最先都是通过徐志摩的诗句吧？

那河畔的金柳，
是夕阳中的新娘；
波光里的艳影，
在我的心头荡漾。
软泥上的青荇，
油油的在水底招摇；
在康河的柔波里，

我甘心做一条水草!

(节选自《再别康桥》)

然而,读徐志摩的剑桥诗文,我们是常见草绿而少闻书香。即便是在长篇散文《我所知道的康桥》里,徐志摩所着力描绘的,也主要是剑桥这所举世闻名的大学城的自然之美:小桥流水、晨曦夕照、垂柳芳草、浓荫清潭……因为在浪漫诗人徐志摩看来,"康桥的灵性全在一条河上"。"在星光下听水声,听近村晚钟声,听河畔倦牛刍草声"是他"康桥经验中最神秘的一种"——"大自然的优美、宁静,调谐在星光与波光的默契中又不期然的淹入了你的性灵"。康桥,在浪漫诗人的心中,更多的是在唤醒他那无边的乡愁。

悄悄的我走了,
正如我悄悄的来;
我挥一挥衣袖,
不带走一片云彩。

(节选自《再别康桥》)

留在徐志摩心中的康桥之美,永远如同那天上的虹影,揉碎在浮藻与青苔之间，闪烁着春天与生命柔软的光芒。这也正好呈现了诗人一贯的自然崇拜的情怀。那时他正是二十岁啊！

剑桥的水光与草色固然让人艳羡不已，倾心之至，然而，当我读到中国台湾散文家和旅行家桂文亚寄赠的散文集《长着翅膀游英国》之后，我所向往的剑桥之美，更在于她那古老富足的人文景观。剑桥之大美，也许并非草绿，而是书香。

记得中国一位著名的大学校长曾经说过："所谓大学者，非谓有大楼之谓也，乃有大师之谓也。""他日校友重返故园时，勿徒注视大树又高几许，大楼又添几座，应致其仰慕于吾校大师又添几人也。"这是很有文化眼光和主见的。剑桥正是一座大师济济、云蒸霞蔚的文化圣殿。剑桥的草绿花香乃因书香而益绿益香。

我很羡慕散文家桂文亚，1990年夏天，她去剑桥大学实实在在地生活和学习了三个半月。她是在文化的圣殿里呼吸和徜徉。她把这段"四十二年来最具挑战性的一次生活经历"写进了两本书中：一本是《思想猫游英国》，一本就是《长着翅膀游英国》。从她的书中我理解了，为什么徐志摩当年提到三一学院时，竟用了"最潇贵最骄纵"六个字；也明白了另一位剑桥出身的作家、翻译家叶君健先生，在他的书中写到的这样一个事实：在英国，当人们审查或议论一个剑桥大学毕业生的资历时，一般都不会去考虑他的大学文凭，而要查询他所住过的学院。原来，凡是剑桥的学子，能够在三十来所学院中历史最悠久的任何一所，如在三一学院或英王学院住上一两年，这本身就成了一种资质。

仅以徐志摩和桂文亚都写到的三一学院来看，它自亨利八世在1546年创立以来，已先后培养出了多位首相（其中一位是印度前总理尼赫鲁）和两位英王（爱德华七世和乔治六世）；自1904年到1974年间，三一学院已拥有了包括物理学、化学和医学等领域的二十多位诺贝尔奖得主；至于大科学家牛顿，大诗人拜伦、丁尼生，大哲学家罗素（当年徐志摩就是为了这位哲学大师而投奔剑桥的）、怀海德、培根，大学者费瑞萨（其划时代的巨著是皇皇12册的《金枝》）等，更是三一学院的骄子。也许正是因为这些科学与文化的巨子及其辉煌的成就，才使得三一学院成为国际公认的一所执学术之牛耳的重镇。

桂文亚的书中有一篇《与亨利八世共进午餐》，讲述她和几位好友，满脸神圣的模样，坐在三一学院的教堂一般的食堂里吃一次"伟大的三一餐"的时候，她这样写道：

"怎么不伟大呢？你想想看，这座精雕细琢、有着七彩花窗的大食堂，就架势上，已经具备了教堂的庄严气质；而当你一走进门来，赫然入目的，就是悬挂在食堂正中央一张巨幅的亨利八世油画像，好不威风！而更令人肃然起敬的，是食堂的左右两壁上，依序悬挂着许多三一名人的油画像，从大科学家牛顿到大哲学家罗素、怀海德；从大诗人拜伦、丁尼生，到大传记家史特拉屈。你想想看，他们也都是当年进出三一食堂用餐的人，吃的食物和我们现在吃的恐怕也没有什么不同，为什么就能够对人类、对历史、对文化有这么大的影响和贡献呢？"

的确，面对这样一些伟大的巨人，我们怎能不怀着敬仰的心，在他们所创造的辉煌面前低下自己的头颅呢？是谁说过，人类生存的一个基本条件，是应当有某种无限伟大的东西，使人类永远对其感到虔诚；而一旦失去了它，人们将无法生存下去……我在想，三一学院的辉煌，乃至整个剑桥的书香，不正是那种使我们应该永远对其虔诚和膜拜的"无限伟大的东西"吗？

自然，剑桥的书香不仅仅弥漫在三一学院。欧美文化界有一个独树一帜的"布隆斯伯里学派"，其中的人物包括哲学家、经济学家、政治评论家、艺术评论家、作家、画家、编辑等，他们都是一些"超高级知识分子"，对学术也有着"超高标准"的要求，因此被誉为英国和欧洲文化的"精华"。这个学派的许多人物及其学说，对19世纪末和20世纪初的学术界产生过重大影响。这一学派的重要人物大都是剑桥出身，准确地说，都是剑桥大学英王学院的毕业生。其中包括经济学家凯恩斯，政论家奈翁纳德·伍尔夫，哲学家和评论家路威士·狄更生，画家邓肯·格兰特以及作家E.M.福斯特等。

叶君健先生在战后由英国战事宣传机构转入剑桥学习，适逢布隆斯伯里学派的"尾声时期"，曾经参加了该学派的一些活动，因此也被后来的研究者称为"布隆斯伯里学派中的一个中国人"。还有意识流文学大师弗吉尼亚·伍尔夫，也与英王学院有着密切的关系。

叶君健在回忆录里一再写到了剑桥的书香：一大批在英国乃至世界文学史上产生了重大影响的作家在这里诞生；几乎每天午餐以后，他便可以坐在一张19世纪的靠椅上，读起世界名著来；这里各种学会和组织都保持着各自纯洁独立的学术气氛和文化品格；落成于20世纪30年代的中央图书馆藏品丰富，享誉英伦……不用说，能做一个剑桥人，有多么幸福！难怪叶先生会喜不自禁地写道："在我短短的生命中，我没过过一天好日子，不是战乱，就是饥荒。有好多次我梦想找个安静的环境，坐下来读点我早就想读而没能有机会读的书，写点我早就想写而没时间写的作品。这个梦想现在倒是在不经意中成为现实了。"

正是在剑桥的日子，叶君健出版了他用英文写成的短篇小说集《无知的和被遗忘的》、长篇小说《山村》和《雁南飞》等作品。这些作品赢得了布隆斯伯里学派中的不少杰出人物的赞赏，也受到了读书界的青睐。如今，它们也成为剑桥的书香中独特的一缕了，20世纪40年代的剑桥人都会记忆犹新。

散文家董桥先生写过一篇文章，叫《凯恩斯的手》。在他看来，凯恩斯这位剑桥出身的大经济学家的手，跟同是剑桥人的罗素、史特拉屈等人的手一样，都是"修长灵巧"的，是真正的"剑桥的手"。

那么，所谓剑桥的学风，剑桥的人文之美，剑桥的浓郁的书香，不就是这样一些修长灵巧的手创造和传播的吗？岂止是书香扑鼻的剑桥，整个人类文化的金殿，不也是依靠这样一双双修长灵巧的手建造和装潢起来的吗？

说到底，人类那诗意的本质不会泯灭，人类的灵魂也永远期求着升华。也只有这时候，剑桥的书香，才向我们显露出它的真正的意义：那是一些最伟大的智者的声音；那是人性中最圣洁的精神追求。它们将维系着人类最美的文化和精神，向一切绝望的人发出友好和亲切的呼唤。它们是那关心着人类生活中的各种幸福与苦难，并且"借助于正确和健全的理智思考来加以改进"（培根语）的"无限伟人的东西"。或如徐志摩所言：那是我们最后的"精神依恋之乡"，是我们的"生命的源泉"。

自然，剑桥离我们是遥远的。但有许多道路通往剑桥，通往剑桥的路上也弥漫着书香。

# 牛津漫步

"西方历史文化的每一次思潮,都可以在牛津找到一些痕迹。"

在灿若群星的世界著名学府当中,牛津大学和剑桥大学是一对"至宝双尊"。她们是分别诞生在 12 世纪和 13 世纪,却依然完好地保持着浓郁的传统神韵的古老学府。700 多年来,她们一直是全世界执学术之牛耳的重镇,是一对闪耀着炫目的科学和文化的光华的"双子星座"。两所古老的大学就像两颗耀眼的巨星,凭着各自的热量发出光芒,两束光芒交汇在一起,更加光彩夺目。

牛津大学位于伦敦西北部,美丽的泰晤士河的上游。很早的时候,当地的农人可以牵着牛儿天天涉过浅浅的河水,所以这个地方得名"牛津"。

牛津是一所大学,却并没有自己统一的校园。它的 35 个学院分布在整个牛津城里,人们把这座城镇通称为"牛津大学城"。如果你要去牛津大学,只要从伦敦乘汽车向西北行驶一个半小时左右,当远远地望见茂登学院高高的、美丽的钟楼时,就标志着牛津已经到了。

当你下了车,进入牛津最长的那条街道——高街,然后穿过路北的茂登学院、圣埃德蒙堂、女王学院和众灵学院,到了凯特街再往北拐,进入拉德克利夫圆形的大阅览室——牛津大学的综合阅览室,那么,你就处于这所古老的学府的最中心了。

来吧,我们一起到牛津大学去。

剑桥出身的校友,曾不无炫耀地排列过一个剑桥大学出身的超重量级的大师名单,如大科学家牛顿、达尔文,大哲学家弗兰西斯·培根、罗素、怀海德,大诗人弥尔顿、拜伦、丁尼生,大史学家麦考莱、费瑞萨,大经济学家凯恩斯、马尔塞斯,大传记家史特拉屈,等等。与此同时,牛津人也笑眯眯地把自己的一份同样是超重量级的校友录,排列到了世人面前,如大科学家罗吉·培根、哈雷,大哲学家摩尔、霍布士,大诗人雪莱、兰多尔,大作家约翰生、纽曼,大历史学家吉朋、汤恩比,大建筑家雷恩,大经济学家亚当·史密斯,大政治家葛兰斯东,等等。

剑桥人曾说:"我们光是'三一学院'就出了将近30位诺贝尔奖得主。"牛津人回答道:"君不见英国历届首相中,毕业于牛津的就有25位,仅'基督堂学院'就培养出13位英国首相、

10位诺贝尔奖得主。撒切尔夫人以及日本皇太子德仁，美国前总统克林顿……都是不折不扣的牛津人呢！"

不用说，这两份光华璀璨的名单，既是两所大学的骄傲，更是整个人类的福祉。牛津的骄傲也不仅仅在于拥有这样一份名单。"牛津的历史就是一部英国史，西方历史文化的每一次思潮，都可以在牛津找到一些痕迹。"牛津人总是毫无愧色地这样告诉每一个前来拜访牛津的客人。

牛津的建筑，充满了华贵非凡的皇家气派，这是因为牛津曾一度是查理一世的皇都。牛津大学出身的19世纪大诗人马修·阿诺德，在赞美母校时曾特别写到牛津的建筑："那甜蜜的都城，那无数如梦似的塔尖……"有人说过，把牛津的那些巨柱擎天、龙盘虎踞、神采飞扬、高入云端的教堂、博物馆、剧场、钟楼、行政大厦，放到罗马和雅典的土地上，也是毫不逊色的。

"真的，一排排，一行行，像石笋般挺秀的塔尖布满了牛城的天际，远远向上望去，每支石笋都似挺立云端的神像；牛津直似一座万神聚合的天城！"曾在牛津游学的著名学者金耀基先生这样写道。在他看来，如果说剑桥建筑景色的精华是那飘过剑河美如彩虹的座座天桥，那么牛津建筑的神妙之处，便是那深入云端的塔尖了。剑桥如果是"仙乡"，牛津则仿佛"天城";剑桥有"圣者气象",牛津具"皇家气派"。

我们可以再想象一下:古老的、漆黑的图书馆和博物馆。性情古怪、走路无声的黑袍博士。古老的烛台。拉丁文的羊皮书卷。黑洞洞的壁炉。迷宫般盘旋而上的楼梯。肃穆的回廊和围墙。荒无人烟的花园和草丛。通往古老餐厅的无数级台阶。被厚重的窗帘遮住的高高的刻花玻璃窗户。古旧的钟楼。无人居住的石头小屋……如此古老和神妙的地方,难怪电影《哈里·波特》会选择牛津基督堂学院作为"魔法学校"的外景和内景地。而菲利普·普尔曼的长篇魔幻小说《黑质三部曲》的故事背景,也是发生在这座具有神秘的中世纪风格的古老的都城里。"乔丹学院""布里埃尔学院"……虽然出自作家的虚构,但是,它们却坐落在真实的牛津城里。

"在牛津大学的各个学院中,乔丹学院最为富丽堂皇,也最为富有。也许它还是最大的学院,尽管这一点谁也拿不准。学院的建筑环绕在三个不规则的四方庭院周围,从中世纪早期到 18 世纪中期各个时期的建筑都有。"而且,"作为实验神学的中心,不管是在欧洲还是在新法兰西,乔丹学院没有任何可以与之匹敌的对手。"小说里如是写道。

牛津和剑桥一样,有着举世无双的学院制、荣誉学位制、导师制,还有专门训练政治家和哲学家的"辩论社"以及师生之间、同学之间一起谈天、喝咖啡、交流学术思想的生活和学习传统。优良的学术氛围和教育传统，自由宽容的学风，是牛津文明、智慧和思想的精华。大师们的灵魂的召唤，浓郁的书香的濡染，高贵的古典精神的启迪，是一代代牛津学子们无限的财富。

牛津有 35 个风格不同、各自独立的学院。有趣的是，许多学院名称都与剑桥的学院名称一模一样，如三一、皇后、圣约翰、基督、麦特兰等。每个学院都有自己足以炫耀于世的名胜或代表人物。不朽的童话名著《爱丽丝梦游奇境》的作者卡洛尔，就是基督学院的一位数学讲师，本名叫道奇森。据说，维多利亚女王非常喜欢看这本童话，当她写信给卡洛尔，表示渴望拜读他更多的作品时，不料她收到的卡洛尔的新书，竟是一部厚重的、近乎"天书"的《平面代数几何概论》。自然，女王陛下只好望着厚厚的大书哭笑不得——她可是看不懂呀！

这件小事也反映出了牛津的教授们的幽默和风趣。是的，牛津人是崇尚智慧与幽默的，尤其是那些教授们。有这样一个笑话：牛津近郊的查卫河上，有块专供教授们洗浴的"教师乐园"。一天傍晚，一艘载满女生的平底船忘记了"女士请勿入内"的告示，擅自驶入禁区，吓得那些正在"乐园"里裸泳的教授们手忙脚乱，不知如何是好。结果，有位教授急中生智，拿起毛巾赶紧蒙起自己的脑袋，而其余部位却任其暴露。事后大家笑问这是怎么回事，教授回答说："我的学生们只认得我的脸哪！"

教授们崇尚智慧、幽默和风趣，学生们自然也深受影响。每一个牛津的学生都拥有学校指定的一位导师。导师负责指导学生的学业和品行，帮助学生安排和制订学习计划。师生关系一般都非常融洽，亦师亦友。导师们都懂得：牛津大学决不培养"绵羊"式的学生，而是培养具有负责精神的人。这样的人今后无论从事什么工作，都会有独立思考的能力，而且能触类旁通。

牛津的学生们在轻松的气氛里学习，既好学又爱玩，甚至经常搞点"恶作剧"，其乐无穷。我国著名文学翻译家、学者王佐良先生，是20世纪40年代的牛津茂登学院的毕业生。他回忆当年在牛津"大厅"里进餐时的情景说：凡牛津的正式学生，一般都要在所属学院的"大厅"里吃上至少三个学期的饭。所谓"大厅"，就是饭厅兼课堂，物质食粮和精神食粮可以同时吸纳的地方。他在这里念书时，正值战后英国经济紧缩，新任政府厉行节约，对学生们的主要食品也定量供应。早饭时，每个学生手托一盘，里面有一小块黄油，大家都是很吝啬地、"有计划"地吃，谁也不愿一口吞下。鸡蛋也是每周配给一两个。

但是有些好心的英国同学常常从乡下的家里或农场弄来一些鸡蛋送给大家吃。

在"大厅"里吃饭,还有不少"规矩"。如迟到了或者无意中说出了什么粗俗不雅的话来,是要受罚的。只要有人看到或听到了什么,总是先大喊一声:罚!大家便买来啤酒,盛在一个很大的银杯里,请大家传着喝。学生们这样笑着闹着,也就不觉得饭菜清淡了。院士们也在大厅里进餐。不过他们的餐桌放在一个平台上,和讲台差不多,叫作"高桌"。院士们吃得比学生们好,饭菜都是另做的"小灶",还有多种佐餐酒。院士们优雅地吃完饭后,一般还要一边喝着诱人的葡萄酒,一边各逞才智谈笑一番,当然,免不了也会开开无伤大雅的玩笑。

大厅四壁挂着历任院长和重要院士的巨幅油画肖像。一代代师生就在这些赫赫有名的"先贤"的注视下吃饭。虽然"学校的饭天下一样,总是大锅菜,卫生而无味道",但是,有这么多的高贵伟大的历史人物相伴,又是身处这样庄严和智慧的大厅里,学生们自然也不觉得什么清苦无味了。

牛津和剑桥的竞赛是非常有名的,包括互相比老、吹牛比赛、划船赛等。两所学校都说自己"老",但据史学家考定,牛津比剑桥要早四十年。两校在泰晤士河上的竞舟比赛,是每年的英伦盛事。互相都想胜过对方,但又往往旗鼓相当,结果总是应了他们的那个共同的目的:让世界看到最完美的划船比赛。或者也如一位牛津出身的哲学家所言:"一场比赛的意义并不限于比赛的双方,一艘船也并非只对船上的水手才有意义。"

## 诗人但丁的母校

*

"凡是为了我而失掉灵魂的人,都能保护好灵魂。"

先讲一则诗人但丁的逸事。

但丁年轻的时候,喜欢在他的家乡翡冷翠的广场上仰天枯坐。尤其是在仲夏之夜,他常常伴着满天的星斗坐到天明。"长夜已过了三分之一的时辰,每一颗星星在夜空闪烁不停……""哦,奇异的双子星座啊,哦,孕育着巨大力量的光啊,我从你那里获得了所有的天才……"他后来的许多诗歌都写到了星空。人们说,他从很早的时候起,就在那里仰望天堂。

这个孤独的青年诗人有着十分惊人的记忆力。一天晚上,有个陌生人径直向但丁走去,躬下身说道:"久仰您的诗名,知道您是翡冷翠的骄傲。在下承诺回答一个问题,但苦于自己学识浅薄,无法解答,特请先生襄助。我要回答的问题是:世上最好吃的东西是什么?

"鸡蛋。"但丁脱口而出说。那人点点头走了。

几年之后的某一天，但丁仍然坐在那个广场上仰望星空，还是那个陌生人走上前去，继续数年前的对话："那么，如何烹调呢？"但丁看了来人一眼，不假思索地回答道："放一点盐。"

这个笑话直到今日，在但丁的母校——博洛尼亚大学校园里，仍然可以听到。

博洛尼亚大学创办于1088年，是全欧洲的第一所大学，也是全世界最古老的学府之一，有"欧洲大学之母"的美誉。后来欧洲的一些大学，或是由此校分离出来，或是依照此校的模式建立起来。博大创立初期，以法律和医学专业最为著名。讲授罗马法的首批博大教师之一的伊尔内里奥，被后人称为"法律之灯"。

在博大漫长的校史中，有无数颗巨星在闪耀。他们使这座古老的科学和文化的圣殿，数百年来放射着永恒的光芒。诗人但丁、佩特拉克，天文学家哥白尼，哲学家彭波那齐，无线电发明者马可尼……都曾求学于此。——如今，博大把他们的塑像安放在教学主楼最醒目的地方。

19世纪末20世纪初的意大利三大"诗圣"中，除了邓南遮，另外两位都是博大的教授，他们是诺贝尔文学奖的第一位意大利得主（1906年获奖）乔祖埃·卡尔杜齐（1835—1907）以及诗人乔瓦尼·帕斯科利(1855—1912)。卡尔杜齐逝世后,博大为了纪念这位为祖国的文学做出了杰出贡献的伟大诗人,特意把他生前讲授意大利文学时用过的教室和课桌,都原封不动地保存了下来,以供后人瞻仰和缅怀。

但丁是在1306年来到博洛尼亚大学求学的,当时他已经42岁了,因被家乡翡冷翠的当权者放逐而颠沛流离,行踪无定,处境极其艰难,差不多已经行走在地狱边缘。有人说,这时候的但丁就像是一个掉进大海里的水手,忽而消失在波涛中,忽而重新露出水面。幸好,有一个在博洛尼亚大学讲授修辞学的朋友帮助了他,邀请他到博大攻读学位。这是一个伟大的历史瞬间,但丁像疲惫的漂泊者看到了岛屿一样,投进了博大的怀抱。若干年后,甚至直到今天乃至未来,苦命的诗人将以世人给予他的不朽的声名和荣耀,回赠自己的母校。

但丁之于今天的博洛尼亚大学,就像是一盏遥远的神灯一样,从时间的最深处传来光亮。除了我在前面讲过的那则但丁逸事,在博大校园里,当你问起《神曲》的作者,他们也许更乐意向你宣讲他的另一部注定永远不能写完的著作《飨宴》。那是一部类似百科全书一样的经院哲学著作,古老的博大校园是它的摇篮,可惜只完成了四篇。

"世界对于我们来说就是祖国,如同大海对于鱼儿来说一样……然而，尽管我们由于对祖国的爱而忍受着不公正的放逐……但毕竟对于我们来说，世界上没有一个地方比翡冷翠更可爱。"但丁是一个痴情的怀乡者，虽然他终生都在异地流浪。"我可怜的、可怜的祖国啊！每当我阅读或者写作有关治理国家大事时，我的心便受到什么样的折磨呀！"这是他在母校的苦雨天里写下的沉痛的思乡文字。

但他到死也没能回到故乡翡冷翠。1321年9月14日，作为黑暗的中世纪的最后一位诗人，但丁客死在意大利中部的一座小城拉韦纳。

大约500年之后，他的坟墓被人发现。曾经创作过但丁雕像的意大利雕塑家帕齐，含泪将但丁的部分骨灰从坟冢里取出，献给了但丁的出生地翡冷翠共和国。当时，这些骨灰被放置在一个信封里，存放在翡冷翠图书馆内。但因为后来图书馆迁址，这些珍贵的骨灰不知去向了。翡冷翠所能拥有的，又只有但丁的在天之灵了。"凡是为了我而失掉灵魂的人，都能保护好灵魂。"但丁生前的这句预言是专门说给翡冷翠听的吗？

所幸到了20世纪最后一年，仿佛是"圣者"但丁的又一次显灵，那些一直下落不明的骨灰又失而复得：翡冷翠图书馆的两名馆员在整理该馆的古籍善本时，突然发现了一个夹藏在善本书中的长11厘米、宽7厘米的古旧信封，里面装着的正是翡冷翠伟大的儿子的骨灰……

"他们所要寻找的,就是这些东西吗?"

黄昏的时候,当我经过博洛尼亚大学那座陈列着但丁塑像、看上去饱经沧桑的大学主楼——波吉大楼寂静的长廊,我仿佛听见,有沉重的叹息声正从老房子深处传出来……

# 博洛尼亚大学城之夜

— ✳ —

博洛尼亚大学被誉为"世界大学之母"。

因为要参加一年一度的博洛尼亚国际儿童图书展,我到这座古老的小城出差有七八次了。每次去博洛尼亚,在结束了主要工作之后,我总会进一次城,去博洛尼亚大学校园里逛一逛。

也不一定怀有什么明确的目的,只要能呼吸一下这座古老的大学里的芬芳的空气,能在这圣殿一般的大学城的走廊上、林荫下走一走、看一看,或者走进那异常安静的古老的图书馆里坐一坐,我就觉得十分满足了。

博洛尼亚大学诞生于1088年,是欧洲最古老的大学,也是全世界有史以来的第一所大学,迄今已有九百多年的历史了,被誉为"世界大学之母"。

古老的大学城里,诞生了影响过整个欧洲和全人类的一代科学与人文精英,诗人但丁、佩特拉克,画家丢勒,哲学家哥尔多尼、彭波那齐,科学家伽利略、哥白尼、马可尼,还有意大利第一位诺贝尔文学奖获得者卡尔杜齐……都曾在这里学习过或担任过教职。

博大的主校区,坐落在意大利博洛尼亚老城的赞鲍尼大街33号,更多的学院,则分布在城区各处。因此,博洛尼亚这座古老的小城留给我一个印象:凡是那些最老的街区和最老的房屋,似乎都是博大的校产。走在某一条古老的、光滑的石头铺成的街面上,或者在某一条古老的林荫路上漫步时,我会激动地想象着,几百年前,伟大的伽利略和哥白尼,忧郁的但丁和佩特拉克,也许就是从这里走过的吧?他们也曾在这里散过步吧?

2012年春天,我和两位十几年前曾经在一起工作的年轻同事晓彦和小叶,在博洛尼亚意外相逢。为了庆祝一下我们的聚会,在一个春风沉醉的夜晚,我们一行数人,一起来到了博大校园城。

曾经在博洛尼亚大学学习过历史和考古的一位朋友、我的山东老乡孙先生,做我们的导游。孙先生是位"意大利通",会说英、法、德、意四国语言,他带着我们左转右转,来到了据说是博大校园里最古老、也最有人气的一间大学生酒吧。我们各自要了自己喜欢的黑啤酒和黄啤酒,连平时从不沾酒的两位年轻的女编辑,也热情高涨地端起了泛着新鲜泡沫的啤酒杯……

这里的啤酒很新鲜，也很好喝。当然，最怡人的是大学酒吧里的欢乐气氛。当天，正好有博大校园里的某一个大学生社团在这里举行"欢乐派对"，年轻漂亮的大学生们欢声笑语，狂欢的气氛一浪高过一浪，仿佛洁白的啤酒泡沫里也洋溢着青春的欢笑。不一会儿，欢乐的气氛也感染了我们这些"观光客"，我们不由自主地也加入了酒吧里狂欢的浪潮。

这是一个令人兴奋的春夜。当大家不知不觉都喝得有点儿晕晕乎乎的时候，酒吧之外的老街上，又传来一阵阵欢乐的歌声和喝彩声。走出来一看，原来是一群男女大学生正在帮自己的一位同学搞"演唱募捐"。一位男同学可能遇到了一点生活上的困难，需要大家的帮助。于是，女同学就把他"精心打扮"了一番，让他穿上西西里岛渔民的裙式服装，头上还戴着花冠，然后弹着吉他，站在人气旺盛的大学街上，在地下放了一顶帽子预备"接钱"，前面所有同学都围着他，一起"卖唱"。说"卖唱"有点儿郑重其事了，其实带着点儿大学生们自娱自乐的"恶作剧"意味。他们也许只是要用这个方式试一试，到底能否真的募到一点钱。

果然，很多大学生和游人被吉他声、歌声和这种快乐的"恶搞"的方式所吸引，人越聚越多，帽子里也不时地有一些钱币放进去。每当有人放进了一点钱币，哪怕是几个硬币，都会引起这群快乐的大学生一阵欢呼,他们会用更响亮的歌声回报捐款者。

受到这种友好和乐观情绪的感染,我们这一行人也都纷纷"慷慨解囊",欢笑着把各自的零钱都放进了地上的帽子里。美丽的晓彦比所有人都要兴奋,她再次显示了喝啤酒时的豪气,弯下腰往帽子里放了一张大概是 50 欧元或 100 欧元的纸币。来自中国的美丽女孩的慷慨,让那群大学生激动得欢呼起来!

这也许是他们"策划"这次活动之初,压根儿就没想到的效果。他们欢笑着把晓彦邀请到他们中间,让那个男生弹着吉他,为晓彦完整地唱了一首意大利歌曲。然后,那个男生还像一个仆从一样单腿跪下,拜谢了眼前这位美丽的"东方公主"。这个别出心裁的造型让所有的人都开怀大笑,大家纷纷举起了手中的照相机。

晓彦还用英文告诉这群友好的大学生:她,还有我们这一行人,都来自中国,我们都非常喜欢意大利,都很敬仰博洛尼亚大学。事后,我们都夸赞晓彦:这次真是做了一次很好的"形象代言人",给我们中国人争了光!相信在这群大学生心里,肯定会留下这样一个印象:中国女孩不仅漂亮,也非常友好和慷慨。

到博洛尼亚大学这座圣殿朝拜,不可错过她的图书馆。博大图书馆是世界上最古老的文化圣殿之一。我每次到博大游逛时，都会走进图书馆的走廊里站一站，或者轻轻走进一个安静的阅览室里坐一小会儿，然后和阅览室里的工作人员点点头，再轻轻退出来。这里的阅览室好像一个个小型的研究室，也并不是座无虚席，但是里面安静得仿佛只能听得见那些轻微的翻书声。

和别的大学图书馆不一样的是，博大图书馆隶属于意大利文化部，应该算是国家图书馆了。馆内共有藏书近百万册，其中光是14世纪和15世纪的珍稀古籍版本和手稿，就有上万册。这些古老的图书版本和手稿，不仅是博大的文化珍宝，也是全人类的文化遗产和精神财富。

除了图书馆，博洛尼亚大学还拥有令全世界历史学家和考古学家心驰神往的历史档案馆和三十多个专业博物馆。其中最著名的有天文博物馆、解剖学博物馆、人类学博物馆、物理学博物馆和地质学博物馆等。这也许是因为博大是伽利略、哥白尼的母校的缘故。要知道，早在16世纪，博洛尼亚大学就开设了最初叫作"自然魔法"的教学课程，也就是我们今天的"实验科学"。那个时期最著名的科学家是彼得罗·蓬波纳齐，他通过自然科学的研究，向根深蒂固的、几乎是带有"神圣不可侵犯"意味的传统神学发出了勇敢的挑战。

今天,到博洛尼亚大学留学的中国学生也是很多的。博洛尼亚大学有一栋专门为中国留学生提供住宿的"中国学院"宿舍楼,位于博洛尼亚市中心 CASTELLACCIO 街,据说,那是一座建筑于 17 世纪的、四面环街的老房子。不过那个地方我还没有去过。我想,下一次有机会一定要去看看那栋老房子。

# 雪山下的大学城

*

心中有梦,虽远必逐。

1996年,26岁的潘建伟来到位于阿尔卑斯雪山下的奥地利因斯布鲁克大学,攻读博士学位。

因斯布鲁克大学是量子力学的诞生地和研究前沿之一,世界知名的量子物理学家安东·塞林格(Anton Zeilinger)所领导的量子国际研究小组,是当时全球在研究量子隐形传输实验领域,走在最前沿的一个团队。

今天,被人们称为"手握量子密钥的人"的潘建伟院士,他的量子学之梦,正是在这座雪山下的大学城里,展开了飞翔的翅膀。

因斯布鲁克是个漂亮得像一座童话城堡似的小城,诞生于1239年,至今已有近八百年的历史。当初只是一个"迷你"小镇,因为濒临清粼粼的因河,所以得名"因斯布鲁克",意为"因河上的桥"。

如今，这里早已成为世界旅游和滑雪胜地。站在因斯布鲁克城的任何一个地方，只要抬头仰望，就能看到阿尔卑斯山白雪皑皑的山峰，还有常年被雪光映照着而显得更加湛蓝的天空。

小城郊外有许多精致而舒适的木屋旅馆，供全世界的游客居住。小城里面还有不少古老的教堂，哥特风格的高高的尖顶直指蓝天，与远处的雪峰交相辉映，使这座小城显得清奇多姿。

因为这里是欧洲著名的滑雪胜地，1964年和1976年，先后有两届冬季奥林匹克运动会在这里举行。

冬日里，小城四周是阿尔卑斯山皑皑的雪峰。到了春天，小城郊外却是另一番春意盎然的景象。低矮的橄榄林刚刚苏醒，嫩嫩的叶片上都沾满白色的绒毛。不知是金色的阳光的光斑，还是一只只蝴蝶，在因河畔的绿草地上，在公路边的木屋四周，忽隐忽现，就像欢舞的小精灵……

古朴而优雅的大学城，因为常年不化、光芒闪耀的雪山白头，因为它散落在这座美丽的小城各个小区的学院和尖端的研究院，吸引了来自全世界的年轻学子。

潘建伟一来到这里，就深深地爱上了这座美丽的小城。在他的心目中，自己家乡东阳的青山绿水已经够美的了，但是，来到了因斯布鲁克，他觉得，和因斯布鲁克相比，东阳显然缺少诸如雪峰、木屋、橄榄林和花园般的田野所构成的"浪漫"。

当然，潘建伟内心十分清楚，这里不是他的家园，他也只是这里的"过客"。他来到这里，也不是为了享受异国的浪漫，而是为了求学，为了他的量子梦想。他如愿以偿，拜在了自己崇敬的物理学家、量子学泰斗塞林格教授门下，成了塞林格的学生。

第一次见面时，他的导师塞林格问他："潘，你的梦想是什么？"

潘建伟不假思索地回答说："我的梦想就是，不久的将来，我回到中国时，能在中国建一个和这里一样的、世界一流的量子实验室。"导师听了，不禁露出惊讶的表情，但旋即极其赞赏地点了点头。

因斯布鲁克大学是奥地利规模较大的一所综合性国立大学。该校创建于1669年，已有350多年校史。从潘建伟成为这所名校的学子这一年，再往前推30年中，因斯布鲁克大学开创的构建量子计算机的基础工作，早已产生了国际影响。作为欧洲量子技术旗舰计划的一部分，因斯布鲁克大学物理系的研究人员，一直致力于量子计算机及其原型机的研制。

1945年出生在奥地利的安东·塞林格，是全球量子物理基础检验与量子信息领域的先驱和重要开拓者。他所领导的那个量子研究小组，不仅吸收了来自全世界的顶尖的量子研究人才，而且一直在引领着全球的量子研究方向。

塞林格在理论和实验两个领域都对量子物理基础检验做出了开创性的贡献。他与合作者在国际上率先开展中子、原子、大分子的量子干涉实验；实现了无局域性漏洞、无探测效率漏洞的量子力学非定域性检验；他提出并在实验中制备了首个多粒子纠缠态，在量子力学基础检验和量子信息中起着关键作用。他还从量子物理基础检验出发，带着他的团队系统性地发展了多光子干涉度量学，并广泛地应用于量子信息处理，包括量子密集编码、隐形传态、纠缠交换、纠缠纯化、远距离量子通信、光量子计算和基于纠缠的成像等。

因为塞林格先生在量子物理和量子信息领域的杰出贡献，他先后被授予沃尔夫物理学奖、国际量子通信奖、艾萨克·牛顿奖、笛卡尔奖、沙特阿拉伯费萨尔国王国际奖、德国最高十字勋章、奥地利国家功勋大金质绶带勋章等重要的国际荣誉和奖项。

在潘建伟成为他的学生之后，尤其是在潘建伟毕业学成回到中国后，塞林格与这位中国学生、与中国科学院等机构又开展了一系列新的、密切的合作。塞林格的团队参与了中国科学院主导的洲际量子通信实验，并在国际上首次实现"北京—维也纳"两地量子保密通信。这项成果，曾入选了美国物理学会评选的2018年度国际物理学十大进展。塞林格也获得了中国方面授予的"墨子量子奖"等荣誉。

有人说过，回过头去看，不能不佩服潘建伟选择导师和研究方向的"眼光"。他本来是学习理论物理出身的，但在选择导师时却"独具慧眼"，几乎是从"零起步"开始，果断地由理论物理一步迈向了实验物理。

果然，没过多少年，他所在的这个学科，先后走出了三位诺贝尔奖、五位沃尔夫奖获得者。而且，沃尔夫奖历来也被视为诺贝尔奖的"风向标"。

当然，也不是没有闹过"笑话"。初生牛犊不怕虎。投到塞林格门下之后，潘建伟雄心勃勃，锋芒毕露。有一天，仿佛"脑洞大开"一样，他百般兴奋地向导师和研究小组的同事提出了一个量子隐形传态的理论方案。因为他在实验中发现了一个有趣的现象：通过特定操作，可以利用量子纠缠，把一个粒子的状态传递到另外一个粒子上，而不用传递这个粒子本身。

他满心以为，这一定是一个"爆炸性"的发现，是他"独立"思考和实验所得。殊不知，当他在实验室的小组会上，兴奋地提出了他的发现报告后，奇怪的是，竟然没有一个人有所反应或提问，导师和同事们都十分友好地笑了笑。

这是怎么回事呢？难道他的见解的"爆炸性"不够吗？

"亲爱的潘，请原谅，你来这里的时间还不够长。"导师善意地提醒他说。潘建伟不久就弄明白了，原来，他的这个"发现"，早在1993年就有外国科学家提出来了，叫作"量子隐形传态"。

弄清楚了实情后，潘建伟明白自己闹了笑话。原因就是，当时他在国内获得相关文献和信息的渠道实在是太过狭窄和滞后，竟然一点也不知道，以为自己"脑洞大开"想出的这个带着"爆炸性"的方案，其实早就有人提出过了；而且，塞林格的实验室里有人也正在做这个实验。

但他这次闹出的"笑话"，也让塞林格教授慧眼识珠，一下子看到了潘建伟所具有的惊人的实验天赋。塞林格告诉潘建伟说："实验室正准备做光量子隐形传态实验项目，希望你也加入。"于是，潘建伟作为新的一员，也顺势参与到了塞林格实验室正在进行的量子隐形传态这个最具前沿性的实验之中。

凡是去过奥地利的旅游者，都不会错过去亲近阿尔卑斯山白雪皑皑的雪峰、去欣赏山谷间的飞瀑和野花的机会。

喜欢阅读的少年读者，一定读过一本世界儿童文学名著《海蒂》，或者看过根据这部儿童小说改编的电影和电视剧。这本书的作者名叫约翰娜·斯比丽，是瑞士的一位女作家。她在书中这样描写阿尔卑斯山谷间的美景：一条大路，穿过树木成林的绿色旷野，一直通到山顶上。从山下望去，一座座小山峰却显得高大庄严，耸立在山谷之巅。小路朝小山上延伸，四周的旷野不断飘来矮草和山间坚硬杂草的阵阵清香。路变得越来越陡峭，径直地通向阿尔穆山顶……

阿尔卑斯山谷间还有一条大路，两旁长满黑松树，景色极美。春天的山崖上，开满了火焰般的杜鹃花和各种姹紫嫣红的小野花。路旁还竖立着一块巨幅广告牌，上面写着这样一句话，提醒游人：

"慢慢走，欣赏啊！"

这句话，也曾被美学家朱光潜老先生引用在他那本《谈美》的著作里。

潘建伟在因斯布鲁克留学期间，学业繁重，也从来不肯放过任何参与各种实验的机会，十分珍惜宝贵的学习时间。

不过有一次，他被一个难做的实验折磨了好久，整日里心事重重的样子，寝食难安。他觉得这样下去，说不定会憋出病来。于是，在一个周末，他独自走出校园，来到阿尔卑斯山谷间，走进大自然的怀抱，快乐地"放飞"了一次自己。就是这次简单的外出旅行，却给了他一个意外的惊喜！

在开满野花的山间小路上，他遇到了一位已经80多岁、满头白发的外国老奶奶。让他万万没有想到的是，这位老奶奶，曾经看过他的照片，竟然一眼认出了他！

老奶奶微笑着告诉他说："亲爱的中国男孩，我读过你在《自然》杂志上发表的科学文章。"

一位80多岁的老奶奶，竟然会有兴趣去阅读那些非常难懂的科学杂志，她该是有着多么宝贵的好奇心和求知欲啊！

潘建伟和这位老奶奶热情地攀谈了好一会儿，攀谈的话题当然都是围绕着他正在从事的量子科学实验，还有量子科学对人类的未来将会带来的前景与价值。最后，老奶奶开心地对潘建伟说："我不仅是量子科学的'粉丝'，也是中国文化和你这位中国科学家的'粉丝'。"

"欢迎您去中国观光旅游，中国人民会敞开最热诚的怀抱迎接您的！"潘建伟热情地拥抱了这位老奶奶，然后，这一老一少依依不舍地互相道了别。

这件事，给潘建伟带来了极大的触动和感动。后来，他在上海给一群小朋友讲故事、讲科学的时候，又一次分享了自己的这次奇遇，还这样说道："作为一名科学家，如果对科学没有像老奶奶那样的好奇心和求知欲，没有我们每个人小时候奔跑在田野时的那种兴趣、兴奋和快乐的话，我们就很难有活跃的想象力，也很难有创造的激情，我们的国家在科学上也难以成为一个真正的创新型国家。"

这次奇遇，也让潘建伟再次想到自己年轻时代的"偶像"爱因斯坦。爱因斯坦毕生钻研的科学问题，尤其是他的相对论，高深莫测，很难进入公众的认知视野，但这并不妨碍世人对科学家爱因斯坦的尊崇。在爱因斯坦工作过多年的普林斯顿大学校园里，有一次，曾给爱因斯坦画过肖像的巴伐利亚画家约瑟夫·萨尔，这样问一位老校工："对爱因斯坦科学著作的内容毫无所知的人，为什么也会这样仰慕他呢？"这位老校工回答说："很简单，当我想到爱因斯坦教授时，有这样一种感觉，仿佛我已经不是孤孤单单一个人了。"

潘建伟认为，老校工的这种感觉，正好与爱因斯坦在《我的世界观》里说过的一段话相呼应。爱因斯坦说："我每天无数次地提醒自己：我的外部的和内在的生活，都依赖于我的同时代人和我们先辈的劳动；我必须尽力以同样的分量来报偿我正在领受和将要领受的东西。"科学大师的这段话，潘建伟不仅烂熟于心，而且一直奉若圭臬。

就在潘建伟来到奥地利的第二年，1997年，他参与的塞林格团队的量子隐形传输项目，成功地把一个粒子的状态从一个地方传到另外一个地方。身为博士研究生的潘建伟，以第二作者的身份，署名发表了题为《实验量子隐形传态》的论文。这项实验成果，被公认为量子信息实验领域的"开山之作"。

数年之后，2004 年，还是塞林格领导的这个团队，利用多瑙河底的光纤信道，又成功地将量子态隐形传输距离提高到 600 米。

潘建伟回国后，中国"科大—清华"联合小组在北京八达岭与河北怀来之间，架设了长达 16 公里的自由空间量子信道，取得了一系列关键技术突破，最终在 2009 年成功实现了当时世界上最远距离的量子态隐形传输。

作为潘建伟的导师，塞林格在说到潘建伟和中国科学家团队在量子技术方面的研究成果时，表示了由衷的敬佩和赞赏。他说："潘建伟与他的团队创造的成就令人瞩目，而且得到了中国政府的大力支持。与西欧任何一个国家相比，中国对这些项目的运作都更加系统化。"

尤其是当潘建伟带着团队成功发射了全球首颗量子科学实验卫星"墨子号"之后，塞林格充满自豪地说道："潘建伟在奥地利待了八年，完成了博士以及博士后的学习，即使在当时，他在选择研究领域时也非常具有策略性，他还是一位充满激情的科学家。"

因为有了在塞林格实验室的学习和研究经历，潘建伟学成回国后，又有了祖国强大的支持，追梦的力量和步子就更加自信和坚定了。心中有梦，虽远必逐。为了实现他心中美丽的量子梦，他和他的科学家同事们专心致志、孜孜不倦，付出了"探梦不止、追梦无惧"的十多年！他因此被人们称为量子世界的"探梦者"和"追梦人"。他和他的量子计算机研制团队，也被大家称为"梦之队"。

当然，这些都是后话了。回顾自己的追梦之路，潘建伟这样说过："是故乡的田野和亲爱的祖国母亲哺育、培养了我，把我送进了大学，送到国外学习，让我成为一名科学家，我应该永远怀着一颗感恩的心，用自己的全部智慧和才能，报效祖国母亲！"

# 哈佛大学在等你

\*

"有两种东西总是永恒的和常青的,那就是青春和对知识与真理的追求。"

三个多世纪以前,哈佛学院刚诞生时,小到只有一位教师、四名学生和一间小小的教室。当年的募捐记录簿上这样记着人们对这个新学校的赞助:

第一个人:绵羊一头;第二个人:棉布一匹;第三个人:锡皮酒壶一把……

作为学院创建人之一的约翰·哈佛,在学院建成后的第二年就去世了。临终前,他留下遗嘱,把个人的全部藏书320卷和一半的财产大约780英镑,全部捐献给学院。

这所学院经过了三个多世纪的成长与发展,如今早已成为一所驰誉全球、闻名遐迩的世界著名大学。她就是哈佛大学。哈佛大学是美国的第一所学府,她的校龄比美利坚合众国的国龄还要早140年。

17世纪初叶,跟随着首批英国移民到达北美东海岸的几位文化开拓者，包括约翰·哈佛在内，都是英国剑桥大学或牛津大学的毕业生。他们的梦想是把自己母校的模式移植到美利坚这片新大陆上来。所以他们最初把自己创建的学院定名为"剑桥学院"。1639年，为了纪念那位为初建的学院捐献了全部个人藏书和780英镑资产的约翰·哈佛，人们才把这所学院改名为"哈佛学院"。

哈佛的校史就像是一部传奇。哈佛的足迹就是探索真理、传播知识的足迹。哈佛大学古老而庄重的校徽上，有一个拉丁文：VERITAS，是"真理"的意思。她古老的校训译成中文就是："以柏拉图为友，以亚里士多德为友，更要以真理为友。"柏拉图和亚里士多德都是以寻求真理为己任的大哲学家和大思想家，哈佛的校训正好反映了她伟大的抱负与志向，那就是：寻求真理，崇尚真理，传播真理。

哈佛不仅是全美的第一所学府，也是全美乃至全世界的第一流学府。所有进过哈佛的人，都会以自己的母校为荣；而没有机缘进入哈佛的人，也都向往哈佛，崇仰哈佛。哈佛是一座文化的圣殿、知识的宝库、真理的华宇。哈佛三百多年的校史，就是为人类的文明增添光亮的历史。

曾在1933至1953年担任哈佛校长的康纳德先生有这样一句名言："大学的荣誉，不在于它的校舍和人数，而在于它所培养的一代代人的质量。"哈佛历届的校友们用自己的学识与作为，证明了母校的校长的话也是"真理"。

迄今为止，哈佛已经为美国培养出了亚当斯、罗斯福、肯尼迪等八位总统和一位国务卿亨利·基辛格；培养出了数学家和天文学家本杰明·皮尔斯、物理学家爱德华·珀塞尔等许多世界著名的科学家；至于文学家爱默生、梭罗和亨利·詹姆斯，诗人罗伯特·弗罗斯特、朗费罗等，更是每一个哈佛人为之骄傲的"国宝级"的校友；还有美国当代500多家大财团中三分之二的裁决者……这份名单不仅是哈佛的骄傲，也是美国的骄傲。难怪全球70国首脑调查的结果共推哈佛为全球性的"精英摇篮"。

从20世纪初开始，中国也开始向哈佛大学选派自己的留学生。近百年来，经哈佛培养出来的一代代文化和科学精英，为中国的现代文化和科学事业做出了巨大的贡献。中国的现代文明史上也写下了他们不朽的名字。如中国现代科学的倡导者、著名政治活动家杨杏佛，著名教育科学家、中国现代地理学和气象学的奠基人竺可桢，语言学家、音乐学家赵元任，史学大师陈寅恪、汤用彤，文学家林语堂、梁实秋，建筑学家梁思成、贝聿铭，等等，都是曾经负笈哈佛，而后归国造福桑梓的中华优秀儿女。在他们身上，既凝结着中华民族爱国报国的传统美德，也闪烁着哈佛大学求是崇真的思想光华。

哈佛对每一个学生的要求是：不看你知道了多少答案，而看你拥有了多大的能力。哈佛培养出来的学生共有的特征是：自由、自主、独立、实干。哈佛讨厌虚荣和僵化，也不愿向任何权势屈膝。只有在真理面前，她才折腰和鞠躬。

哈佛校长和美国总统在英文里都叫作"President"。据说，美国前总统里根，在他红得发紫的时候，曾忘乎所以地向哈佛大学发出过殷切的暗示：希望得到一顶哈佛大学的荣誉方帽。但是当时的哈佛校长德里克·鲍克却毫不客气地说："不！"他向媒体宣布道：哈佛无意奉承"另一位总统"的虚荣。言下之意当然是：哈佛绝非什么"菜园门子"，哈佛有自己庄严、神圣的原则和标准。可怜的总统在伟大的哈佛原则面前，也只能自讨没趣，从此哑口无言了。

同世界上一些著名学府一样，哈佛大学的个性也是突出的。1923年，哈佛管理学院曾经开展过一个以500万美元为目标的募资活动。募资委员会写信给著名的纽约第一国民银行董事长乔治·贝克，希望他带头认捐100万。不料贝克回信说："我对你们的要求很感兴趣，但认捐100万并不吸引我，老实说，连50万我也不打算出。可是如果你们让我独立出资建设哈佛学院的话，我愿意捐500万。"

正是这位敢对里根总统说"不"的鲍克校长，他在1986年哈佛大学350年校庆演说中，引用了哈佛的一位前任校长格厄尔的一段话，向全世界宣告了哈佛大学永远的秘诀和使命：

"学生们一代接着一代，如同海水一浪接着一浪冲击着陆地。有时候是静静的，有时候带着暴风雨的怒吼。然而不论人的历史是单调的或是狂躁的，有两种东西总是永恒的和常青的，那就是青春和对知识与真理的追求。"

追求真理的道途崎岖而又漫长，但哈佛大学穿越了三个多世纪的风雨沧桑，骄傲地走过来了。艾略特先生当校长时曾立下誓言，要使哈佛成为有史以来水准最高、规模最大的新型大学。这已经不再是一个梦想。哈佛大学三百多年来漫长的足迹，就是一部把一个个梦想变成现实的伟大传奇。这部传奇将在整个人类文明的长河上闪烁着灯塔似的光芒。

虽然古老的哈佛校龄可以用世纪来计算了，但是只要哈佛的校徽上还写着"真理"二字，哈佛就永远不会衰老，哈佛的脚步也就永远朝着人类的明天和文明的未来。哈佛从一个古老的世纪里走过来，她也会在一个崭新的世纪里等你。

# 早安！美丽的普林斯顿

*

普大是一所"能给人以值得尊重的教养"的圣殿。

## 比国龄还要长的校龄

普林斯顿位于美国新泽西州中部，是地处纽约和费城中间的一个古老而美丽的小城。著名的普林斯顿大学就坐落在整个拥有三万人口的、富于乡村风格的北美小镇上。

普林斯顿大学始建于1746年，校龄比美国国龄还早30年。它的首任校长是一位有名的牧师迪克森先生。当时，迪克森捐出了自己全部的藏书作为学校的第一批藏书，他的住所也成了学校的第一所教室。这一切都说明，普林斯顿大学从一开始就是一所"私立学校"，它当时的办学目的也是专门培养教士和牧师。

可是，经过了270多年的漫长岁月，普林斯顿大学虽然仍然属于私立大学的性质——即从法律上讲，整个学校只属于普林斯顿大学董事会所有，但它的规模却与创建之初已有天壤之别。如今，普大已是一所拥有 32 个系、600 多名教师、4600 多名本科生和 1800 名研究生的综合性世界著名学府了。它历年的校友录上，也赫然写着麦迪逊（美国第四届总统）、菲茨杰拉德（著名作家）、奥本海墨（20 世纪最著名的物理学大师）以及康普顿、狄拉克、克罗丁、刘易斯、托马斯·曼等 30 多位诺贝尔奖获得者的闪光的名字……

20 世纪最伟大的科学家之一阿尔伯特·爱因斯坦，也正是在普大的高级研究院里度过了他一生中最后的 20 多个春秋。20 世纪 40 年代里，普大的学生们经常能看到，这位满头白发的科学巨人独自在研究院后面那片绿色的草地上散步。有一次，一群活泼的学生大胆地走近他，请他解释一下什么是"相对论"。

大师微笑着回答道："其实很简单。当你坐在一个漂亮的姑娘旁边，坐了两个小时，却觉得只过了一分钟；可是如果你挨着一只火炉，只坐了一分钟，却觉得过了两个小时。同学们，这就是相对论。"

据说，喜剧大师卓别林也曾给爱因斯坦写信说："人们告诉我，您的相对论理论，他们都不容易懂得，您真伟大！"爱因斯坦却回信说："不，真正伟大的是您，因为您的艺术能使每个人都看得懂。"

那时候，连普林斯顿大学的一位老工友，一位管理花木的园丁，都知道他们校园里住着伟大的相对论的创始人，并为此而感到自豪。这位老工友告诉人们："当我一想到爱因斯坦教授时，会有这样一种感觉，仿佛我已经不是孤孤单单一个人了。"伟大的爱因斯坦为普大校园平添了一道耀眼的光环。

## 我爱每一片绿叶

为人师表、诲人不倦的敬业精神，一直是普林斯顿大学的优良传统。教师爱护自己的学生，学生尊崇和拥戴自己的老师。在普林斯顿的校史里可以找到许多佳话，早在1854年至1868年，麦克莱恩先生担任普大副校长期间，就以关爱学生闻名。那时候，对于偶尔违反校规的学生，他不是粗暴地加以训斥和处罚，而总是笑眯眯地、友好地把违规的学生送往学校附近的农场去"劳教"一段时间。有个曾享受过三周"劳教"礼遇的学生后来回忆道："我每天连续坐在小河边几个小时，头脑里总是不停地在想：麦克莱恩校长是多好的一个人啊！"

的确，这位善良的校长爱学生如自己的生命，他终身未娶，将自己全部的爱心和热情都献给了普大和学生们。那时人们常常看到麦克莱恩校长小心翼翼地提着一个饭盒，匆匆拐过校园的小径向学生宿舍走去,那一定是去慰问某个生病的学生的。普林斯顿大学正因为有着像麦克莱恩这样忠于职守、献身于校园的校长和教师,整个校园才不仅充满着草绿、鸟鸣和花香,而且也弥漫着和谐、仁爱与祥和的气氛。美国首任总统华盛顿就称赞过,普大是一所"能给人以值得尊重的教养"的圣殿。

为了把最优秀的学生吸引到自己的校园的绿荫之下,普林斯顿大学向所有的有志者——无论是贫穷的还是富有的学子——都敞开着自己热情的门扉。普大的校长和老师们对每年前来校园实地考察的那些中学生及其家长,都热情相迎,视为宾客。他们不仅派专门的值日生招待来宾,引导他们游览校园,参观各种教学设施和服务设施,而且还细致地回答来宾提出的各种问题,乃至安排来宾在学校食堂吃一次饭,在学生宿舍住一晚上,或者到学生教室里听一堂课,等等。

风景优美的校园,文明和谐的校风,彬彬有礼的学生,平易近人的教授,还有处处可感的祥和之气、仁爱之心……总能使许多前来考察的中学生和他们的家长顿觉亲切,如沐春风,恨不能立刻就让自己或自己的子女成为普大的一员。

普大还常年设有本科生助学资金,以帮助那些遇到特殊困难的学生。1972年至1988年期间担任普大校长的W.鲍恩先生,对此曾这样说道:"我们自豪地认为:每一个学生进入普林斯顿学习的机会，完全地依赖于学生本身的才能、品质、决心和个人努力。任何一个合格的、愿意用功的学生，都不应由于经济原因而被剥夺上大学的权利。"

普大永远是仁爱和宽厚的，它是不会让自己任何一个勤奋好学却又不幸遇到困难的学生失望的。当你感到寒冷的时候，学校就会为你送来御寒的衣裳。普大的绿荫和阳光是属于每一个学生的。所有的老师们也都恪守着一个原则：我爱每一片绿叶！

## 你好，"普林斯顿小伙子"

凡是进入普大的学生，都会把"Honor"这个英语单词放在心灵中最醒目的位置上。这个词可以翻译成"信用"，也可以译成"荣誉"。

普大的教育传统就是：既着眼于学生们智力上的发展，更致力于学生们道德上的完善。普大对每一个学生既不放任自流，也不施以太多的规范和强迫，而是对学生采取充分信任的态度，以种种锻炼的方式促进学生的自立和成熟，同时提醒每个学生要爱护荣誉——不论是个人人格的荣誉，还是整个普大校园的荣誉。因此，普大平常的学习风气非常宽松和自由，所有笔试也从不安排老师监考，一切都由学生自己负责维持考场秩序，让他们以个人的"荣誉"来担保对于科学知识的真诚的追求和虚心的崇拜。人们把这种教授方法称为普大的"荣誉系统"。

不仅学生们自觉地注重"Honor",所有的教师也视自己的职业为"天职",为最神圣的使命,不遗余力,诲人不倦。法律史教授斯坦利·卡茨说:"我不能想象去做其他事情,教学是我一生的宏愿。我是一位教师,教学对我来说是一件有趣同时又极有意义的工作。"

他是一位与学生朝夕相处、乐此不疲的教授,他认为,他所做的一切将使所有的学生感觉到,教授不仅仅关心他们的考试成绩。"我不认为我能提供一切答案。我的功能是使学生意识到问题的存在,对学生的答案提出质疑,帮助他们发现现有理论的不足之处。我最大的希望就是我的学生带着满脑子的疑问离开课堂。"

太阳每天都是新的。普林斯顿校园里的绿树和草地,总是充满青春的朝气。在美国,几乎每个人都懂得这样一个词语:"Princeton Boy",意即"普林斯顿小伙子"。是的,普林斯顿虽然已有270多年校龄了,但回荡在它美丽祥和的校园里的欢声笑语,却永远是年轻动人的。普大的脚步,正在迈向崭新的岁月。

啊,早安,美丽的普林斯顿!